U0091594

在稼從夫

3 完

于隱 著

風文創 198

目錄

第二十三章

瑞娘確實十分用心地照顧張氏，餵飯餵水儘量不讓婆婆嗆著，伺候也毫不含糊，按摩頭部和四肢時，力道也合適。

張氏見瑞娘還懷著身子，卻這般勞累地照顧自己，有些於心不忍。

這時瑞娘正在給她按摩大腿，鼻尖都凝出汗珠來了，張氏口齒很不利索地道：「瑞娘，妳歇……歇吧，不用這麼費力按腿的。我沒事……沒事，郎中說話都是誇大的，妳別認真聽他們的。」

瑞娘用袖子抹了一下鼻子，笑道：「不費力的，若不把妳照顧好，以後誰幫我帶孩子啊，我這肚子的娃年底就要出來了，到時候妳又得勞累了。」

張氏苦笑了一下，瑞娘說的倒是實在話。

因為瑞娘細心的照顧，張氏這幾日狀態還不錯。

澤生一日好幾趟地往舊家跑，見娘親在慢慢地恢復，心裡總算踏實了些。

而鋪子又重新開張了，已經有不少人來他家裡找他，非要買糧不可。人都得吃飯，況且人們得知澤生和孩子們的泡疹都差不多好了，也不再那麼怕了。

十日後，小茹來伺候張氏時，瑞娘終於可以歇歇了。

小茹打著溫熱的水給張氏洗臉，而張氏已經習慣被人伺候了，就由著小茹洗。她心裡一直惦記著孫子呢！這幾日每次澤生來，她都要問大寶和小寶的事。

這會兒，張氏又問道：「孩子臉上的疹子都消了嗎？喝粥吃奶時胃口好嗎？」

「妳放心，疹子都消了，胃口也很好。妳只要養好自己的身子就行，別操那些心了。」

話才說完，小茹就聽到外面有人哭著跑進院子來，接著傳來雪娘的聲音。

「姊，良子他欺負我！」

小茹有些吃驚，良子會欺負她？這倒是件新鮮事。

張氏雖然身子不靈活，但耳朵還是挺好使的，聽見雪娘說良子欺負她，便嘆道：「人家現在是里正，可不只是個瘸子，也有底氣可以欺負欺負她了。茹娘，妳瞧見沒，上回雪娘和良子一起來我們家，她朝良子橫一眼，良子便離得她遠遠的，都不敢靠近她。如今良子有出息了，可不得狠狠治治她，好出出氣嘛！」

小茹壓低聲音，輕輕地笑道：「娘，妳小聲點，別讓雪娘聽見了。良子不像是那種得志就要出氣的人，肯定是雪娘自己做錯了事。」

「嗯，我瞧著也是。茹娘，妳扶我坐起來吧，躺多了也難受。」

小茹先把枕頭立起來，然後扶張氏坐好。

張氏覺得背上癢，想用手抓又抓不到，由於現在抬胳膊都難受，只好讓小茹替她抓癢，她才感覺舒服多了。

「人老了，連抓個癢都困難，到了晚上，就沒人幫我抓了。」

小茹知道公爹估計沒那個柔情替婆婆抓癢，就道：「那還不容易，讓爹給妳做個『不求人』吧！」

張氏聽了覺得好笑。「不求人？是個什麼東西？」

「就是撓癢的東西呀，前面還有個爪，妳沒看過？」小茹很好奇，「不求人」不是古代就有的嗎？看來這裡人平時不注重享受生活，是不做這種東西的。

張氏笑了，覺得小茹此時像個小孩子，什麼稀奇古怪的想法都有。「撓癢不都用手嗎？」

「手搆不著，就靠那個抓呀，這個容易做，我現在就可以做一個給妳瞧瞧。」

小茹一時興起，想立刻做一個給張氏瞧個新鮮，反正陪在床前，現在也沒有什麼事兒，於是她來到院子裡的柴堆抽出一根竹竿，準備再回屋時，發現瑞娘和雪娘都進屋了。

看來瑞娘也不想讓她們聽見自家妹子受欺負的事，便把雪娘叫進屋裡說話了。小茹隱約能聽到雪娘在屋裡抽抽噎噎的聲音，她可不喜歡聽壁腳，又回張氏的屋裡去了。

瑞娘見雪娘哭個沒完，也煩了。「到底是怎麼回事，妳好歹說個清楚呀。良子要是沒理，無緣無故欺負妳，我替妳去說說他。他不會是當了個破里正就尾巴翹到天上去了吧？」

雪娘可不是一般的委屈。「姊，良子是真的變了！以前，我說什麼就是什麼，他都會聽我的，可現在我說什麼他都不聽，他有自己的想法，總認為我做什麼都不對。還說我沒讀過書，有些事根本不懂，叫我不要摻和他的公事。今日他還……還罵我喜歡占小便宜，不賢慧，唔……」說著，她又委屈得大哭起來。

原來是上回那個婦人送了雪娘八顆雞蛋後，良子處理她兒子打架的事情時，根本沒為她的兒子說半句好話，還當場讓她兒子賠給傷者五百文錢，因為那人腿骨折了，怕是沒個百日也下不了床。

那個婦人不服氣，難道是八顆雞蛋的禮太輕了？便又偷偷送給雪娘八十文錢，叫她一定要跟良子說。

雪娘這時也知道那個婦人是有事求良子。自己的相公有人求，她心裡十分驕傲，便收下了錢。

她心裡尋思著，哪個里正不收禮，以前管著她蔣家村的里正平日裡不知收過多少禮呢，拿著那一點俸祿，整日吃香喝辣的，穿著也講究，還能蓋新房，不知羨煞多少人。

這才收八十文錢，有什麼不能的？她還想以後靠這個發大財，也蓋新房呢。

當她跟良子說起那個婦人求幫忙的事時，良子吃驚地看著她，懷疑地問：「妳不會收人家好處了吧？她兒子做了這種傷天害理之事，豈能饒他？聽說她兒子不僅這回打傷了人，以前也打傷過不少人呢，還經常抄傢伙打群架，讓他賠錢已算是輕的了。下次若再出此事，我定要上呈給吏長，吏長再呈報給縣令，將他關進牢裡去！」

雪娘見良子不僅不幫忙，還說了這麼一番重話，嚇得她直否認。「我哪裡敢收人家好處，她也只是嘴裡說說，想求你幫個忙而已。」

「她兒子做了這等事，不知道好好管教，竟然還有臉來求幫忙，下次她若找妳說話，妳不要再理她了。」良子囑咐道。

雪娘直點頭。可是那八十文錢和八顆雞蛋，她該怎麼退給人家呀！那個婦人以前送禮的次數多了，很有經驗，見雪娘想退禮，她都笑臉說無礙的，幫不幫忙都不打緊，就當孝敬一下里正，讓他補補身子。她心裡清楚著只要雪娘收了禮，就有把柄了，良子想不幫忙都不成。

雪娘聽她說幫不幫忙都不打緊，也就放心了，沒當回事。

那個婦人的兒子一直沒有將錢賠給人家，良子一大早便直接去婦人家，催促她兒子賠錢，說再不賠錢，他會去找吏長往縣令那兒呈報。

這下子那個婦人和她的兒子都火了，趁鄰居們全在圍觀時，將雪娘收了她家八顆雞蛋和八十文錢的醜事嚷了出來。

那個婦人還威脅道：「若這件事被吏長知道了，呈報給縣令，怕是你這個里正都當不了！」

良子氣得臉色鐵青，他沒想到雪娘竟然真的收了人家好處，而且還瞞著他，這也太不像話了！

不過，良子可不是個怕被威脅的人，當場回道：「雪娘若真是收了妳家的錢財，我等會兒讓她立刻給還回來，此事我並不知曉！若是我知道了，絕對不可能讓她收。還有……」

他朝門外所有圍觀的村民們說：「我不會收任何人的錢財，哪怕是一株菜、一顆雞蛋都不會收！凡事都會秉公處理，想藉由送禮讓我徇私情的人，最好收回這個打算。雪娘她一個婦道人家，見識短了些，我會好好管教她，明日會讓她當著大家的面道個歉，她也會知錯就改。」

然後，他又對那個婦人及她的兒子說：「雪娘犯下錯事，我的確有撇不清的關係。妳完全可以去告訴吏長，他若追究下來，我定不會逃避責任，任由上面處罰。不過，這並不代表那五百文錢可以不賠，請你們務必在今日晚飯之前給送過去！若敢延後一日，便翻一倍增至一千文！」

良子此言一出，村民們頓時佩服起來，覺得良子是個剛正不阿的好里正，辦事果斷利索，不徇私情，還要讓雪娘向大家道歉，這可是從來沒有過的事。里正的娘子在背後收禮，在他們眼裡是再正常不過的了，當然，也是他們經常暗地裡唾罵的事。

絕大部分村民們為良子叫好，在門口嚷著村裡終於來了一個主持公道的好里正，只有心懷不軌的人有些不滿。

那個婦人和她的兒子都傻眼了，靠這個來威脅良子的小官位沒用，良子根本不怕。他們一家和吏長半點關係都扯不上，哪裡還真能去找吏長告狀了，何況良子讓雪娘明日來道歉，還要把錢和雞蛋都退回來，即使硬是找上吏長，也絲毫動搖不了良子的地位，可能還反讓吏長誇讚良子一番呢。

他們只好認栽，趕緊準備五百文錢賠給人家，再晚就是一千文啊！

良子回到家後，便對雪娘好一頓數落。

雪娘剛開始還不認錯，回嘴說：「你怎一點兒也不懂得為自己的好日子著想，腦子裡難道傻了，這麼不活絡。」

這下真把良子給惹急了，便朝她吼了一嗓子，極其失望道：「沒想到妳是這麼一個貪財、愛占小便宜的人，若真是如此，妳嫁給我真是嫁錯了。上次我說，我們倆要相濡以沫、互相體貼，這才多久，妳便忘得一乾二淨。我希望妳能賢慧一些，做我的賢內助，助我好好當這個里正，我不為俸祿不為錢，只為自己坦坦蕩蕩做人。」

雪娘哪裡聽得進去這些話？後面的話她根本就沒認真聽，也理解不了那種不為錢只想坦坦蕩蕩做人的境界。一聽良子說她貪財占小便宜，還不賢慧，她便受不了，哭著跑了出來。

雪娘將這些和盤托出，都說給瑞娘聽了。

瑞娘也覺得里正收錢財是正常事，覺得良子太過古板了些，公事公辦有時候並不是好事，會得罪很多人的，可良子是這樣的人，只能委屈自己的妹妹了，便勸道：「妳別哭了，良子又沒打妳，也不算是罵妳，只不過生氣而已。看來良子是想當個好里正，或許是想升官呢，等他當上了吏長，或者以後去了縣裡，妳不是也要跟著他享福嗎？以後那些蠅頭小利就別收了，不，是什麼也不能收了。什麼事都順著良子，這日子就能過好了。」

雪娘聽大姊說良子當好了里正，以後或許能升官，說不定哪日真的能去縣裡，便又來勁，不哭了。才消停下，她又噁心嘔吐了起來。

瑞娘瞧她那樣，喜道：「妳不會是有孕了吧？」

雪娘點頭。「好像是，今日我本來要跟良子說這件喜事的，沒想到被他這麼一通訓，我都忘記跟他說了。」

瑞娘催她。「妳快回去吧，好好跟良子道個歉，他讓妳明日向村裡人道歉，妳也照辦。好好懷著孩子才是正事，妳放心，俸祿雖少，以他的家境，也餓不著妳。」

雪娘想要把這個喜事告訴良子，卞鎮離這裡可有些路程，她得趕緊起身回家去了。

當雪娘出院門時，小茹從窗戶邊上瞧見她的背影了，好奇地道：「咦？雪娘怎麼這就走了，連頓飯也不吃，我還以為她要等良子來哄她接她，她才肯走呢！」

小茹坐在張氏面前，剛才一直與張氏聊著家長裡短，手裡還拿著柴刀削竹竿做「不求人」。

「可能是瑞娘好好勸了她，她想通了吧。過日子哪有不磕磕絆絆的，跑一次行，還能每次吵嘴就往她姊這裡跑？」張氏說到這裡，就想起小茹讓她很滿意的地方。「茹娘，自從妳嫁到方家，我還從沒見妳跟澤生吵架跑回娘家呢，心胸寬，什麼事都不計較，我就喜歡妳這樣的性子。這樣多好，日子過得順順當當的。」

小茹被張氏誇得有些不好意思了，紅著臉道：「是澤生性子好，不願跟我計較。」

「妳和澤生脾性相合，處得來。當初訂親時，我就請算命先生把你們倆的八字合過，說你們可是月老暗中牽的紅線呢，好得不能再好。」

張氏高興地笑著，忽然想起了瑞娘。「唉，妳大嫂什麼都好，就是小心眼了一點，心思重了一些。她和洛生經常為一點小事也能吵起來，都不知跑過幾次娘家了。以前和我也經常為一點事就鬧不開心。不過，最近她強了不少，這幾日照顧我，還真是沒話說，是個知恩圖報的實心人。」

張氏正說著話時，林生過來了。

「姊，大寶和小寶興許是餓了，都在哭呢。」

小茹這才想起來，一心顧著和婆婆聊天，手裡做著「不求人」，都忘了給孩子餵奶了。

小茹把大嫂請過來幫著守一會兒婆婆，匆忙回家餵奶去了。餵過奶後，小茹又急忙回來給張氏按摩腿，再餵些水給她喝。

張氏剛才見了林生這一面，發現林生對她可比以前嘴甜了不少，便稱讚道：「茹娘，妳這個弟弟是越來越懂事了，叫人嘴甜著呢。他跟在澤生後面跑來跑去，幹活肯下力氣，還真是個勤快人，聽說他想跟老頭子和洛生學做泥匠？」

「嗯，他挺上進的，想學一門能掙錢的手藝，以後好討一門親事。」小茹心裡一陣暗笑，看來林生剛才嘴甜是想給婆婆留個好印象呢，這個林生，腦子還算好使。

張氏聽說林生要討一門親事，便好心地答道：「等我的病好了，看哪家有好姑娘，我幫他去說說，到時候妳爹娘直接請媒人下聘禮就行。」

小茹知道張氏是一番好心，心裡嘆道：這個臭小子喜歡的是妳的閨女小清，可不想要別的好姑娘。

沒多久，她已經把「不求人」做好了，雖然樣子醜了點，但很實用。張氏接在手裡，往背後撓了撓，還真的挺舒服，便樂得不行，直道小茹是個開心果。

瑞娘在院子裡聽見張氏這一上午都笑了好幾回，小茹如此會哄人開心，她自愧不如，細心照顧了婆婆十日，盡心盡力，婆婆笑的次數也沒這一上午笑得多。唉，她嘆了嘆氣，不管這些了，只要婆婆現在不嫌棄自己就行。

到了午時，小茹就來灶上做飯。張氏的那間屋門正對著灶屋，小茹做飯，也能瞧得見張氏，再囑咐她不要起身就行了，絲毫不影響做事。

接連幾日，小茹不僅細心地照顧張氏，還經常逗得張氏樂呵呵的。她還做了一對「腿捶」，其實就是一對木棒，端上綁了厚厚的一層麻布而已，敲在腿上，軟中帶硬的感覺，張氏覺得很好用。

其實小茹還想畫個木輪椅，讓木匠做出來送給張氏呢，但轉念一想，張氏又不是一直不能走路，等木輪椅做好了，她也能出門了，根本用不上。而且也怕做出來後，反而惹她不開心，以為說她一輩子走不了路要坐輪椅呢。

小茹靈機一動，既然不做木輪椅，但可以為孩子做小木輪童車，到時候給大寶和小寶玩，他們肯定十分喜歡。

張氏見小茹畫了小木輪童車，她直說要找木匠馬上做，不僅做給大寶和小寶，也要做給牛蛋，共要做三個！

小茹心裡禁不住一陣笑，婆婆以前節儉起來都看不慣她早上煎雞蛋吃，如今倒是大方了不少，特別是在孩子頭上，一點兒也不吝嗇。

張氏笑得多，心情好，病也就跟著好得快，現在說笑已經很靈活了，每日都讓小茹扶著她在屋裡轉悠幾圈，但還不敢出屋吹涼風。

小茹伺候了婆婆十日後，該輪到小清了。

翌日，小茹便和小芸一起抱著大寶、小寶來鋪子裡玩，讓孩子們瞧瞧他們的爹是怎麼忙生計的。因為鋪子就在自家院的前面，走幾步就到了，也不怕風會吹著孩子。

鋪子裡來往的人多，有一些人也愛扯別人家的閒話，各個村發生的奇聞軼事，出不了一日，就能在鋪子裡聽到。

這會兒有一個鄭家村的老婆子拿著一個小布兜進來，說要買幾斤米。老人家不捨得花多錢一下買好多糧，都是幾斤少量地買。

老婆子才放下布兜，瞧見坐在旁邊的小茹，就扯起話來。「茹娘，妳知道不，雪娘才剛懷上孩子，就跟卞鎮的那個什麼村……就是良子住的那個村裡，她跟一個未出嫁的大姑娘打了起來，竟然把孩子給打掉了！孩子沒了且不說，聽說流了好多血，大傷了身子，郎中說她以後就再也不能懷孩子了。我的老天，這可是一輩子的事，她真的是作孽啊，都有身子了，還跟一個大姑娘打什麼架！良子他娘得知後，從昨夜哭到現在，都沒止住呢！」

澤生和小茹皆驚愕地看著這個老婆子，她是良子家的鄰居，還聽到良子他娘痛哭，這個消息應該是真的。良子遭遇這種事，娘子受傷，孩子掉了，他們心裡也不好受。

老婆子見他們聽傻了，也不知回應她一下，好滿足她爆出這個驚人大料的好奇心，接著她又說出更加驚人的話來。「良子他爹受不了哭哭鬧鬧，被良子他娘哭煩了，你們猜他怎麼說？」

澤生和小茹還是沒說話，只等著她說下文。還是小芸忍不住問：「怎麼說？」

老婆子見終於有人應了一句，便飛沫四濺地說：「良子他爹說：『怕什麼，是雪娘的身子傷了生不了孩子，又不是良子生不了孩子，把雪娘休掉，再娶一個不就是了！』良子他娘又哭道：『良子怎麼可能會休掉雪娘，你還不知道嗎？他一直都護著她呢，他怎麼捨得讓雪娘回娘家，一輩子無兒無女過日子？』良子他爹最後來了一句：『那就娶個二房！』良子他娘沒回話了，還只是哭。」

這下差點驚掉了小茹和小芸的下巴，同時問道：「娶二房？」

「嗯，很有可能要娶呢，良子不肯娶，他爹也會幫他娶，良子怕他爹！」老婆子盡了興，十分地暢快，拿著買好的糧出去了。

小茹見澤生還沒緩過神來，叫了他一聲。「澤生！你是在同情良子失了孩子，還是在羨慕他可以娶二房啊？」

澤生正在為良子的事憂心呢，見小茹這麼打趣他，他也笑不出來，嘆道：「良子才沒了孩子，還不知怎麼傷心呢！他爹竟然還說要為他娶二房，他得多為難啊。大嫂肯定還不知道這事，要告訴她嗎？」

小茹也不知該不該告訴大嫂，正思慮著，又來了一人進鋪子裡。

這一回來的不是買糧的，而是一個中年男子，說要和澤生談談做買賣的事，瞧著這個人的穿著裝扮，應該是做了多年買賣的商賈之人。

小茹見有人要與澤生商談買賣的事，也就不坐在這裡聽了，只好與小芸一起抱著孩子們回家了。

畢竟男人們商談大事，是不喜歡女人在旁聽的。雖然小茹覺得這有些歧視女人，但沒有辦法，在這裡女人的地位本來就不高，還是入鄉隨俗吧，只要澤生看重她就行。

澤生並不識此商賈，與他客氣打過招呼之後，給他搬了把椅子，再給他倒茶。

「方老闆，你可別跟我客氣，你的生意做得風生水起，令我刮目相看得很哪！」此人聲音洪亮，說話豪爽，也很會來場面上的話。

澤生受之有愧，謙遜道：「我哪裡是什麼方老闆，您就叫我澤生吧。不知如何稱呼您？」

「瞧你，跟我客氣什麼，什麼您不您的，我姓高，是做石材生意的，你就叫我高大哥好了。我比你大，你叫我一聲大哥不虧吧！哈哈……」高老闆是個自來熟，跟誰都稱兄道弟的。

澤生頓時驚呆。「高老闆？」他連忙拱手作揖。「久仰！久仰！你就是和李地主經常一起做生意的高老闆吧？」

「我不是說過了嘛，叫我大哥就好。」高老闆喝著茶，再偶爾抬起眼皮瞧著澤生的面相及舉止，閱人無數的他一眼就瞧出澤生是個實誠之人，意味著必定是個很好的合作夥伴。

澤生早就聽聞，李地主將石頭山上所有的石材先賣給高老闆，然後由高老闆僱人運送到京城。高老闆經商多年，與各地大商賈都有來往，聽說還與一些京官也很熟絡。他可是貨真價實的大財主啊。

澤生不明白的是，人家做的都是走南闖北的大宗生意，而自己做的是小買賣，怎麼人家還主動上門來找呢？這讓澤生很是受寵若驚。

「高大哥，你是做大生意之人，小弟是做小買賣的愚鈍之人，今日高大哥竟然親自登門，令小弟實在是……」

澤生話還未說完，高老闆便爽朗地哈哈大笑起來。「瞧你，聽李地主說你讀過幾年書，仍擺脫不了書生習氣，還真是沒說錯。你哪裡是愚鈍之人？才經營鋪子一年多，就將生意做得遠近馳名，還蓋了如此闊氣的房子，我自愧不如啊！聽說你家還可以在院子裡上茅房，當真是稀罕人！哪怕我做再大的生意，上茅房不還得熏臭嗎？」

「我這是小本買賣，哪裡能跟高大哥比？聽說當年你給做買賣的人拉牛車，才拉幾趟，便也學著做人家一樣的買賣，但掙的卻是人家三、四番的錢，最後人家反而成了你的夥計。」這些都是澤生聽來的，高老闆如何發財致富的段子很多，他隨手就能拈來一個。

高老闆聽了竟然不好意思。「你可別瞎聽那些人胡傳，哪裡掙了人家三、四番的錢，只不過比人家掙得多一些而已。何況當時他們與我也只算是合夥做買賣，兩年後他們才做我鋪子裡的夥計。什麼事一經老百姓傳，就變了味，好像我有三頭六臂一般。哈哈……」

此人確實是太愛笑了，還笑得那麼痛快，可能就是天生性子爽朗，腦子又靈光，做起生意來才這般順當，才做幾年農村的小買賣，後來不知不覺就做到京城裡去了。人家現在也才三十多歲，還正當年呢！

高老闆與澤生聊了聊當年起家的往事，慢慢地便切入了正題。

「今日我來找你，所為三件事。其一，我在石鎮上買了一塊地，想為家中父母蓋新房。本來他們一直是跟著我住在瓊州的，只是我平時生意太忙碌，並沒有多少空閒陪他們，所以他們想回老鎮子上來住。我思慮著也是，這裡畢竟是家鄉的根，是個頤養天年的好去處。聽說你家房子是你爹和你大哥一起蓋的？」

澤生當然不會說自家的房子其實是小茹構想出來的，只是含笑道：「確實是我爹和我大哥幫著蓋起來的，他們也是費了不少苦功呢！」

澤生在想，反正爹和大哥現在都會了，也不怕這樣說了，他們完全能再蓋出這樣的房子來。

高老闆聽澤生這麼回答，看來所傳並無誤。「不知他們能否抽出空來，為我家蓋房？工錢好說，我絕對不會虧待他們的。如今正是播種時，為了不耽誤他們幹農活，緩上一、兩個月也無妨，我要的就是他們與眾不同的手藝。不知他們是否願意？」

澤生沒想到高老闆心思如此縝密，把該考慮的都考慮進去了，只要不耽誤種田，爹和大哥沒理由拒絕的，便回道：「高大哥考慮如此周詳，我爹和大哥自然是願意的，待這段時日忙過了，下個月應該就可以開工了。不過，開工後，他們也不能日日去蓋房，田地也時常需要打理的。」

「不急、不急，只要他們願意做，慢慢蓋著就行，我並不著急搬家。等會兒我還要去你家拜見你爹和大哥呢，也好交代一下蓋房事宜。」高老闆是個很懂得禮數之人，既然請人去蓋房，當然得當面拜見了才行。

他又接著說：「其二，你們這一塊農戶密集，聽說有不少人想蓋房，只不過苦於災年都耽擱了，但秋收後，我估摸著不少人家又要蓋起來了。你也知道我主要是做石材生意，我有幾家出青石板和大花石的作坊，穎縣和貴縣都有我的，還有一家做土磚的作坊，出產的磚也很不錯，所以，我就琢磨著可不可以將這些磚和石料放在你鋪子裡賣。我剛才瞧了，你家鋪子旁邊新起了一間，還空著呢！正好可以用上。不瞞你說，賣蓋房各種磚料和石料，是很來錢的。」

澤生有些吃驚。「你的意思是……讓我賣土磚和石料？」

高老闆還以為澤生是不願意，趕緊將其中的好處說出來。「只要你這間磚石料鋪一開起來，不僅石鎮，怕是附近幾個鎮上的人都會過來買的。以前我一直將這些運往京城賣高價，直到這些日子才想起來，放在本地放低價賣照樣能掙錢，還無須大費周章受折騰。你願不願意幫我賣？」

澤生哪裡是不願幫他賣？只不過他以前從未與他人合夥做過買賣，心裡沒個底。思慮了一陣子，澤生將心中的擔憂說了出來。「我確實愚鈍得很，真的不知道該怎麼幫你賣，我只有一輛馬車，實在拉不了多少磚石。」

「你別擔心這個。我讓作坊裡的夥計按時把磚料和石料送過來，你只需負責賣就行，而且你賣多高的價我都不管，你只需給我最低的本錢就行。你放心，若賣不掉，還可以將磚石退還給我，你絲毫不用擔憂。」

「如此甚好！」澤生這還是頭一回聽說有這麼好的事，想做生意不需去進貨，而是有人把貨送上門，自己輕輕鬆鬆地在鋪子裡賣就成了，賣不掉還可以退貨?!

高老闆見澤生已經很激動了，只不過還在努力掩飾而已，就知道他是同意的。他又笑道：「其實靠這個掙的還是小錢。掙大錢的還在後面，也就是其三，而這也是我來此想與你商談最重要的一項。」

澤生正襟危坐，擺出願聞其詳的姿勢。

「你收了幾個月的糧，對糧價及各地的糧況已掌握得很清楚了。所以，我希望你要一直收糧，不要停下來，哪怕村民們田裡的糧都長出來了，無須買你的糧，你也要繼續收。不要擔心賣不掉，你囤起來，每月我會讓人來拉一回，錢一文都不會少你的。」高老闆信心十足地說。近幾年來，他還從未做過賠錢的買賣呢。

澤生以為還真有掙大錢的好買賣，聽高老闆這麼一說，他有些迷糊了。「你要這麼多糧，不怕賣不掉嗎？」

高老闆笑著擺手，道：「不怕、不怕。這兩年來前方戰況吃緊，軍糧一直不夠充足。辦糧欽差向我放過話，無論收上多少糧，他都會全部買上去的，還給了我一部分訂金。」

哦，澤生明白了，高老闆與辦糧欽差都有來往，自然是很有把握。

一下子有這麼多生意可做，澤生高興得有些發懵。他將這些過了一遍腦子，這些生意好像無論他如何做，都是有賺頭的。

賣蓋房材料，反正有高老闆送貨來，他只需按照高老闆說的價往上提高一點賣，掙中間的差價，若實在賣不掉，還可以退回去，一點兒風險都沒有。而收糧也是穩賺，因為他只負責收，無論收多收少，最後高老闆都會全部買走。

澤生細細思量一番，覺得這麼好的事突然到了自己頭上，還是有些不敢相信。光靠嘴皮上說還是不行的，到時候人家兌現與否，才是至關重要的。

高老闆見他似乎還在猶豫，就知道他心裡還有所懷疑，看來澤生還是不瞭解他的生意經，他若是主動找人做買賣，是絕對不會讓人吃虧的，哪怕做賠了，他寧願自己擔著。誰叫這是他自己找上門來的呢？

「方老弟，你還有什麼不放心的，莫非是擔心我哄你不成？我讓夥計送來的料，先只收一半的料錢，等你賣完了，再付另一半。而你去收糧要花本錢，我也先付給你一半，如何？」高老闆知道自己若不放寬條件，讓澤生毫無後顧之憂，他是不敢輕易應承下來的。

澤生這才鬆了口氣。「若真是按這般來，我就不擔憂了。剛才不敢立刻應下來，確實是因為我從未做過大買賣，覺得萬事還是多考慮考慮才是。」

高老闆讚許地瞧著澤生。「這表明你做事謹慎，對於做買賣的人來說，小心駛得萬年船啊！」

「可是，這兩間鋪子我都忙不過來，更沒得空收糧了。」澤生突然悟起這件事來。

「剛誇你，你這下又懵了。要想做大買賣，哪能日日待在鋪子裡吆喝著賣，你得請夥計，費不了多少月錢！」

請夥計？那自己豈不是真成了老闆了！澤生心中一陣暗喜，朝高老闆拱手。「還是高大哥提醒得是，我這腦子有時候就跟木頭一樣，不開竅。」

兩人談妥後，再商定一些細則，而且還把每一條都明明白白地寫在紙上，互相寫下名，再蓋個手印，這才算達成了協議。

之後，高老闆非要特意來方老爹家裡拜見一下。方老爹和洛生還是頭一回面對這麼有來頭的大老闆，激動得不行，說話都不太靈活了。

高老闆早已習慣平民老百姓見到他時的那般敬仰之情，與方老爹定好蓋房日子，再寒暄幾句，便告辭了。

送走高老闆，澤生興奮地跑回家，將此事一一告訴小茹，還將蓋了手印的契約書拿出來給她看，他以為小茹看不懂，只是歡喜地讓她看底下的手印與兩人寫下的名字。

小茹聽說有這麼好的事，先是與澤生一樣，興奮得不知所以然。若真是將這些買賣都做好，怕是一年就能掙不少錢，難不成有朝一日澤生也會成為大商賈？

而且澤生與高老闆進行了一次商務談判，還簽好了合同。小茹嘻嘻一陣笑，覺得澤生是越來越進步了，做起生意來，不讓自己擔風險，絲毫不留後顧之憂。雖然他是以最保守的方法做買賣，但這可沒有錯，等以後有資本了，才敢承擔風險嘛！

才高興一會兒，小茹又皺眉了。「那你怎麼忙得過來？」

「我一開始也為此事發愁呢，高老闆還笑話我，說要想當大老闆，哪能自己親自賣零貨，得請夥計！」

請夥計，那得找靠得住的人才行。小茹一想到此，就把林生叫了過來。「你願不願意一直跟著你姊夫做鋪子生意？」

小茹以為林生聽到此事，肯定會高興得不知是什麼樣了，他不是一直想跟著澤生，然後乘機多見見小清嗎？

沒想到林生卻為難了，支支吾吾地道：「我還是……想跟方家爹爹和大哥去學蓋房，高老闆不是說，他要給他爹娘蓋新房了，下個月就要開始。姊，妳放心，我只要一得了空閒肯定會幫姊夫的。」

小茹敲了敲他的腦袋。「你這臭小子，前些日子連工錢都沒有，你央求著要幹活，做得還挺帶勁。現在花錢請你，你反倒矯情起來，哦……我明白了……」

小茹正想說他是為了在方老爹和洛生面前多晃悠，想獻殷勤、博好感。

林生怕被人猜到了他的心思，立刻紅著臉解釋道：「跟著姊夫，我永遠只能是一個跟班，或是當個夥計。若是跟著方家爹爹和大哥，待有一日我學有所成了，能獨自挑大梁蓋房子，有了這門好手藝，我一輩子都不用為生計發愁了。」

「你個沒眼力的，跟著你姊夫，難道還會虧待你？哪會讓你一輩子當夥計，說不定還可以讓你當帳房、掌櫃的、出謀劃策的師傅啦……莫非都比不上當泥匠？」

林生抓耳撓腮，苦著臉道：「跑生意做買賣也不是個輕省的活兒，要動腦子，妳說的那些，我可一樣都不會，不會算帳、不會管鋪子、不會出主意……妳還是饒了我吧，我只適合出力氣的活兒。」

小茹其實是想趁此讓林生忙活起來，不想整日想著小清的事，可這個弟弟就是不上道！

澤生不想讓她為難林生，便為林生解圍道：「林生說的倒是實話，爹和大哥也是這般跟我說，他們情願給人蓋房子掙工錢，或是給我幫忙出力氣活兒來掙工錢都行，但就是不會賣東西，做不了買賣，說動腦子累。妳就別強迫林生了。」

小茹吁了口氣。既然澤生都出面為林生說話了，她總得給自己的相公一個面子不是？那就讓林生高高興興地去公爹和大哥面前博好感吧。

澤生也為了找夥計的事犯難，坐下來喝了口茶，一手撐著腦袋想。「高老闆說找夥計，說得可輕鬆了，可是我們該去找誰？若是找來卻做不好怎麼辦？」

「面試呀！」小茹脫口而出。

「面……面試？」澤生擰著眉頭問。面試是什麼？他可從來沒聽說過。

「呃……我的意思是先面一面相，呵呵……」小茹先以一陣傻笑來應付，然後接著說。「面相可以看出此人是否機靈、是否誠實。當然，面相也看不透徹，再與他們談談話，看哪些人適合、哪些人不適合。我們明日就在鋪子的牆上貼出聘請夥計的告示出來。」

「嗯，先貼出來。只是……我們得先寫明願付多少工錢，人家才願意來試一試的。該定多少工錢呢？」澤生問道，雖然當著外人的面是由他作主，不過回到家，他還是喜歡和她商量。

小茹對招聘廣告可是再熟悉不過了。她在前世為了找一份工作，可不知投了多少份履歷呢。那些招聘員工的公司，個個挑三揀四的，害得她跑壞了好幾雙鞋，最後才找到一個小公司的文書職員。唉，現在想起來，都覺得辛酸啊。

「你別光想著付多少工錢，還得寫上我們的要求，年齡、技能、性別，不都得有要求嗎？還有聘請人數也要寫明白。對了，還得出一張試卷，讓他們做題目！」

澤生笑得噴茶。「出……出試卷？這又不是考秀才或考舉人，來當個夥計而已，妳還要讓人家做題，豈不是將人家都嚇跑了，誰來呀？」

小茹拿來紙，再研墨，遞到澤生面前。「只要工錢合適，就會有人來。也不是所有人都要讓他們做試卷，來做勞力搬運的，自然不需做了。但是跟著你一起去跑買賣的，還有管帳的，不做題考一考哪行？還要出職業道德題呢，看他們對老闆是否忠心。那些讀過幾年書，又沒有捐官且還不會種田的，肯定願意來，你就瞧好吧。」

兩人一條一條地商量，最後寫出一份聘請告示和兩份試卷。

告示內容如下——

方記鋪子因應擴張需求，特意聘請夥計若干。

一、搬運工五名，需吃苦耐勞，年齡在十八至四十歲，答對五道口試題算通過，每月工錢一千二百文。

二、管帳師傅三名，需會算數、記帳，無年齡限制，試卷得八十分者算通過，每月工錢一千二百文。每月下來，毫無錯漏者，另有三百文獎勵。

三、雜工三名，需做日常打掃、擺貨賣貨等活兒，年齡十六至三十歲，答對十道口試題算通過，每月工錢八百文。

即日起報名，初五開始應試，通過者初十開始幹活。

告示張貼出去後，引來一群又一群的人來圍觀。絕大部分村民都是不識字的，最後還是靠讀過書的幾個人到處傳達，當然還有澤生與小茹的宣傳。

不知大家是好奇心作祟，想來看看試卷上出的到底是什麼題，還是真想來掙一份工錢，願意來試一試的人還真不少，令澤生始料未及。

澤生根本沒經歷過這個，怕自己弄不好，便跟小茹說，待初五這一日，應徵者都來了，便讓她來問問題，他只需去看著那些應徵「管帳師傅」的人如何做試題就行。

小茹倒是很願意當一回面試官，前世當夠了應聘者，這回當一下面試官來過過癮。

初五上午，所有報名者都在鋪子外好奇又緊張地等著，小茹瞅了一眼這幾十號人，先叫進來一個想應徵雜工的女子。

這個女子羞赧至極，一直低著頭。

小茹一看這女子的打扮就知道她出自十分窮困的人家，而且看她的髮髻和身材，就知道是成過親且生過孩子的。

「妳家平日裡是妳婆婆做飯和打掃屋子，還是妳？」小茹饒富興趣地問道。

此女子抬頭了，心裡很是納悶，不是來應徵當雜工的嗎，怎麼問起家裡事？這些活兒到底是她婆婆做，還是她做，與這又有何干？

小茹見她納悶，心裡暗道：難道自己這道題出得有錯嗎？這才是第一問，後面九道問題可比這道更加難以琢磨。

雖然女子不明白小茹為何要問這樣的問題，她還是照實回答，說是婆婆在家做飯、打掃和洗衣，還為她帶孩子，而她自己則是早出晚歸，做田地裡的活兒，因為她的相公前年被徵兵丁去西北，田地裡的活兒只能由自己一人做。

小茹不想為難她，再問了幾個簡單的問題，就讓她通過了，不過，小茹忽然又想到一事。「妳來我這兒做雜工，那妳家的田地怎麼辦？」

「我的公爹聽說……我想來當雜工……掙錢，他就答應幫我種田地。」她聽小茹說自己通過了，以後可以每月掙八百文錢了，便激動得語無倫次了。

在這個時代女子有這個膽量來應聘，就已經讓小茹很佩服了，何況她的家境不好，相公也不在身邊，一個女人過這樣的日子很不容易，而且為人看起來也不錯，就打算錄用她以後在這間雜貨鋪打雜。

這時小茹又想到正在另一間鋪屋裡做試卷的人，那些人此時肯定對著千奇百怪的題目都在抓耳撓腮吧！

正如小茹所想，在鋪屋做考題且讀過一、兩年書的十三個應試者，確實有些抓狂。其實不是題有多難，更不是他們有多麼笨，而是他們從未做過這樣靈活的題目，腦子忽然被堵了一樣，不知道從何下手。

計算題及圖案題，還是有一半人能答得出來的。就是最後兩道看似簡單卻又有些繞的題目，讓他們琢磨不透。

最後兩道題如下——

一、一個大伯想趕集賣點東西掙錢，他花十七文錢買了把油紙傘，十八文錢賣出去。後來覺得不划算，又自個兒掏了四文錢補上，花二十二文錢買回紙傘，再以二十三文錢賣出。請問他是賺了還是賠了？賺了幾文或賠了幾文？

二、一隻小青蛙才長出腿，剛學會跳，一日不小心竟然跳進了一口深七丈的水井裡。牠從井底往上跳，白日跳三丈，夜裡又墜下二丈。這隻小青蛙幾日才能從井裡跳出來？

不是小茹故意要為難人。她只是覺得，這些人雖然是要應徵帳房先生，平日裡只需記帳，但是，澤生在外難免會遇到猶豫不定的事，他們若能動用自己的腦筋為澤生解憂，豈不是更好？

若這麼簡單的題都沒能繞出來，又怎能助澤生做買賣呢？

一共十三人，只有三名做出最後兩道題，而且他們前面做的計算題與圖案題出入也不大。看來這三個帳房先生的名額非這三位莫屬了。

其他人被題裡的那個大伯和小青蛙弄懵了，都覺得那個大伯太傻，賣出去了幹麼還買回來？或是對小青蛙感到同情，白日跳上去了三丈，夜裡又墜下二丈，多揪心啊。

那些人考完後一出來便向外面的人埋怨題目太怪，還將題目說出來給他們聽，害得一群人圍著討論那個大伯是賺了還是賠了？還爭論著小青蛙到底是幾日跳出來了？

小茹和澤生見了忍俊不禁，還是不要告訴他們答案的好，就讓他們回去慢慢琢磨吧！

最後再招了五名搬運工和餘下雜工，整個招聘活動算是結束了。

第二十四章

到了初十，這些人都按時辰來幹活了。澤生帶著幾名搬運工一起去了縣城，進了不少雜貨，將這間雜貨鋪的貨架都鋪得滿滿的。

緊接著高老闆就派他的夥計拉來四十多車的磚石料。澤生將這一切都安排得井然有序，有了這麼多人做幫手，他覺得很是輕鬆，自己並不需太操心，因為大家幹活都十分積極。

再過幾日，澤生就開始帶著一位帳房先生及三名搬運工出去收糧了。他一般是收二日的糧，就在家歇個二日，再接著出去收。

澤生不是那種幹活太拚命的人，因為他心裡惦記著小茹和孩子，才不捨得日日在外奔波呢。

雖然現在同時做著好幾門生意，可他倒是覺得比年前要輕鬆了許多，有不少空閒可以待在家裡了。以前他得守在鋪子裡，現在鋪子裡有那麼些人，哪裡需要他日日守著。

這一日，小茹坐在院子裡裁布做衣裳，小芸和小清抱著孩子曬太陽，說說話。

澤生去菜園裡摘了些菜回來，就坐在小茹的旁邊，一邊挑菜一邊看她裁布，他是越看越納悶。「妳這布是不是裁錯了？」

小茹將手邊的草圖遞給他看。「這麼好的布我哪裡捨得裁錯，我就是要做這種小袖口的衣裳，袖口太大，拖拖沓沓的，不適合孩子穿。」

澤生瞧著直點頭。「這樣倒是能省不少布了，多出來的布還可以給孩子再做兩件小比甲。」

澤生此話說中了小茹心裡的想法。

小茹瞅了瞅澤生，故作納悶笑道：「你莫非是我肚子裡的蛔蟲，怎麼連我想做比甲的事都知道？」

澤生嘿嘿笑著。「妳可別說蛔蟲，怪噁心的。」

小清和小芸在旁也跟著笑了起來。她們最喜歡看小茹和澤生兩人在一起說話了，覺得他們不像一般夫妻，一般夫妻哪怕再恩愛，也不太說玩笑話，頂多說幾句體己話。而小茹和澤生動不動就打趣，互相取笑，互相調侃，她們覺得可有意思了。她們心裡還在遐想著，以後若是嫁了人，也和相公這般說說笑笑該有多好，那種日子是想想就覺得愜意。

小茹又朝她們說：「妳們倆幫帶孩子辛苦了，再過兩個月就到了端午節，天氣開始熱了，我提前給妳們倆做連衣裙穿吧，好讓妳們美一美。」

小姑娘都愛美，聽說有裙子穿哪有不高興的，小清和小芸皆歡喜地點頭。「嗯，好！」

小茹想給她們做現代的那種連衣裙，當然，她會做有著長袖的連衣裙，袖子絕對要及手腕。若是做短了，她們也不敢穿的。

了。

澤生在旁囑咐道：「妳也給自己做兩件！」

小茹嘻嘻笑道：「你放心，我不會忘了自己的。」她早已打算好要給自己做兩件換洗

當小茹正在嘆息到了夏天，卻不能美美地穿好看又涼爽的露腿裙時，卻見瑞娘抱著牛蛋來到她家院門口了。瑞娘在門口換了鞋，一臉憂愁地走了過來。

小茹和澤生還沒來得及叫她一聲，她便急急地問道：「澤生，你近日會去潁縣嗎？」

「明日就要去一趟，大嫂是想讓我幫忙買東西嗎？牛蛋，來，二叔抱一抱！」澤生拍拍手掌，從瑞娘手裡接過牛蛋，抱一抱他的小侄子。

瑞娘眼眶發紅，嘆氣道：「哪裡是我想要買東西，我聽洛生說，潁縣有一家藥鋪子是由杜郎中坐鎮，聽說他醫術高明，專治疑難雜症，我是想著……你可不可以幫著向杜郎中討一個藥方子，看能不能養好雪娘的身子？」

上次得知雪娘與人打架流掉孩子還大傷身子之事，澤生和小茹並沒有及時告訴瑞娘。因為瑞娘自小和雪娘感情最深，他們倆擔心瑞娘知道此事，會有些受不了，便一直瞞著。

只是，這種事瞞得住一日，又怎麼能瞞得長久呢？那些閒不住嘴的婦人得知這麼一件稀奇的事，哪裡肯放過，才沒幾日就傳到瑞娘耳裡了。瑞娘聽了後，傷心得差點背過氣去。

這段時日，她已經去看過雪娘兩回了。每去一次，她回來都要哭一場。

雪娘躺在床上養著身子，鄭老娘雖然趕去照顧十幾日，但是照顧得有些過於周到，總讓

人覺得這不是什麼好意。

之後，瑞娘就知道鄭家想給良子娶二房，只是鄭家礙於雪娘還在養身子，也沒著急去辦這件事而已。

瑞娘為此十分傷神，還沒敢告訴雪娘有關鄭家的打算，只是讓她好好休養身子，幸好良子對雪娘還是不錯，一直守在她的床邊，還為她請了好幾個郎中及穩婆來看過了。

遺憾的是，他們個個都是搖頭，只是開了溫補的方子用來調養而已。

瑞娘她這個當姊姊的不得不為自家妹妹打算，才想著讓澤生幫忙向杜郎中討方子。方圓幾百里的四、五個縣，也就數杜郎中名氣最大了。

澤生當然願意幫這個忙。「大嫂，妳放心，明日待我去了穎縣，一定會親自找到杜郎中，向他討方子。就怕……杜郎中沒有看到病人，是不好亂開方子的。」

「雪娘還不能出門，等再過一個月，讓良子帶她去穎縣吧！你先幫著問一問，若杜郎中真能給方子，早些喝藥養身，豈不是更好？」瑞娘對此事還是抱一絲希望的。

澤生應著。「好，我一定記著。」

瑞娘心裡有了這麼個大疙瘩，也沒心思跟小茹聊閒話，說完後，便又從澤生手裡接過牛蛋，回去了。

小茹看著瑞娘出院門的背影，嘆道：「大嫂見我在裁布，她連問一聲都沒有，若是在平時，她肯定會讓我拿給她瞧瞧，她的手藝又好，說不定還想在旁指點指點我呢。看來雪娘這件事，對大嫂打擊甚大。」

「不孝有三，無後為大。若雪娘的身子真的治不了，良子娶二房怕是逃不了了，雪娘和大嫂以後有得傷心了，唉！」澤生跟著小茹嘆了一口氣，便瞧向自己一對可愛的兒子。

「大寶、小寶！」澤生一手抱一個，讓這對小傢伙面對面瞧著。

兄弟倆最近成了好夥伴，面對面瞧著就呵呵傻笑，還經常伸出肉乎乎的手來，拉把手，摸摸臉，拽一拽衣角，互示好感。

「二姊夫！」院門口有人叫著澤生。

澤生抬頭一瞧，見李三郎挑著一根擔子，上面還封了紅紙，喜道：「小源生了？」

李三郎竟然還有些羞澀呢！微紅著臉道：「生了，昨日傍晚酉時生的，生了個大胖女娃。」

小茹聽說是女娃，稀罕死了。「喲，是個小千金啊。三郎，你快進來吧！」小茹上前去迎他，想仔細問一問孩子的事。

李三郎連忙擺手道：「二嫂，我不能進去，我得先去爹娘那裡，擔著喜挑子是不能放下來的。等會兒回頭，我再來妳家裡坐。」

「哦，好吧。」小茹竟然把這個習俗給忘了，喜擔子在中途是不能落下的。

接著，李三郎挑著擔子來到方老爹這兒，兩老聽說小源生了個女娃，臉色有些微妙，似喜還憂，說不上來的感覺。

「你爹娘還高興吧？」張氏試探地問。這些日子她已經好得差不多，不需要人照顧，還可以做飯什麼的，只是沒下田地幹活。

「高興，高興。」李三郎笑臉應著。

張氏這下才放下心來，又問小源身子怎麼樣，瑣瑣碎碎一大堆，諸如：她疼了多久才生、生孩子時疼不疼、有沒有哭、現在有沒有下奶、孩子幾斤重……

李三郎都很有耐心地一一說給張氏聽。

方老爹見張氏還要問下去，便道：「妳明日不就要去給娃『洗三』嗎？到時候去了不就什麼都知道了。」

「你個老頭子，我等不及想知道嘛！」張氏回道。

方老爹對李三郎說：「我就待孩子滿月酒時去看吧，孩子都是滿月了才見外公的。」

這下李三郎窘住了，臉色憋得脹紅，吞吞吐吐地說：「我爹說……說下個月正是農忙之時，怕是沒空請滿月酒了……」

方老爹臉色一滯，再瞧一眼張氏，張氏驚得半張著嘴，說不出話來。

方老爹連忙掩飾道：「無妨無妨，下個月確實田地裡有很多活要忙，再說了，也不是每家生娃都要請滿月酒的。」

張氏垮塌著一張臉，沒再說話。

等李三郎走後，張氏一把淚就出來了。「小源肯定要受公婆擠兌了。親家也真是過分，到孩子滿月時，也還沒到農忙時節，哪裡就有那麼忙了？頭一胎的孩子，有幾家不請滿月酒的？他們也真夠沒眼力的，難道小源就生這麼一胎，還怕她以後生不出兒子？」

「好了、好了，動不動就掉眼淚做什麼，妳這身子傷心不得，不記得郎中囑咐的話了？」方老爹心裡也生氣，只不過他更能沈得住氣。

張氏抹了淚，進灶屋去了。

李三郎回頭來澤生家也坐了一回，但他當著兩人的面沒敢說不請滿月酒的事。他知道小茹的嘴有些厲害，若她問起，是不是因為瞧著是女娃才故意不請滿月酒的，那他真的沒話回了。

其實李三郎是想請滿月酒的，他可喜歡自己的小千金了，可他爹娘的話，他不敢違逆。

次日，澤生帶著三個人一起去穎縣。一天後，他們拉了兩牛車的糧回來。

這和平時出門沒什麼兩樣，都是平常得很，可是，有一件事很不平常！

小茹早上在給澤生洗衣服時，發現他的衣裳有一股濃重的胭脂味，領口竟然還有紅印子。她仔細瞧了瞧這個紅印子，多像自己當年出嫁時，嘴上抹的那種胭脂粉啊！

小茹頓時驚壞了！只聽說在現代社會，老婆想知道老公有沒有出軌，得聞聞老公的衣服，看能不能在他的衣上找到蛛絲馬跡。沒想到，她到了古代，竟然發現自己相公的衣服有如此痕跡！

她無法相信澤生會做出對不起她的事來。不可能、不可能！

於是，她將澤生的衣服放進水裡拚命地搓洗，將紅印子搓得乾乾淨淨，濃重的胭脂味也早就聞不見了。可她心裡還是忍不住會想，澤生昨晚到底幹麼去了？哪怕自己如何信任澤生，但腦子就是不受自己的控制，止不住地往壞處想。

她平時就聽說不少稍有閒錢的人去了縣城，就要逛青樓的。本縣有如花樓，而穎縣有如意樓，聽說那裡面的女子比如花樓的女子還要嬌豔不少。

難道澤生……不會的！不會的！澤生怎麼可能是那種淫色之徒？就憑他平日裡對自己那般寵愛，就不可能做出這種事來。

這會兒，她又想起有不少人議論高老闆經常逛穎縣的青樓，雖然他為人處事十分妥當，幾乎所有人都誇他是個很不錯的人，講義氣，做買賣絕對不坑人，且對他的娘子好得不得了，疼愛有加，日子過得甜甜蜜蜜，但仍掩不住他的風流事蹟。

莫非是他把澤生帶壞了？

在這個古代，男人可沒有什麼貞操觀！完了完了，小茹想到這裡，心裡一陣緊張，一向穩如泰山的自信心，此時有些崩塌，穩不住了。

晾完衣服後，小茹回到屋內，這時，澤生抱著孩子走過來，坐在她的邊上玩。

小茹實在憋不住了，小心翼翼地問道：「澤生，你昨晚在哪裡歇夜的？」

澤生眼神有些閃躲，臉也紅了。「在……在客棧啊，我每次去穎縣都在朋來客棧歇夜的，怎麼了？」

「沒什麼，沒什麼。」小茹強忍住沒有再多問。其實她從澤生的神情就看出來，他十有八九在說謊，何況他的臉還紅成那樣。

澤生平時不會說謊，哪怕為了她在他爹娘面前扯個謊，有時他的臉都憋不住會紅。

小茹腦子裡早已混亂成一片。她該怎麼辦，怎麼辦？澤生竟然向她扯謊了！

若是別的事他跟她扯謊，她也懶得計較，可是……這關於澤生有沒有出軌、有沒有背叛她啊！

不知是因為澤生心虛，還是因為小茹對他生了疑心，以至於現在澤生任何舉止在小茹的眼裡，都好像不是那麼自然。

他中午做飯是不是太過於積極了一點？他看自己的眼神是不是有些愧疚？他說話的態度好似在獻殷勤？

瞧，這時他為自己盛好了飯，還給自己挾菜。小茹滿臉狐疑地看著他一舉一動，胃裡像打翻了五味瓶，滋味太複雜了。

澤生好像並沒有注意這些，還挾起一塊肉往她嘴裡餵。「妳嚐嚐，看我做的醬爆肉是不是也很好吃？」

若在以前，她肯定會笑著說他好肉麻，老夫老妻的，還餵她吃菜做什麼。

可是此時，小茹卻再也戲謔不起來，乖乖地把這塊肉吃了下去，實話實說：「嗯，好香，快趕上我的手藝了。」

無論事實怎樣，都不能否認澤生對她真的是好得不能再好了。家務搶著做，孩子也幫著帶，還要在外奔波謀生計，最重要的是，她哪怕再傻也能感覺到，他是真的很愛很愛她，愛到那種時刻想纏黏著她。哪怕他真的沾染了青樓女子，他心裡愛的也只有她一人的。

唉，怎地這麼想起來，她覺得好心酸呢？

澤生滿足地看著她吃下去，自己也挾了一塊吃。

小茹拿著筷子在碗裡撥了撥，裝作很隨意地問道：「聽說高老闆最近要迎娶第三房了？」

澤生停下手裡的筷子，抬頭看著小茹。「妳從哪兒聽來的？我前兩日還碰到他，沒聽他說起過呀！」

「那麼多人都在說，我怎麼會不知道。他娶三房是他自己的家事，自然不會主動跟你說了。不信下次你問問他，準沒錯，大家也不會瞎傳的。」

小茹看著眼前相貌堂堂的澤生，一想到若真有別的女人碰過他，她就酸得想齜牙，還渾身起雞皮疙瘩。「你……對男人娶二房、三房什麼的，怎麼看？」

她一問完，趕緊低頭扒飯。

澤生似乎明白了她話裡的意思。「小茹，妳放心，我是絕對不會娶什麼二房、三房的，哪怕別人娶七房、八房，那也是別人的事。我這一輩子有妳就足夠了，就妳一人我還忙不過來呢，若娶好幾個放在家裡，那得亂成什麼樣？」

小茹抬頭，幽幽吐了一口氣。「哦，你只是擔心太亂而已。」

這下澤生有些急了。「不是那個意思，我是說，我的心裡只容得下妳一人。」

這句話倒讓小茹挺滿意，又問：「聽說高老闆還經常逛青樓，到底是真的假的，你知道嗎？」

澤生一聽到青樓二字，便渾身不自在，眼簾倏地垂下，敷衍道：「這個我哪裡知道，他去青樓也不可能告訴我的。」

「他……」小茹正準備問昨晚高老闆歇在哪兒，好把澤生的謊話給套出來，卻被他給打斷了。

「食不言，寢不語。妳怎麼老問高老闆的事，趕緊吃飯吧。」澤生又挾了一些菜在她的碗裡，而他自己則悶頭吃了起來。

小茹沒法騙自己，因為澤生的臉又紅了。

她現在真的不敢問下去了。若真相是她無法接受的，那接下來的日子怎麼過？她能跟澤生鬧離婚嗎？能帶著兩個孩子做單親媽媽嗎？

這裡是古代，選擇權全在澤生的手裡，而不在她！何況，她是那麼愛著澤生，怎麼可能願意離開他，可是……澤生真的能做出這種事？儘管澤生的紅臉已經出賣了他，她還是無法置信。

她真後悔今早洗衣時太仔細了，若是什麼都不知道，就這麼稀裡糊塗地過，也好過這樣模稜兩可的懷疑。

「澤生，你說像高老闆這種精明的男人，怎麼有時候就那麼犯糊塗呢，他家裡有妻有妾，幹麼還去青樓那種地方？說不定哪日就染上了花柳病，早早斷了命，偌大家產豈不是白掙來了，自己都沒好好享受。」小茹真想把自己的嘴巴縫住，怎麼就這麼耐不住說這些極為難聽的話。

果然，澤生眉頭緊蹙。「小茹，妳今日是怎麼了，怎老是高老闆長、高老闆短的，一直就不離口了？我們正在吃飯，妳說什麼花柳病，飯還要不要吃了。」

小茹真想直接捅出來，你去逛青樓了，還跟我撒謊，你還有理了？你嫌花柳病噁心，吃不下飯，那你為什麼要去？你這是出軌、是背叛，你知不知道！

可她還是忍了，自己若真這麼無憑無據地說他，也實在不占理。但澤生明明在說謊嘛，她拐彎抹角地套話卻根本套不出來什麼！

小茹莫名的心酸與委屈一下湧上心頭，淚水禁不住在眼眶裡打轉。算了吧，還是忍氣吞聲地過。那種沒有任何瑕疵的愛情在現代社會不存在，到了古代仍然不能奢望。

小茹將頭埋得低低地繼續吃飯，不想讓澤生看到她想哭的樣子。不是她軟弱不敢跟澤生鬧，而是她真的怕自己再也不能幸福地過下去，再也不能如此輕鬆快樂過日子了。

她打算不再追究這件事，而是準備潛移默化地給澤生洗腦，要讓他知道男人的貞操也是十分重要的，要讓他知道，若是他敢碰別的女人，她以後就不會愛他了，這個家就不會那麼幸福美滿了。這對他來說應該有點震懾力吧？

才下定這樣的決心，有一件事又讓她不淡定了。

傍晚時分，澤生去了舊家那裡，問張氏去小源婆家給孩子洗三的情況，平常這個時候，他都是要去鋪子裡收帳的。

幾位帳房先生見澤生沒按時來收帳，就把錢與帳目交給一位平時跟著澤生外出收糧的楊姓帳房先生。澤生很信任他，招來的這些人之中，算他與澤生走得最近。

雖然才相識不久，澤生就已習慣有他跟在身邊，因為他不僅將自己分內算帳、記帳的事做得很精細，幾乎無差錯，在其他方面，也能幫上澤生不少忙。

小茹平時都叫他楊師傅，儘管他跟澤生年齡相仿，叫楊師傅似乎過了。但是小茹覺得尊稱對方沒什麼不好，這樣人家才願意真心實意地為你做事。

楊師傅來到小茹的家，見澤生不在，就把帳目及錢袋子交給她。

眼見楊師傅就要走了，小茹也不知是哪根筋不對勁，忽然叫住他。「楊師傅，進來喝杯茶再走吧！你平時跟著澤生在外跑很是辛苦。」

楊師傅哪敢承這個情，朝小茹打恭作揖道：「您真是折殺我了，我做的這些事都是盡自己的本分而已，何來辛苦一說。」他是不敢進來喝茶的。

小茹見他拒絕，便直話直說了。「我有事要囑咐你。」

楊師傅聽說小茹有事要囑咐他，哪裡敢不從，便進了院子，坐在石桌旁。

小茹給他沏上茶，坐在他的對面，見他一直垂眉低首，做出洗耳恭聽的姿勢，不禁暗想，這樣的人的確算得上一個稱職的好員工，難怪澤生那麼放心他。

「近日來，澤生隔三差五地就要出去收糧，我又不能跟在他身邊照顧他。楊師傅，你平時大多時候都跟著澤生，還希望你能多費點心照顧他，還要多提醒他，哪些地方該去，哪些地方不該去……」

「大當家自己仔細著，真的不需要我照顧。在外時，他還經常提醒我早點睡覺，不要看夜書呢，您是過分憂慮了。」楊師傅說到此，想起一事。「不過，昨日深夜裡大當家的可受罪了，喝了不少酒，我愣是讓客棧夥計半夜起床給大當家做醒酒湯，喝了好幾碗，他才舒服了些。」

「喝酒？澤生他根本不會喝酒的，怕是喝上三盅，他就要醉了，他在哪兒喝酒？跟誰一起喝的？」小茹驚問。

「在如……他跟杜郎中一起喝的，也不知他喝了多少，竟然喝得都走不了路了。」楊師傅正要說出如意樓，見小茹緊盯著自己看，他忽然打住了，想起大當家說過，去如意樓發生的事不要跟任何人說。

楊師傅見小茹怔怔的，也怕自己說漏嘴闖禍了，趕緊起身謝茶，然後快速出了院門。雖然他覺得去如意樓也沒什麼，有幾個男人能禁得住？但是他也聽說過大當家夫婦感情一向深厚，還聽不少人說大當家怕娘子，耳根子軟。

想來小茹若是知道大當家去了如意樓，指不定還要鬧呢。他後悔說出了一個「如」字，心裡一直在祈禱，希望她不要聽出什麼來。

他哪裡能想到，小茹只聽到一個「如」字，就已經能百分百確定澤生是去了青樓。她記得以前澤生說起芝娘在本縣的如花樓靠賣身過日子，還嫌惡得不行，如今他自己進了潁縣的如意樓，竟然還喝了酒，與杜郎中一起在青樓喝酒？真是新鮮事！

喝完酒後做了什麼？總不至於把青樓當飯館，喝了酒就回客棧了吧？身上留的那些印子，分明是與青樓女子摟抱過，然後酒後亂性。

小茹渾身一顫，心神亂了。

待澤生回來時，見小茹坐在石桌邊兩眼失神，緊咬著下嘴唇，像是恨不得要將自己的下唇咬去一半似的。

澤生還從未見過小茹這般神情。「小茹，妳怎麼了，誰惹妳生氣了？大寶和小寶又不肯吃雞蛋黃了？」

讓大寶和小寶每日吃一點雞蛋黃是小茹想出來的。她對這些還是稍微懂一些的，嬰兒吃些雞蛋黃可以補鐵，而且還對大腦發育有好處。澤生翻了《妊娠正要》後的育兒篇，發現小茹說得確實沒錯，便每日給大寶和小寶餵一些。

大寶和小寶似乎對雞蛋黃不感興趣，經常緊咬著勺子，就是不肯打開嘴，所以澤生以為小茹又為此事發愁了。

不過，他覺得小茹這次似乎愁得有些過頭了，又道：「瞧妳，跟這麼一點大的孩子也能置氣，我去把他們抱回來，我來好好餵。咦？小清和小芸把他們倆抱哪兒去了？」

小茹冷臉道：「雞蛋煮都沒煮，餵什麼餵？」

澤生被她這般冷言冷語有些嚇到了。「妳……妳怎麼了？」

小茹不回答，也不看他，就是坐在那兒憋屈生悶氣。

澤生在她的對面坐了下來，伸出手來，輕輕拉她的手。「莫非是林生惹妳生氣了？明日爹和大哥就要去給高老闆蓋房子了，林生要去就隨他去吧，做泥匠也挺好的。」

小茹突地從他的手心裡抽出自己的手來，還是不說話，也不抬頭看澤生一眼。

澤生想引起她注意，又說：「剛才娘跟我說，她昨日去了李家，對三郎的爹娘好好說了一番，不過都是拐著彎說，沒有說得太直白。他們大概聽懂了娘的話，見我們娘家都挑理了，他們也不敢怠慢，或許也覺得那樣做太不占理了，便又改口說孩子的滿月酒一定要請，還說讓我們一家人都去呢！到時候我們也去看看小源的孩子。娘說孩子像小源，還有點像我呢！」

「哦。」小茹只是應付地應了一聲，仍然像雕塑一般，坐在那兒傷神，臉色灰暗。

澤生見她情緒不對，對小源的事似乎不感興趣，也不好強問什麼，便起身道：「我去煮雞蛋。」

澤生才走進屋，忽然又出來了。「我先去鋪子收帳，再回來煮雞蛋。」

「不用去收了，楊師傅已經給送過來了。」小茹毫無精氣神且十分壓抑地說。

她垂著腦袋，眼皮亦低垂，像被霜打了的小草般，那模樣可憐極了。澤生見小茹這模樣，又聽她說楊師傅來過，嚇得臉色鐵青。

其實小茹感覺自己快壓抑不住，立刻就要爆發了！這是爆發前的沈默，暴風雨前的寧靜。

澤生轉念一想，又覺得不太可能啊，以楊師傅的性子怎麼可能說出來呢？

不過一回想起昨日的事，他仍心有餘悸……

前一日，澤生剛收好糧，天色已晚了。由於之前答應瑞娘要去找杜郎中，他前往那個藥鋪子時，夥計卻告訴他，杜郎中隔五、六日才來鋪子裡瞧一回，如今已三日沒來鋪子裡了。

澤生又問怎樣才能找到杜郎中，夥計將他拉近身，小聲耳語道：「杜郎中幾乎每隔兩、三日都要逛一次如意樓，你去那裡碰碰運氣吧！」

澤生當然知道如意樓是什麼地方，哪怕不想去，但為了見杜郎中一面，他還是帶著楊師傅一起去了。

他們倆只是在如意樓門口候著，想著杜郎中若真的在裡面，總會出來吧。

澤生沒能想到的是，以他那樣的相貌，又穿了一身還算不錯的衣裝，哪怕不給錢，也會被鴇母和一群妓女給拉進去。

立在門口的楊師傅並沒有被拉進去，那些女人眼力可厲害了，一眼就瞧著他是跟班的貨色，當然不會讓他一起進去。

澤生被拉進如意樓時，連忙說道：「我是來找人的，杜郎中在嗎？」

「哎喲，好一位俊相公，你可是找對了，杜郎中可是我們這裡的常客，此時正在二樓吃著小酒呢，我帶你上去吧！」鴇母頂著一張老臉，卻學著年輕女子那般說嬌滴滴的話，讓澤生聽了渾身起雞皮疙瘩，但還是跟她上了二樓，進都進來了，況且杜郎中還在，他怎麼能掉頭就走。

他還以為杜郎中是一個人在樓上喝酒，沒想到一進房間，發現他左擁右抱，兩個打扮誇張又妖嬈的女人在他的懷裡眉開眼笑。

澤生嚇得準備退出去，卻被杜郎中叫住了。「你不是找我嗎？怎麼還要走？」

方澤生回答：「在、在下方……方澤生，有要事相求。」

杜郎中沒理會他，反而爽朗地笑道：「方澤生，你不會是從來沒進過青樓吧？還真是夠嫩的，來，陪我喝兩盅。」

澤生硬著頭皮進來了，坐在他對面，才一會兒，又進來了兩個女子。她們都往澤生身上靠，還有一個膽大的直往他懷裡鑽，他尷尬地往外推了好幾次，人家卻鍥而不捨，被他推開後，還是要往他身上貼。

之後，澤生將雪娘的事跟杜郎中說了，問他有沒有好方子可以醫治，杜郎中說：「有是有，就不知是否對症。我們先喝酒吧！等明早我回了家，會讓夥計把方子和藥送去。」

澤生為了答謝，又敬了杜郎中幾盅。本來他就沒酒量，這下喝暈乎了，又被兩個女人纏得脫不開身，他都不知自己是怎麼躺到床上去的。

當他感覺有好幾隻手在摸他的身子，似乎還有人親他的臉，嚇得他一下驚醒了過來，一睜開眼，竟發現自己一絲不掛，左右各躺著一個沒有穿衣服的女人，而且這兩個女人的手腳全都放在他光裸的身上！

他差點被她們白乎乎的肉身給晃得暈過去，他一下掙脫了她們，半捂眼睛半睜著找自己的衣服，連滾帶爬地下了床，胡亂地穿著衣服往外跑。

那兩個女子因為沒來得及穿衣服，所以沒敢跟著追出門來。其中一個直呼道：「怕什麼，錢都由杜郎中給你付了，白占便宜你還不要？喂！你別跑啊！」

逃開的澤生並不知道這兩個女子正氣急敗壞地說：「我們這算是接了客，還是沒接？鴇母不會不把這錢算進去吧？」

「哪能不算，我們都脫光了陪他睡這麼久還能不算？反正鴇母又沒看見，我們就說他已經做了那事才走的不就行了，妳真是笨！」

澤生才跑出如意樓的大門，就大跌一跤，爬不起來了。

幸好楊師傅還在，他一直在外焦急地等著澤生，以為大當家今夜應該是出不來，正要離開時，卻被眼前跌一大跤的人嚇了一跳。

待扶起來看時，見是大當家，而且身上衣服還全穿反了，楊師傅倒是很鎮定地扶起他，嘟囔道：「反正都已經睡過了，怎麼還半夜爬起床來？難不成在這裡歇整宿要多收錢？」

半醉半醒的澤生經這麼一摔，只好由楊師傅扶回客棧，稍晚，喝了幾碗醒酒湯後，澤生又昏沈沈地睡下。

直到今日早上，澤生才想起昨夜的事來，並不知道楊師傅已經誤會了，也沒多做解釋，只是囑咐楊師傅不要跟任何人說起。

然後他又讓客棧的夥計燒水。夥計感覺納悶得很，哪裡有人大清早要洗澡的。不過，燒水就燒水吧！反正要多算錢的。

楊師傅很是會意地想，大當家肯定是怕自己身上沾染了一身騷女人的味兒，回去會被小茹聞見了。他還在想，哪個在外跑買賣的男人不偶爾逛青樓？大當家也太過謹慎了，小茹知道就知道了唄，反正他經常在外跑，難不成她還會認為大當家得守身如玉？

澤生確實擔心小茹聞見了，那些女人身上也不知塗抹了什麼，味道濃重得刺鼻。他只顧得洗澡了，卻忘了衣服上還有很多證據。

不知情的澤生晚上一回到家見到小茹與自己置氣，還心生納悶。由於他堅信楊師傅的口風，絕不會跟別人說，還未想到她是為這件事生氣，於是他默默地回屋煮雞蛋，然後出門找小清她們，再餵孩子吃。

直到夜晚他上床時，還不經意想起昨夜他和兩個女人一絲不掛地躺在床上，頓時，雞皮疙瘩都要掉一地，便不自覺地離小茹遠一點。

小茹本來一直在壓抑著自己，不想讓自己爆發出來。這會兒又見澤生竟然還躺得離自己那麼遠。莫非還真是昨夜盡興了，現在沒興趣，怕她強上了他不成？

小茹再也憋不住了，狂躁地騰地一下坐了起來。

澤生被她的舉動唬得身子一顫，驚愕地看著她狂怒的臉。還未待他反應過來，小茹一把掀起被子，將腿一橫，猛地一下將他踢下床。

「小茹，妳……」

澤生被踢到地上，屁股和脊背摔得生疼，還沒來得及揉，小茹又拿起枕頭，噼哩啪啦朝他頭上、臉上一陣猛砸。

澤生被她這麼劈頭蓋臉地砸，已經暈頭轉向了，除了本能地抱頭蜷縮著身子，根本就不知道閃躲。

在他眼裡，小茹對他可是一直溫柔得很，怎麼會突然向他施暴了？

小茹越砸越狠。「我叫你撒謊，我叫你逛青樓，我叫你喝酒！」

澤生更懵了，她怎麼什麼都知道了？

小茹窩著一肚子的火，哪能就這麼燒完了，她又跳下床來，手裡的枕頭仍然是劈頭蓋臉地砸向澤生，而且雙腿左右開弓，對著他一陣猛踢。「你還真當你有錢了，就可以開始玩那些不著調的了？你有沒有玩女人，有沒有？」

澤生都被打得睜不開眼了，嘴裡求饒道：「沒有，真的沒有……妳聽我說……」

「沒有？你敢說沒有，你現在是謊話張口就來，鬼才信！」小茹再噼哩啪啦地打了一陣，她也打不動了，乾脆直接蹲下來扯起澤生的兩條腿往外拖。

「小茹，妳這是……這是要幹麼?!」澤生已經被打懵了，完全找不著方向，根本沒想到自己可以爬起來反抗。

小茹將他拖出臥房門外，還狠狠地朝他大腿上踢了兩腳，然後「砰」的一聲，重重地將門關上，上閂。

澤生掙扎著坐了起來，拚命拍門。「小茹，妳聽我解釋，小茹……」

小茹一進房便扯過被子，將自己的頭捂住，在漆黑的被子裡大哭，哪裡還願聽他的解釋。

「二哥，你和二嫂打架了？」小清披著外衣，站在澤生的身後驚愕問道。

小芸也過來了，她低頭瞧了瞧。「好像是姊夫挨了我姊的打。」

她們實在難以置信，平時聽多也見多男人打女人，這可是頭一回見女人把男人打出屋！這個男人還可憐巴巴地坐在地上拍門？

澤生被小清的聲音驚得一回頭，見她們都被吵了出來，他羞愧得想找地縫鑽。何況自己還只穿一身裡衣，披頭散髮，凌亂不堪。若不是因為地上乾淨，他此時早已是一身灰土了。

他尷尬地從地上爬了起來，顧不得全身的痛楚，而是慌忙用手撩起遮住眼睛的散髮。「沒事沒事，我們就是吵了幾句。」

他見她們仍遲疑著不動，還擔憂地看著自己，便道：「我沒事，妳們快去睡吧。我等會兒去林生那屋裡睡，正好他今日回家了。」

澤生用手揮趕著她們，她們似乎也懂，他被小茹打成這樣卻讓她們瞧見了，他覺得丟臉。

為了不讓他難堪，她們只好回屋，不管他了。

澤生理好頭髮，整了整衣衫，又來門前，小聲地說：「小茹，妳開開門，妳好歹聽我解釋一下呀。」

這時他聽到一陣沈悶的哭聲，不免心慌，知道事態嚴重了，小茹竟然哭了？她是因為認為他與青樓女子有染，就傷心成這樣嗎？

可他真的不是故意要去如意樓的呀！再想到昨晚的一幕，確實是夠噁心的，他也不願意那樣啊。

他聽見小茹是真的哭得很傷心，跟著一陣揪心地疼。

小茹傷心了，而且還是因為他，這可是從來沒有過的事啊！以前她只會因為他而開心地笑的。

他捶著自己的腦袋，後悔極了，自己不該撒謊，該什麼都告訴她的，他根本就不該去如意樓的。他真的是怕她多想，才有意隱瞞的，他對那些女人一點也不感興趣啊！

不行，他得讓小茹知道，哪怕出門在外，自己心裡時時刻刻都是想著她的。於是他拚命地拍門，急著要跟小茹解釋，已經顧不得吵到小清和小芸了。

「小茹，妳快開門啊，妳可別哭啊，小茹……妳聽我解釋好不好，我真的什麼也沒有做啊！只要妳開門，妳想知道什麼我全都告訴妳，一個字都不敢跟妳撒謊的！」

「小茹，我求妳了，妳別這樣啊……」

第二十五章

無論澤生怎麼拍門、怎麼叫喚、怎麼央求，小茹都不肯開門，也沒回應一句話，成心當沒聽到，就是要折磨死他。

「小茹……妳開門吧！妳再不開門，我真的要冷死了。」

「冷死你才好！」小茹朝外吼道。

她真想再吼一嗓子，要是換到現代社會，這時已經在簽離婚協議書了，讓你淨身出戶！哪裡還會心疼你冷？你有多遠滾多遠才好！

她將淚擦淨，躺好，用被子蒙著頭睡，可是心裡仍然止不住會想起他跟別的女人在一起的景象。她在床上翻來覆去，越睡越煩躁，一會兒將被子蒙住自己，一會兒又將被子踢到地上。才過一會兒，她又覺得冷，只好再下床來拾被子。

一見澤生的衣服和頭巾就在床邊，她揚手往地上一扔，但仍不解氣，她又爬起來打開衣櫃，將澤生所有的東西全找了出來，來到窗前，準備全扔到窗外去。

忽然她又止住了，這麼扔出去，豈不是讓他得了便宜？還以為她是在心疼他，故意給他扔衣服穿呢。

不行，就冷死他！

她將澤生的衣服狠狠摔了一屋子，然後再上床睡覺，只是怎麼樣都睡不著，她時刻都有衝出去狠狠揍他一頓的衝動！

在外的澤生覺得身子都冷得麻木了，實在有些撐不住，只好去客房睡，可是一想到小茹真的以為自己做出那種事，若不解釋清楚，他根本沒法睡著，於是他從客房又裹著被子出來。

他見屋裡還亮著油燈，就知道小茹肯定還沒睡著。這次他沒有敲門，而是來到院子裡敲窗戶。

小茹焦躁了一晚上，好不容易快要睡著，被澤生這麼一敲窗戶，頓時火氣又上來了，她掀被起床，風風火火地走過去將窗戶猛地一開，恨恨地道：「你有本事自己從窗戶外鑽進來！」

這種窗戶是分上、下兩個口的，下面鎖死，只能打開上面。上面的口很高且不說，口子也不大，小茹還特意將其中一扇窗鎖上，只留上面半個口！

小茹想他肯定鑽不進來，看也不看，便回來繼續睡覺。

澤生一聽見小茹讓他鑽進來，他哪裡敢不從，而且還激動得很，她終於發話肯讓他進來了。

小茹原是背著窗睡，忽地，她聽見澤生掙扎和折騰的聲音，便翻過身來看，見他的半截身子已經進來了，那雙腿在空中不停地踢著使勁。

頓時，她瞠目結舌。他瘋了嗎？還真的往裡鑽？

小茹又起身，不管三七二十一，雙手拽住他的腿，正準備往外一推，摔死他去！可是她心軟了，怕這樣真的把他腦袋摔壞了，還是沒敢往外推。

澤生還以為小茹是準備將他往裡頭拉，正高興著。沒想到小茹鬆了他的腿，根本不幫他一把，讓他有些失望，只好扭動著身子往裡用力。

小茹咬牙切齒地將另一扇窗戶的栓子全打開，口子頓時大了，澤生還在往裡用力，整個人頓時「砰」的一聲，重重摔在地上。

「啊！」澤生一聲痛呼。

「你也知道痛！摔不死你！」小茹發狠地說。

澤生爬了起來，揉著膝蓋，往屋裡一瞅，傻眼了。

屋裡真的跟狗窩沒差別了。滿地全是他的衣服還有鞋子，桌上的花瓶和茶杯也都歪倒著，床上的鋪蓋全捲成一塊兒，被子有一半是拖在地上的，還有一個枕頭被扔到牆角。

幸好在這之前，他把孩子們的搖床搬到小清的屋裡了。因為他見小茹下午情緒不對，怕她晚上帶不好孩子。若是孩子在這裡，早被他們倆這麼折騰一晚上，給嚇哭了。

澤生見屋裡亂成這樣，忽然鼻子一酸，心裡暗忖，她心裡得多麼傷心，才會折騰成這樣啊……

「你還愣在那兒幹麼？你剛才是怎麼說的，說要把整件事全都告訴我對吧？說一個字都不敢撒謊是吧？行，你現在就說吧！」小茹回到床邊，靠著床頭正身坐著。「快說吧！」

澤生彎腰先將衣服和鞋子一一拾起來，再扶正桌上的東西，又來整床，其實他是想讓自己緩一緩，他真的怕小茹知道真相後會更生氣。

「你不是說要解釋嗎？怎麼現在給你機會，你卻假勤快起來，整什麼床，整好了也不可能讓你睡的！」

澤生長吁了一口氣。還是實話實說吧，真的不能再惹她生氣了，他也不忍心再看她受折磨，自己確實沒做什麼，好好說清楚就行了。

澤生拉把椅子坐好，開口正要說，小茹突然叫停。「等等！」

她起床到屋角，拿起搓衣板，橫放在地上。她自己則坐在地毯上，指著對面的搓衣板說：「你先跪上去，再好好說。」

「啊？」澤生瞅了瞅地上的搓衣板。「為什麼要跪……跪在搓衣板上？」他可從來沒見人跪在這上面啊，這又是什麼新玩法？

「讓你跪，你就跪！」小茹發號施令了。

他聽話地走了過來，雙膝往上一跪，他根本不知道跪上會有多疼，所以雙膝往下跪時，快了點，也重了點，根本沒注意力道。

「啊！怎這麼疼？」澤生咧著嘴，連忙用手揉著膝蓋。

他明白了，小茹是故意讓他這麼疼的，這是在懲罰他呢！

「廢話，跪搓衣板能不疼？手拿開，揉什麼揉，跪直，昂首挺胸！」小茹又命令道，還橫眉冷言對著他。

澤生豁出去了，疼就疼一回吧！只要她能解氣就行，於是他按照命令，昂首挺胸跪直了。

「說吧，從你跨進青樓的第一步開始說起！敢再騙我一個字，我讓你跪得膝蓋流血！」小茹狠狠地瞪了他一眼。

「不敢。」澤生乖乖地回答，感覺小茹那眼神像刀子一般，要將自己千刀萬剮似的，他哪裡還敢騙她。

接著，澤生回憶了一下，開始說了。

小茹盤坐在地毯上，雙手交叉於胸前，兩眼審視著他的眼、他的臉，看他有沒有撒謊。當他說到和杜郎中喝酒時，其中一個煙花女子總愛往他懷裡靠的細節，他也不敢漏過，不過也就是那麼提一下。

小茹聽了直喘粗氣。「你推開她了嗎？」

「推了！真的推了！」澤生認真地答道，他沒扯謊啊。

小茹仔細瞧著他的臉色，像是很誠懇坦白的樣子。她瞟了他一眼，見他垂目低首，像犯了重大的錯誤一般。

忽而她又疑問道：「喝完酒之後呢？」

澤生身子一顫。「之後……之後，我也不記得了……」他抬頭一瞧，見小茹狠瞪著他，急道：「我是真的不記得，我也不知道怎麼到床上去的，後來……」

小茹本來是盤坐著的，她聽到「床」這個字，整個身子頓時一躍，跳著站了起來。「你說什麼？你……你還上床了？」

澤生被小茹這一騰躍，唬得往後一坐。「不是妳想像的那樣，我被人弄醒就爬起來，然後跑出了如意樓，後來的事我也不記得，聽楊師傅說，是他把我揹回客棧的。」

「就這樣完了？」小茹死盯著他的臉。

「完了，真的完了。」澤生都不看她。

「你個騙子！你敢說就這樣完了？誰弄醒你的？」

澤生又被小茹唬得身子一震，她怎麼知道自己沒說全？

他只好老實說：「被……被她們弄醒的。我真的是一醒來就趕緊穿衣服跑出來了，我發誓我什麼也沒做，小茹……妳一定要相信我，妳……」

「妳……妳怎麼了，小茹？」澤生見她一步步走近自己，兩眼噴著火焰似的。

然後她蹲下來，黑著臉，難以置信地一字一字問：「穿衣服？也就是說，你脫衣服了？而且你確定不是她，而是她……們？」

小茹拉長著聲音用很怪異的聲調問，忽然她伸手掐著澤生的脖子直搖晃。「你還敢玩

NP！就這樣你還敢說什麼都沒做，你這個畜生，我掐死你！」

「我……我沒有啊，真的沒有啊，妳聽我說……」澤生被掐得臉紅脖子粗，嗆著辯白。

「我都喝醉了，神志都不清醒，還能做出什麼呀，妳也不好好想想！」

說得沒錯，他一喝醉就跟死人一樣，哪裡還能做什麼，即使有那個心，也沒那個勁兒！

小茹手勁一鬆。「既然你神志不清，你怎麼能醒過來，還穿衣服跑了出來？」

「我剛才說了，是被她們……弄醒了。」澤生小心翼翼地說，他都快被小茹嚇死了，她怎動不動就伸手掐脖子啊。

「怎麼『弄』醒了，弄你哪兒？」小茹此時真想讓自己大腦停止，因為這個「弄」字，聽起來怎麼就那麼容易想到十分噁心的一幕呢？

她伸手在他身上比劃著位置。「臉？胳膊？胸膛？」

澤生直搖晃腦袋。「沒有，沒有！」

見小茹咬唇直視著他，澤生挫敗地回道：「我……不知道有沒有。」

接著，她的眼睛從他的上面一直往下看，目光落到他的……褲襠。

澤生順著她的眼光往下一看，頓時「啊」了一聲，雙手直擺，急呼道：「這裡沒有、沒有……真沒有啊！妳就饒了我吧。」

「你不是不記得？不是不清醒嗎？怎就知道她們沒摸這裡？」小茹直視著他的眼神。

澤生自己也不清楚，只是推測道：「碰到我身上我就醒了，若是碰到那個地方，我不是早就醒了嗎？」

小茹無法想像那個場面，沮喪道：「都到這個程度了，你竟然說什麼也沒有做，你叫我怎麼相信你？你若要我相信你，好歹也圓個話，說喝完酒就回客棧不就好了？」

澤生懵了。「不是妳說……不許我編一個字嗎？」

小茹神色蔫蔫，萬念俱灰，伸手指著門道：「出去。」

「怎麼還出去？不是已經解釋清楚了嗎？」澤生晃著她的胳膊，懺悔道。「以後哪怕要打死我，我也不會進如意樓的大門了。不，是再也不進任何青樓的大門了。只要出門在外，我絕對不再碰一滴酒，絕對不會……」

「出去燒水洗澡。」小茹懶得聽這些，打斷了他的話。

澤生身子頓了一下。「我在客棧已經洗過了。」

「還要洗！」小茹對著他的臉直噴這三個字。

澤生被她的氣流噴得直閉眼。他不敢不去洗，只好從搓衣板上起身，這麼一起，他頓時齜牙咧嘴起來，疼得直叫喚。「我的膝蓋……好疼……」

「疼不死你！」

被小茹這麼一嗆，澤生不敢再叫喊了，只好拚命揉著膝蓋，然後起身，當他正要往外走，褲腿一下被她拉住了。

澤生蹲下身子來，聽她還有什麼指令。

「你當真什麼也沒有做？」小茹的目光直射他的眼睛。
「沒有！」澤生急得直跺腳。
小茹再揮手。「快去吧，洗乾淨一點。」
澤生一出門，小茹便一下渾身癱軟地躺在地毯上，拚命深呼吸，自言自語道：「為什麼我就是沒法相信呢？」
澤生洗完澡回來，見小茹已躺在床上睡覺了。他走過來正要上床時，她忽然張口說道：「你去客房睡吧。」
澤生身子一滯。他剛才見小茹眼睛閉著，身子一動也不動，還以為她已經睡著了。就在她說話之際，她的眼睛仍然是閉著的。
「怎麼還要去客房，不要讓我去了好不好？」澤生有些耍賴撒嬌了，語氣綿綿的。
可是小茹不吃他這一套，她真的累了，有氣無力地道：「你要是躺在我身邊，就不怕我一遍又一遍地盤問？」
這一說，澤生還真有些怕，被盤問的滋味可真不好受。「小茹，我知道我錯了，我不該……」
「好了、好了，別再說了，快去睡吧！再不睡，天就要亮了。」小茹皺眉催道。
澤生見她像是很厭煩自己似的，心裡陡然失落。之前，他還只是擔憂小茹不肯認真聽他解釋，現在解釋清楚了，她仍然沒能釋懷。她對他與其這麼不理不睬，還不如像之前那樣狠狠揍他一頓。

他知道再堅持下去，只會換來小茹更加厭煩的黑臉。無奈之下，只好將油燈吹滅了，再默默地退出房，將門帶上。

澤生來到院子，將窗戶上的被子摟進客房，倒床準備睡覺，儘管疲倦至極，他還是睡不著，回想起以前，小茹從來都是跟他同喜同憂的，兩人之間沒有任何嫌隙，說話都是直吐真言，從不需擔憂哪句話沒說好會讓對方不開心，無論他做什麼，小茹幾乎大都是支持自己。

如今突然有了隔閡，他真的難以接受。她心中所想的，是他無法想通的，他覺得明明沒做什麼呀，怎麼到了她的眼裡就像犯了滔天大罪似的。

為什麼她就不肯相信他不會碰那些女人？

她不相信自己對她的一心一意嗎？難道連他的真心她也懷疑？既然她這麼在乎他有沒有碰那些女人，那他以後遠離任何女人不就行了？只要是她不允許的，他是絕對不會逾越而惹她不高興的。

他自己也不明白，為何小茹的一舉一動，開心或生氣，會如此牽動自己的心，是他如此在乎她，甚至超過他對自己的在乎？也許是因為，從小到大，從來沒有誰能讓他如此開心，又如此安心吧！

以前的日子是枯燥、極為平淡的，就像一碗白開水端在手裡，怎麼晃蕩都不會有顏色。

自從娶了小茹，他感覺自己的人生產生變化，從此掉進了美妙的幻境一般，顏色是五彩斑斕的，還時常都在變幻。

她總會冷不丁地帶給他大大的驚喜，經常會有莫名其妙的想法，還會做很多奇怪卻實用的東西，儘管不識幾個字，但她懂的東西很多。她甚至還異想天開地說，人類或許只是生活在一個球上，天上的那些小星星或許比人類生活的球還大。

曾有一日，她突然感嘆地說，要是有什麼能將他們的生活記錄下來就好了，發生過的事，存進什麼機裡面，他們隨時可以打開來看。這明顯違背了時光不可逆流的天理嘛！

又有一日，她跑到地裡去找他，邊擦大汗邊感嘆，她想說句話就差點跑斷腿，若是只需拿一個……好像又是什麼機，用了這個，無論相隔多遠都能聽見對方說話，該有多好！

雖然她的想像總是那麼離譜，但都是那麼有意思，他很愛聽。和她在一起，似乎每一日都是新的，他珍惜著和她過的每一個日子。

她還時常給他講故事，有神仙、有妖魔鬼怪，還有一些他聽不太懂的故事，譬如什麼遊戲，升級打怪？還有什麼植物可以大戰殭屍？聽起來很怪異的故事。她說這些都是作夢時夢到的。

也許她的前世是某個女神仙，因此很多意念還存在腦子裡未消去，所以會時常夢到？無論如何，自己娶到了她，就像撿到寶一樣，一定得好好守護著。

他們總是無話不說，愛說笑又愛逗趣，她會大大方方地向他示好。兩人在一起親熱時，她會甜甜地說「我愛你」，簡直要把他酥得骨頭都發軟。

雖然他們在一起生活，彼此熟悉到不能再熟悉了，但她的一顰一笑，還是時常能讓他心裡突然起漣漪，身體裡會熱血澎湃，不是因為她的美貌，而是她渾身散發出來的那種獨特氣韻，讓他神魂顛倒。

哪怕在最平靜的日子裡，兩人一起扯扯閒話，或看著她做針線活，或兩人一起下棋，如此恬靜的日子，也是那麼的美好，感覺怎樣都過不夠，再想到他們一人抱著一個孩子，在一起逗樂說笑的情景，他臉上禁不住漾起甜蜜的笑容。

可是，才笑那麼一會兒，他的笑容僵住了，因為他又想起剛才小茹的冷臉。

都怪自己不好，惹她生氣了，致使兩人之間生了嫌隙，到底該怎麼彌補？她不會從此以後一直對此事耿耿於懷，再也不像以前那樣和他一起過開心的日子吧？

他懊惱地在床上翻來覆去，唉聲嘆氣，他真的過不了這種被小茹厭煩的日子，哪怕只是一時半刻，對他來說，都是煎熬。

如此自我折磨了約兩個時辰，他見窗外都泛白了，乾脆起床不睡了。

澤生來到廚房，先下米煮粥。忽然，想起小茹愛吃蒸餃，還有茶葉煮的雞蛋，他便捲袖開始忙活起來。

待天色大亮時，小清和小芸她們都起床了。她們平時夜裡都不帶孩子的，而昨夜既要帶孩子，還被他們這一對夫妻前半夜的吵鬧害得沒睡好覺。

她們來到廚房，見澤生做了這麼豐盛的早飯，有些吃驚。

「二哥，你昨夜幾時睡的，怎還能起這麼早？哎呀，你眼下泛烏青的，不會是一夜都沒睡吧？你怎麼就不知道多睡會兒，這時辰還早著呢！平時這個時候你才剛剛起床。」小清嘮叨著。

其實她心裡真的有些瞧不起她的二哥，昨夜裡挨了打，要死要活的，今兒個還起這麼個大早做飯，一看這做的早飯就是為了迎合二嫂的喜好，他怎麼就沒一點骨氣，什麼時候才能硬起腰桿一回？

小清見澤生不說話，他手裡還在忙著做小菜，醋醃捲心菜，這又是二嫂愛吃的。

「二哥，你到底做了什麼，二嫂氣成那樣？平時可沒見她不讓你進屋的。」小清好奇地問。這也是小芸好奇想問的，她只在一旁豎著耳朵聽著。

可是等了老半天，澤生都不出聲，神情尷尬，臉上起了一層薄暈，似是很羞愧的模樣。

他將做好的小菜端到飯桌上，才說：「妳一個小姑娘家不要問這麼多，大人的事，妳不懂。」

小清頓覺好笑。「我是小姑娘，你是大人？不就是差六歲嗎，真是的。有什麼不可告人的秘密？」

澤生臉上一熱，趕緊轉移話題。「妳二嫂起來了嗎？」

小清搖頭。「好像沒，我去看看。」

「妳別去看，別吵醒了她，她昨夜那麼晚睡，讓她多睡一會兒吧。」澤生見小清那般突然仰慕的眼神，又道：「妳和小芸洗漱好了，就先吃吧。」

小清這會兒是真的仰慕。她的二哥，她到底是該瞧不起，還是該仰慕？他真是這世上數一數二疼娘子的男人啊！

澤生來到小清房裡看孩子，見孩子微睜著眼，看來已經醒了，便幫孩子穿衣服。輪流給大寶和小寶換過尿布後，他把孩子放進轎椅裡，再把兩張轎椅搬到院子裡。他心裡還在想著，上次小茹找木匠給孩子做木輪椅，不知做好了沒，今日得了空，該去木匠家瞧一瞧。

他盛好兩小碗粥準備來餵孩子，只是還有些燙，便放在一旁晾著。接著，他來到自家臥房門前。想到昨夜他出屋後只是帶上門，小茹應該沒有起來上栓，他便放輕手腳往裡推門，想看她是不是還在睡。

他只推開一小半門，往裡頭一瞧，頓時呆立，只見小茹上身全裸，手裡拿著肚兜正要往身上穿。

正在換衣服的小茹，感覺背後好似有一陣輕風，猛一回頭。「啊！」她一聲驚叫，手裡拿著肚兜往上身一捂。

澤生還未反應過來，一個東西不偏不倚地砸在他的腦門上，掉在地上，他低頭一看，是一只棉拖鞋。

「你個流氓，怎麼還學會偷偷摸摸地看人換衣服！」小茹怒不可抑地說。

「我不是故意的，我只是看妳起床沒！」澤生揉著腦袋趕緊出門，將門關得緊緊的。

之後，澤生來到孩子旁邊坐下，正要端起碗餵孩子喝粥，卻聽到坐在一旁吃蒸餃的小清驚呼道：「二哥，你腦門怎麼了，撞牆了嗎，怎麼紅了一塊？」

「嗯，剛才低著頭走路，不小心撞到牆了。」澤生的臉又紅了，他真的每次說謊那張臉就發紅，無形中戳穿了他的謊言。

唉，不知道為何，最近怎麼總是無奈地要說謊，不說謊不行嗎？

他心裡暗暗下定決心，以後再也不說謊了！不，就從現在起，再也不說謊了！

小清倒沒仔細看他的臉色，還以為他真是撞牆了，端著碗格格直笑，小芸也跟著笑。

「姊夫，你怎這麼倒楣，走路還能撞牆？」

這時小茹出來了，一聽小芸說澤生是撞牆了，心裡也忍不住跟著發笑，他還真是夠倒楣的。從昨夜到現在，估計渾身上下不是瘀青就瘀紫的。

不過她可不會笑出聲來，臉上仍然是緊繃著。她斜視了一眼澤生，見他腦門紅著一塊，的，手裡拿著勺，認真地餵孩子吃，臉上的神情似苦還憂。她不禁心生惻隱，覺得自己是不是反應過度了，將他折騰得狼狽不堪。

本來她很想抱抱孩子，跟孩子親一親，可是礙於澤生在那兒，她就沒過去。

當小茹往外走時，澤生才發現她起床出屋了。只是她並沒看他，徑直往廚房去，所以他只瞧到她的背影。

「小芸，昨晚大寶和小寶還乖嗎？沒吵著妳和小清睡覺吧？」小茹從小芸身邊走過時，問了一句。

「沒有，他們倆乖著呢。」小芸心裡暗忖，孩子沒吵著她們睡覺，倒是她把姊夫打出屋時，把她們吵起來了一回。

小茹來到廚房，見鍋裡煮了粥，桌上還放著蒸餃、茶葉蛋和小菜，雖然分量都弄得多，是給大家吃的，但小茹可不糊塗，知道這是澤生特意迎合她而做的。不知為何，她心裡還是止不住有些小感動。

她洗漱之後，正準備吃時，澤生端著空碗進來了，裝作若無其事地道：「大寶就是比小寶能吃，這一小碗一會兒就被吃完了，小寶那一碗還剩一些，怕是吃不完了。」

說到小寶的飯量，小茹真是有些憂心，他吃不過大寶，也睡不過大寶，怕以後個頭是小於大寶了。

若是往常，小茹肯定又要跟澤生討論一番如何透過其他辦法讓小寶補充一些吃食，可是此時，她真的不太想跟他交流，頭也沒抬，只是「嗯」了一聲。

澤生見小茹不搭腔，便坐在她的對面，也正準備吃飯。

小茹微抬頭，兩人四目一相對，竟然感覺怪怪的。

澤生的目光有些期盼、有些懇求。而小茹的目光有些賭氣，又有些閃躲，她立刻低下頭，不想看他。

可是，又不是她犯了錯，怎麼她還閃躲，無法與他目光相接了？

她忽然又抬頭，問：「你聽說過『無事獻殷勤，非奸即盜』嗎？」

澤生怔愣了一下。「當然聽過。」接著他又笑臉哄道：「我可是『非奸非盜』，就算我是獻殷勤吧，妳就笑納好了。」

他笑臉哄著她，她是不是就該笑臉相迎，然後你好我也好？她可做不到，她心氣大著，可不會被他一哄，就忘乎地不知所以然了。

她眼眸動了動，根本不應他，低頭吃飯。

嗯，這頓早飯做得確實不錯，他的手藝越來越有長進了。

小茹吃飽後，也不和澤生一起收碗，而是端出兩個蒸餃來到院子裡，準備弄碎給小寶吃。

澤生見小茹壓根兒不理他，有些沮喪，但還是將碗筷收好，再將廚房收拾得乾乾淨淨。收拾完之後，澤生突然想起一件事，趕緊去房裡將杜郎中給的藥方和一捆藥找出來，匆匆出了院門。

小茹看他手裡拿著那些，就知道是要給大嫂的。

沒多久，澤生來到舊家，見瑞娘在院子裡搗碎一種野草。

「大嫂，妳搗這個做什麼？」澤生蹲下來看，很是好奇。

「聽說這種野草搗出來的汁可以給女人治病，就是治女人的……」瑞娘覺得這種話是不好跟澤生說的，畢竟他們是叔嫂，得避諱著點。

她瞧了澤生的臉。「咦，你的腦門怎麼了，眼睛又怎麼了？」

澤生無意識地摸了一下頭。「哦，沒事沒事，不小心撞到牆了。」才說到這裡，他心中忽然起了一個大疙瘩，自己這又是在說謊嗎？

他把藥方和藥遞給她。「這是我從杜郎中那兒討來的，妳給雪娘送去吧！聽杜郎中說，這是極養身子的，這些藥夠喝兩個月。若是一般的傷症，喝完這些大都能好。若是損傷太重，怕是……好歹試一試，喝總比不喝強。」

澤生匆匆說完，就往院子外走，走到院門口時，又回頭說了一聲。「我差點忘了，妳跟雪娘說，喝藥的期間可不許再喝別的藥，以免相斥，沒了藥性，這都是杜郎中囑咐的。妳剛才搗的那個野草汁，還是別讓她喝了。若真要喝，最好等這些藥先喝完。」

瑞娘連忙應著。「哦，好好好，杜郎中說的話肯定要聽的。」

澤生從舊家離開後，便想去鋪子裡瞧瞧。

這些僱來的人還真是不錯，將鋪子裡打理得有模有樣，貨物按類擺放得整整齊齊，每一處都擦洗得很乾淨。

楊師傅剛記好一筆帳，一抬頭見澤生來了，便笑道：「大當家，剛才一下賣了三車青石板，說是要拉回家鋪臥房，看來都是想效仿你家呢！」

「哦？這是好事啊，越是有人想效仿，我們的買賣不就更好了嗎？」澤生笑應著。

楊師傅上下瞧著澤生，然後拉著他到一邊小聲問道：「我可什麼都沒跟嫂子說，嫂子怎麼知道了？」

澤生愣了愣，才明白過來他指的是什麼，訝異問道：「你怎知道她知曉了？」

楊師傅意味深長地說：「瞧你這精神，還有這腦門、這灰暗的臉色，怎瞧不出來？要我說嘛，嫂子管得也太寬了，你何必怕她！哪個在外跑買賣的男人不沾點花、惹點草的，逛青樓更是家常便飯。你得硬氣起來，讓嫂子從心底裡接受了，而且還要拿出大道理跟她講，讓她想通了才好。你碰一次外面的女人，回來便要受一回悶氣，那以後豈不是有罪可受了？」

澤生聽後兩眼瞳孔都驚得忽大忽小了，急道：「你……你想到哪裡去了？我可沒有啊，我哪裡碰外面的女人了？」

楊師傅吃吃地笑著，拍了拍他的肩膀。「好好好，沒有、沒有，就算沒有吧。有你這等辯才，想必嫂子慢慢地也就能接受了。」

澤生簡直百口莫辯，滿臉赤紅，急躁道：「怎麼能說是『就算沒有』？是真的沒有！」

楊師傅見他那副急得臉脹紅的模樣，實在不忍心。「好好好，沒有沒有，真的沒有！」

澤生見楊師傅只是在敷衍他，還想好好跟他解釋，卻被上門的顧客打斷了。

「方老闆，給我來兩車磚吧！」此人並沒有太挑磚的好劣，只坐在旁邊看著搬運工將磚往牛車上搬。

「對了，方老闆，你最近可得囑咐你的家人，讓他們仔細看著你那兩個孩子，昨日周家村丟失了一個剛滿一歲的小孩，帶著這個孩子、年約十來歲的小姑也一起丟失了。聽說是專抓小姑娘和小孩去賣的，你家有一對男娃，可疏忽不得！」

此人才說罷，楊師傅便跟腔道：「這一大清早，我已經聽好幾個人說過此事了，不僅周家村丟了孩子和小姑娘，好像良子在的那個卞鎮也丟了兩個，他正忙著帶人去找呢！如今這世道是怎麼了？連孩子和小姑娘也有人偷！」

那個買磚的人接話道：「很多窮山裡的人都娶不上娘子，所以就有人想著來偷吧。男娃更不需說，那些著急生男娃又沒生出來的，看著人家的男娃就眼熱，但也不能來偷啊，這些喪盡天良的人！」

楊師傅氣道：「這哪叫偷，叫拐！叫搶！」

澤生聽了之後，趕緊往家裡走。他得好好囑咐小清和小芸，讓她們別把孩子抱到路邊來玩，還得囑咐小茹，人家可是連小姑娘也要的，她長得那麼好看，豈不是也很危險？儘管她已經不算是小姑娘了，但長得可比一些小姑娘更養眼。

澤生沒幾步路就回到家，見母子三人玩著剪刀、石頭、布的遊戲，笑得還挺開心，他的心緒也跟著愉悅起來，看來小茹沒有自己想像中氣性那麼大。

大寶和小寶可不會玩這遊戲，但看著自己的娘在逗他們開心，他們就樂呵呵的，跟著一陣格格地笑。

澤生見小茹跟平時並沒兩樣，似乎不再生氣了，便走近她道：「小茹，聽說昨日周家村有人家丟失了一歲小孩，帶著他的小姑也一併丟了，我們可得仔細著點。」

小茹剛才已經看到他進院子了，原本不想理他，這會兒聽他說這件可怕的事，一下站了起來，剛才想不理他的打算已經忘了。

「什麼？這裡也有拐賣孩子的？還連帶著婦女一起拐賣？」

「這個孩子的小姑不是婦人，聽說是個十來歲的小姑娘，也不知是不是被拐去賣。我們縣裡一向民風良好，沒想到會出這種事，肯定是外來人做的，竟然作惡到如此田地，連小孩也不肯放過。卞鎮也有這種事發生，聽說良子帶著人一起尋去了，也不知能不能尋得回來，我們可一定要仔細看著大寶和小寶。」

澤生又轉向小清、小芸，囑咐道：「近日妳們不要把孩子抱出去玩了，就在自家院子裡玩吧，我們家院子大，足夠他們倆玩的了。還有妳們倆也要小心點，那些作惡之人也抓小姑娘的。」

小清和小芸還是頭一回聽說有抓小孩及小姑娘的事，不免有些心驚，聽著澤生的囑咐便緊跟著直點頭，嘴裡也應聲。如此可怕的事，她們哪敢再把孩子抱出去啊！

小茹見她們臉色驚恐，便安慰道：「別怕，妳們好好待在自家院子裡有什麼好怕的，難不成那些人還敢來院子裡搶人？妳們別聽他瞎嚷嚷。」小茹說時還朝澤生瞥了一眼。

「我哪有瞎嚷嚷，真的得謹慎點。妳也一樣，不能再出院子了！」澤生鄭重說道。

小茹覺得好笑，哼道：「我又不是小姑娘，都是兩個孩子的娘了，還怕什麼？我這就要去洗衣呢！」

她說著朝大寶、小寶揮揮手。「娘要去洗衣了，你們在家跟小姑和小姨玩。」

澤生扯著她的衣袖。「妳別去河邊洗，就在自家洗好了。」

小茹抽出衣袖。「大寶和小寶剛才拉尿又拉臭臭的，在家怎麼洗得乾淨。莫非還怕我也丟了？」

她心裡暗忖，看來他是想急於表現對她的在乎，可是這也太過了吧，連院門也不讓出？

「妳雖然不是小姑娘，可是……妳看起來比……」畢竟有小清和小芸在，他還是不好意思說，她看起來比小姑娘更好看的話，貌似真的很肉麻。

小茹似乎明白他的意思，心裡倒是高興的，但假裝不明白。「看起來怎麼了？像大娘？哼！」

她回屋將自己的髒衣服收進一個木桶裡，看到澤生洗澡換下來的衣服也在旁邊，正在猶豫著要不要洗他的。本來打算一起拾進桶裡，見澤生跟了進來，她立刻將他的衣服放下了。「你自己的衣服自己去洗！」

小茹再走出來將剛才給孩子換下來的衣服放進另一桶裡，挑著就往院門外走。

澤生也不好攔她，總不能因為周家村丟了小孩和小姑娘，就讓一家子的女人都不許出門吧。剛才他見別人家的新婦都沒事樣的出門下田地，他若是非拉著小茹不讓她去洗衣服，實在有些太過了。

小茹才走出院門就遇見瑞娘。「大嫂，妳這是要去哪兒？」

瑞娘將手上的藥拎給她看。「澤生捎來了藥，我給雪娘送去。剛聽說良子忙著去尋找丟失的人了，怕是雪娘一人在家沒有人照顧，我得去照顧她兩、三日。」

「妳夜裡不回家，牛蛋會不會鬧？」小茹知道牛蛋平時是很鬧騰的，還真擔心張氏照料不了，畢竟她身子才好轉沒多久。

「我跟娘說了，白日她帶著牛蛋，夜裡讓洛生帶他睡覺。牛蛋有他爹在，就沒那麼鬧騰了。妳去洗衣吧，我得走了，時辰不早了。」瑞娘說著就朝前走。

小茹挑著擔子來河邊，發現一堆小姑娘和婦人都在洗衣，還真沒見哪家因為得知這件事就不敢出門，倒是出門玩的小孩少了許多，除了幾家平日裡都不大管教的大孩子照樣滿村跑著玩，其他人家還都是小心謹慎的。

婦人們都在議論著這件事，還笑問那些小姑娘怎不怕被人抓去給山裡的男人當娘子，有的說沒什麼好怕的，也有的說雖然害怕，但也不能矯情到連衣服都不敢出來洗。

婦人們又嘆道：「孩子和小姑娘們都金貴，我們得護著；老人是長輩，我們得敬著；男人們撐家立門戶，我們得順著。就是我們這群生了孩子的婦人最不值價，連那些壞人都瞧不上，怕是站在他們面前，他們都懶得抓呢。」

小茹心裡一陣笑，聽她們這麼說還挺像那麼回事。

洗完衣服回家後，小茹見澤生不在，便問小芸。「妳姊夫去鋪子裡了？」

小芸搖頭。「我也不知道，他沒說。」

坐在一旁的小清想說什麼，又囁嚅著嘴沒說出來。以前她對二嫂一向很敬重，覺得她比大嫂好相處，在帶孩子的這段時日，二嫂給她不少私房錢，還要為她做裙子，平時待她跟親妹妹一樣，無話不說，兩人之間從未發生過芥蒂。

只是從昨夜到現在，小清開始對二嫂有些不滿了，覺得她有些欺負自家二哥了。以前看他們倆歡聲笑語時，她確實很嚮往，可她總歸是向著自己哥哥的。

小茹見小清似有話說，便問：「妳二哥跟妳說他去哪兒了？」

小清也搖頭。「沒有。」然後用那種試探又帶些複雜的眼神瞧著她。「二嫂，妳不是……不理二哥了嗎？昨夜妳是不是打二哥了？」

小茹愣了愣，笑問：「妳心疼妳哥了？小清，我跟妳說，男人就得管教管教，等妳嫁人了妳就懂了，可不能什麼都任由他們胡來。」

「二哥做事從來都知道輕重的，怎麼可能會胡來？二嫂到底是因何事就認為他胡來了？」小清似有一副為她二哥打抱不平的姿態。

「妳還真夠偏心的，平時說什麼二嫂真好、二嫂真大方、二嫂最知心，到了關鍵時刻，哼，妳還是偏妳二哥！」

小茹當然不會告訴小清到底為何吵架的實情，無論自己信不信澤生，都不能把這件事弄得人盡皆知，好似澤生多麼不堪似的。自己的相公被人笑話，對她可是一點好處都沒有。哪怕告訴小清也不行，這樣會影響澤生在她心中形象的。

小清噘嘴道：「我才不是偏心呢！二嫂，妳從早上起來就一直生悶氣不理二哥，這會兒沒見著他，又不停地問他去哪兒了。那嫂子心裡還是有他嘛！在乎他的話以後就別打他，也不要動不動給他臉色看。二哥夠聽妳的話了，平時做事勤快，在外跑買賣也辛苦，回家來還什麼活兒都做，妳就別總欺負他了。」

小茹晾著衣裳，聽小清這般說，她有些吃驚。小清能說出在乎一個人的話，還懂得心疼人，會不會已經懷春了？以她這樣的年紀也不算小，指不定還是真的呢。

小茹趕緊放下手裡的巾子，走了過來，仔細瞧了瞧小清的臉色，笑道：「喲，看來妳不僅是心疼妳二哥了，對我還有意見呢。我平時哪有欺負他了，這次是他做錯了事，我小小懲戒他一下而已，而且還不能輕易饒過他……」

說到這裡，小茹話鋒一轉。「妳覺得妳二哥這裡好那裡好，好像世上的男人就他最好似的。妳有沒有覺得林生也不錯，將來哪個姑娘嫁給他，肯定能得他疼愛。妳覺得他該去哪家說親，有沒有哪家姑娘適合他的？」

小茹細瞅著小清的臉，見她臉上微微浮起紅暈，忽然別過臉去。

「我哪裡知道林生好不好？我和他又沒說過幾句話，也不瞭解他的性情，怎麼知道哪家姑娘適合他？」

小茹似乎聽出了什麼，眼眸轉了轉，故意說：「我覺得大嫂的三妹不錯，上次她來帶牛蛋，我瞧著她文靜柔順，雖然不太愛說話，悶了點，但她肯定是懂得照顧人的。」

小清忽而又轉過臉來，眼神裡似有一絲緊張。「大嫂的三妹？妳不會想讓林生向大嫂家說親吧？我瞧著她可不是文靜柔順，只不過性子冷，不愛搭理人罷了。來住了十日，幾乎就沒見她說過話，也沒見她笑過，林生要是娶了她，還不得悶死，她看上去就不像是個知冷知熱的人。」

小茹呆愣了，雖然大嫂的三妹性子有些冷，但從小清嘴裡說出來，她聽上去怎麼就聽出了一股酸味呢？

嘿嘿……小姑子平日裡藏得挺深，看上去對林生從來不直視，或許心裡早就暗起漣漪了。自己才這麼稍一試探，便探出了個大概。

小清似乎意識到自己說得有些過了，怕被小茹瞧出來，立刻又擺出一副與自己毫不相關的姿態來。「林生說親的事，二嫂妳怎麼問起我來了，我哪好對此事說三道四。指不定林生就喜歡大嫂三妹那樣不愛說話的姑娘呢，若林生真對她有意，妳可以先探探林生的口風……咳咳咳，我嗓子裡有些不舒服，口乾，我去喝點水。」小清慌忙起身去屋內倒水了。

小茹嗤笑一聲，暗笑道：妳口乾得真及時！

這時澤生一手各拎一個小木輪椅進院子了。

小茹一瞧，原來他是惦記著這個呀。澤生高舉起小木輪椅，朝她興奮地道：「小茹，妳瞧，妳畫的木輪椅果真能做得出來！」

小茹只是「哦」了一聲，接著去晾衣服。

澤生雙手停在半空中，稍稍尷尬了一下。小清和小芸迎了上去，趕緊接下他手裡的木輪椅，要讓大寶和小寶坐進去試試看。

大寶和小寶見自己有了新座椅，也跟著感到新奇，眼睛都睜得大大的，閃著黑亮的光。當小清和小芸一人推著一個在院子裡小跑時，這兩個小傢伙開心到不行，興奮得手舞足蹈，一個勁兒地哈哈笑。

澤生在兄弟倆前面，面對著他們倒退小跑，看著自己的兩個兒子很是興奮，他也跟小孩似的，揮舞著手，歡喜道：「快來快來，快來追我呀！」

小茹在旁見了，也忍不住一陣開心地發笑。心裡忖道：這父子三人，可真是樂瘋了！

因為新得了這對木輪椅，澤生帶著孩子瘋玩了一日。

到了晚上，他把孩子的搖床搬進臥房，習慣性地哄孩子睡覺，而小茹坐在油燈下研究怎麼做裙子。

待孩子睡著後，澤生又習慣性地上床。

「誰讓你上床了？睡客房去！」小茹突然抬頭，蹙眉道。

澤生屁股才挨著床，被她這麼冷不丁冒出來的一句話，嚇得懸起屁股不敢坐了。他下了床，來到小茹面前蹲下，雙手放在她的膝蓋上，似央求又似撒嬌道：「妳不在我身邊，我睡不著。」

「去去去，你真當我傻啊。」小茹將膝蓋往邊上一挪。「莫非你每次在外，都沒睡著過？」

「那也是要先想妳好一陣，然後才能睡著的。」澤生可憐巴巴地忽閃著目光，瞧著她的臉色。

小茹半張著嘴，斜眼瞧著他，哼道：「真的假的？別跟我來這一套。你快去睡吧，別在這裡鬧了，孩子在屋裡呢！」

澤生見孩子剛睡著，實在不能吵鬧，而小茹似鐵了心不讓他睡在這裡，只好退讓一步。

「那妳要和我分房睡多久？兩日、五日還是十日？等哪一日我才能在我們倆的床上睡？」

小茹聽他說「我們倆的床」，心裡被戳了一下，暗忖著，他能不能別動不動就說這種曖昧的話？

她故作不為所動，生硬地回道：「等我哪日想通了，等我哪日完全相信你的話了！」

自古以來做錯事都有懲罰，譬如面壁思過、禁食三日什麼的。她只不過要分床睡，已是最輕的懲戒了。其實她還在擔憂，若他躺在自己身邊，會惹得自己想起一些不愉快的畫面。

澤生無奈，只好再去客房睡。

他在床上輾轉反側了很久，最終還是睡著了。昨夜一通宵沒睡，今夜再不睡著，怕是撐不住了。

第二十六章

次日一早，村裡有人到處瘋傳，說嚴家村又丟了兩個小孩和一個小姑娘。這下村民們開始驚慌起來，昨日聽說是周家村出了事，他們只是有些震驚而已，畢竟周家村離方家村甚遠，無法體會到那種切身的感受。

現在竟然連嚴家村也出事了，嚴家村與方家村相鄰，相望著就能看到。

此時，里正已安排十幾個青壯年在路邊蹲守，以防那些作惡之人來方家村擄人。

澤生剛吃完早飯，楊師傅便來喊他，說高老闆在前面鋪子等他，好像是有事商量。

聞言，他心想：高老闆這麼早來找，肯定有要事！

澤生再次囑咐小清和小芸千萬不要帶孩子出門，當他走出院門時，還特意將院門關了起來。

小茹見形勢嚴峻，也不打算出門。她來抱大寶和小寶起床時，發現這兩個小傢伙又尿床了，棉墊子也不管用，鋪蓋還是被浸透了。

小茹無奈，對著孩子嬌聲道：「昨夜把了一次尿，怎麼還有這麼多尿，什麼時候你們能開口說話，一有尿就喊娘，說我要尿尿呢？」

將孩子交給小清和小芸後，她將搖床的鋪蓋全揭了起來，想起澤生這幾日換下來的衣服，因為她賭氣沒洗，如今只好再次拾起來，又得去河邊洗了。

來到河邊，她發現今日來洗衣的全都是婦人和老人，小姑娘一個也沒有來。一路走來，更是一個小孩都沒見著。看來，哪怕有十幾個青壯年在路邊蹲守，大家還是不放心。

因為小茹來得算晚，才過一會兒，婦人和老人都差不多走光了，只剩香娘一人。香娘洗完後，便到河邊另一頭坳溝後的青草地去了。

小茹很好奇，待香娘再回來時，見她提著一個小籃子過來。

「小茹，妳等會兒也去那裡弄些野地耳吧，這可好吃了，不管是炒著吃，還是醃成鹹菜吃，都很下飯！」香娘還特意伸過籃子讓小茹瞧。

小茹一瞧。咦？這種野地耳怎麼有些像小小的黑木耳？

「好，等我洗完了，我也去弄一些。可是我沒帶籃子，沒東西裝，怎麼辦？」

香娘好心地將自己摘的野地耳騰到一只空桶裡，把籃子借給她用一用。小茹高興地直道謝。

香娘走後，就剩小茹一人了，她洗完後，便來到坳溝後那片青草地去拾野地耳。

另一邊廂，澤生從鋪子裡回來後，聽說小茹去洗衣了，有些不放心，便準備來河邊尋她。

當他走到河邊，見河邊空無一人，只剩兩桶洗好的衣服，他的心突然往下一沈，目光驚恐，雙手雙腿都抖了起來，嗓音發顫。

「小茹？小茹！」

沒人應！他再四周環顧，半個人影也沒見著！

澤生突然失聲。「小茹，妳在哪兒？妳可別嚇我！」

因腦袋發暈，雙腿發軟，他跌跌撞撞地往河的下游跑，未料，才跑幾步就腿一軟，跌了個跤，他又趕緊爬起來。

他一路往下跑，一路哭喊著：「小茹！小茹……」

見河水低淺，人能被河水沖下去的可能性太低，他又一路跌撞地奔到大路邊，嘴裡不停地喊小茹，可是哪裡能見著她的身影？他身子發軟，一下癱坐在地上。

難道小茹被人擄走了？想到這裡，他的大腦開始慢慢窒息，已經不能思考問題了，只是眼淚止不住地流啊流。

在路邊蹲守的青壯年們見澤生這般失魂落魄，哭哭喊喊的，他們全都圍了上來，七嘴八舌地說：「我們守在路邊這麼久，都沒見有生人來過，應該不是被人擄走了吧？」

有一人突然驚愕道：「莫非那些惡人不從大路上過，而是從田間小路，然後到了河邊，見茹娘一人在那兒，就把她擄走了？」

此言一出，大家頓時驚慌，覺得說得有理。他們立刻分開，幾人朝大路兩頭去尋，再留幾個留守原地，其他人全都跑向各小路。也有人膽小，怕遇到惡人鬥不過，只是跟在後面快步走著，不太敢走到前面。

澤生突然腦子清醒了些，爬了起來，先是去里正那裡說明情況，雖然他驚慌失措，說得顛三倒四，但里正還是聽明白了。里正立刻叫上幾十人去各條小路搜尋，再派人到幾個必經的路口去圍堵。

澤生忽然想起河邊南頭有梔子花應該要開了，小茹前幾日還說要折些回來插瓶。他一路激奮地跑到河邊南頭，見一片梔子花都在含苞待放，卻不見小茹的身影。

這下他徹底崩潰，再也撐不住了，雙膝跪地，失控地哭喊。「小茹，妳在哪兒？妳要是丟了，我該怎麼過……該怎麼過啊……

「妳還沒原諒我，就這麼突然不見了，再也回不來了嗎？我再也見不著妳了嗎？」

他哭得泣不成聲，揪心揪肺。「妳要是不在了，我也不能活了……沒有妳，我還活著幹麼……」

他哭喊了好一陣，哭得直至嗓音嘶啞低沈，然後什麼也喊不出來了，只是一陣痛哭失聲，慘絕人寰，綿延不絕……

小茹早已立在他的身後，淚如雨下。她再也聽不下去他這般痛哭了，哽咽地道：「你哭嚎什麼，我不是在這裡嗎？」

聽到身後若有似無的聲音，好像是自己再熟悉不過的小茹，澤生先是身子一滯，止住了嚎哭，再猛一回頭，頓時怔愣了，眼淚還在順著他的臉頰往下淌，沒能及時停下來。

小茹在他回頭時，已經快速拭去了自己的眼淚，苦笑著戲謔道：「怎麼？因為我沒被人擄走，把你嚇傻了？還是失望了？」

澤生確認自己沒有看錯，小茹真的還在！她沒有丟失，沒有被人擄走，此時正毫髮無損地站在自己的眼前。

他一腔熱淚又湧了出來，挪動著膝蓋，到小茹的面前，雙手直搖晃著她的大腿，悲愴埋怨道：「妳這是去哪裡了呀，喊妳半天怎麼現在才出來？妳知不知道我都快嚇死了，妳若想懲罰我，可以打我、罵我，可以讓我跪搓衣板，想要分房睡也行，但是妳不要這麼嚇我呀！叫妳不要出院門，妳還非要跑出來洗什麼衣服，妳怎就這麼不肯聽我的話，我還以為妳丟了，以為再也看不到妳了……」

小茹被他惹得淚花直閃，瞧著他這般模樣，她心裡一陣心疼，心疼得有些揪心。她彎下膝蓋，和他面對面看著，又哭又笑地說：「平時瞧你話不多，怎突然一下成了囉嗦鬼？」

澤生雙臂一伸，將小茹一下緊摟在懷。「囉嗦鬼才好呢，至少有人可以讓自己囉嗦，若是當了形單影隻的鬼，那就真的是鬼了！」

直到將她如此緊擁著，他心裡才踏實下來，原來剛才只不過是虛驚一場。「看來這幾日我得將院門鎖上，讓妳出不去！」

「鎖你個鬼！」小茹哭笑不得。其實她是感動涕零的，這會兒眼淚又不小心流出來了。

小茹被他這麼緊緊摟著、箍著，身上的骨頭都生疼，還有些喘氣不勻。她先將自己臉上的淚水在他肩頭上蹭了蹭，然後揮起小拳頭，捶著他的肩膀，佯裝凶道：「你鬆一鬆，我快透不過氣了，骨頭都要斷了。」

有些人沒尋著小茹，便折身回來，見他們小倆口緊擁相泣，頓覺好笑。小茹不是好好地在這裡嗎？澤生瞎哭鬧什麼呀，害得大家忙找一通！

「澤生，別摟著茹娘不放了，放心，她丟不了。哈哈……」

「就是，回家好好摟去，在這裡瞧著跟生離死別似的。澤生，平時看你做買賣挺有膽量的。今日我算是見識了，一到茹娘面前，你是什麼膽都沒有了，才一會兒不見茹娘，就把你嚇得差點暈死過去。」

他們一陣哄笑，澤生不好意思地放開了小茹，兩人都站了起來，撣了撣褲腿上的灰。

「明生、輝生，你們替我去幾個路口將大家招回來好嗎？」澤生朝他們喊道，他的嗓音仍然是嘶啞的。

「好，你放心吧！我們去招呼，你好好守著茹娘，可別讓她長翅膀飛跑了。」

輝生打趣完，然後和明生一起忙去了，其他人該回家的回家，該去大路邊蹲守的蹲守。

澤生見他們全都走了，又朝她埋怨道：「妳剛才到底去哪兒了？」

小茹指著旁邊的籃子。「我就是去那個坳溝後面拾了這些野地耳，香娘說這個炒菜和做鹹菜都很好吃，我就想著弄些來嚐一嚐嘛。」

澤生瞅著那一小籃子的野地耳，氣得朝她直瞪眼。「就是為了這點吃的，妳差點嚇死我！野地耳難道妳沒吃過？前些年每到這個季節，滿地都是，家家都吃到膩得慌！妳怎跟孩子似的，這麼嘴饞？」

小茹心裡嘀咕著，本來就沒吃過嘛！不過嘴上回道：「那是前些年，近兩年我沒有吃過嘛！」

「妳想吃的話，我給妳弄來，自明日起妳可再也不許出去了。」澤生拎起地上的籃子，拉著小茹的手，朝她洗衣服的地方走去。

小茹撇著嘴，什麼時候變成他向她發號施令了？不過，被他這麼拉著小手，再被他這麼訓幾句，她卻感覺還滿好的。

澤生將洗好的衣服挑起來，而小茹提著野地耳，兩人並排著往回走。

「澤生，高老闆早上找你有何事？好像還挺急的。」小茹早上就想問了，礙於她一直不想主動搭理他，所以憋著沒問。

現在經歷這麼一件事，她也不想再生悶氣或冷戰什麼的。他如此在乎自己，她還有什麼好鬧的？

澤生見她終於心平氣和地與自己說話了，心裡暖暖的，便朝她粲然一笑。

小茹還以為自己看花眼了，剛才他還鬼哭神嚎似的，才過這麼一會兒，他又能笑得如此粲然。他的情緒調整得還真夠快的！

「不會是他又想到了什麼好買賣，要跟你一起做吧？」小茹又問道。

「不是。是為了尋找丟失小孩和小姑娘的事，高老闆與我商量著，可不可以將這一批磚石料賣出來的錢，發給那些蹲守和去尋孩子的人，有了這筆辛苦錢，大家也會更積極一些。」

小茹聽了有所感觸。「沒想到高老闆還如此好心，那你可要答應啊！」

「我當然答應了。那些蹲守的人耽誤了幹活，若不發一些辛苦錢，怕他們堅持不了幾日。里正也來我們家鋪子了，他也是想與我商量此事，見高老闆恰巧在此，我們便一起商議好了。如此一來，不僅嚴家村、鄭家村和我們的方家村，這接連著七個村，只要願意蹲守和出力去尋人，都會發辛苦錢。就是我們要出的分額可不少，我說出來妳可不要嚇著。」

「我才沒那麼小氣呢，怎麼可能會嚇著我？」小茹十分大方地說。

「這批磚石料一共是六千文，我們和高老闆各算三千。若是不夠，到時候再添。」

三千？小茹禁不住還是吐了一下舌，確實挺嚇人的！

澤生朝小茹臉上一瞧，看她作何反應，只見她大方地朝他哂笑著，笑得很誇張。

「妳會不會……怪我沒跟妳商量？」澤生小心翼翼地問。

小茹見他這般問，眉頭一挑。「怎麼會？這種為一方百姓出錢出力的事，你自己定奪就行，即便你與我商量，我肯定也是舉雙手同意的。不過，這只限於為百姓做事，其他重要之事，你可不能私自作主。」

澤生見小茹抿嘴笑著說這些，他自然會意。「那是，妳才是一家之主嘛！」

「呿！我什麼時候是一家之主了？」小茹啐道。

他們說著說著就進了自家院門。

由於小清和小芸一直在院子裡沒出去過，自然就不知道澤生剛才瘋狂找小茹的事，她們見兩人有說有笑地回了家，頓覺納悶得很，怎麼早上還僵著，這會兒又和好如初了？夫妻之間吵架還真是來得快也去得快。

澤生進院子後，就將門關上，並橫上門閂，這樣外面的人就進不來了。

「若是有人敲門，妳們就讓他應個聲，不熟悉的，可不要開門。」澤生朝她們囑咐道。

小茹在旁感嘆，這形勢鬧得連古樸的農村也要開始教育孩子們，不許給陌生人開門了。

到了晚上，澤生和小茹一起哄著孩子睡覺。之後，澤生自覺地退出房，準備去客房睡。

小茹看著他出門的背影，見他如此自覺，她倒有些不習慣了。

澤生才出房門口，突然定住了，轉身朝她回眸一笑。「妳心裡真的沒有想挽留我的意思嗎？」

小茹語塞，愣了半晌，假裝惱著臉，哼道：「才不呢！」

澤生一見她那不實的表情，就知道此話不由衷，便又走了回來，還將門栓上。

「你幹麼，怎麼又回來了？」小茹還真沒想到他會折回來。

沒經過她的允許他竟敢硬要留在此房睡，難道被今日的事一激，他的膽子就變大了？

澤生沒有回答她，而是走過來，一把打橫將她抱起，然後放在床上。

小茹兩眼直愣地看著他，他這是要來強的？

澤生替她脫掉外衣，還為她蓋好被子。他再脫掉自己的外衣，然後鑽進被子裡緊摟著她。

小茹驚慌道：「不……不行，我來月事了，不行……」

澤生聽了嗤笑一聲，捏著她的臉蛋。「妳想到哪裡去了，我只不過想摟著妳睡而已，都好幾日沒和妳一起睡了。」

小茹尷尬一笑。竟然是自己想多了？

澤生忽而又覆唇過來，碰了碰她的潤唇，溫柔地耳語道：「若不是我早知道妳來那個了，妳就不算是多想……」

小茹覷著他。「哼，我就知道……」

澤生再親了親小茹的臉蛋，讓她枕在他右胳膊上，並伸左手環住她的腰，閉上眼睛，臉上帶著甜甜的笑容，安心地睡覺，嘴裡還呢喃說了一句。「這樣睡覺才踏實。」

小茹也睏了，才閉上眼睛已是睡意朦朧，含糊地應了一句。「嗯，踏實。」

自瑞娘拎著藥包來到雪娘這裡已過了兩夜。即使有她相伴，但小屋裡難掩一絲冷冷清清，而雪娘因休養身子不好下床，也不能碰涼水，此時她靠坐在床上，臉色蒼白，眉頭緊蹙，憂鬱得很。

瑞娘見她這副模樣，頓時眼睛就紅了，終究忍不住說出這兩日憋在心頭的話，埋怨道：

「這個良子也真是的，為了尋人，把妳一人扔在家，也不知道找個人來照顧妳，妳婆婆竟然也不知道來一趟，莫非要讓妳一人在家渴死餓死嗎？」

雪娘苦笑道：「這都什麼情形了，哪裡計較得起這個？公婆怕是不會再多瞧我一眼了，上次來照顧我一些日子，只不過是礙於別人的眼光，怕人家說她不近人情，才失了孫兒便不理兒媳婦了，不得不來做個樣子而已。」

瑞娘仍然生氣道：「妳婆婆就不說了，良子不是一直對妳知冷知熱的嗎？莫非也因為這個就開始薄待妳？」

雪娘連忙為良子辯解道：「沒有，良子才不是這樣的人。他之前找了一個老婆子來照顧我，讓她給我燒水做飯，只是她身子不爽利，先回去歇息幾日。」

她想起這些日子良子細心照顧自己，一點兒也沒有嫌棄的意思，臉上稍稍有了些笑容，又道：「良子說了，再過半個月，我的身子就好得差不多了，可以下床，到時候他會帶我去尋名醫問藥，一定能醫好我的身子。」

瑞娘見雪娘對此事還抱有希望，而且良子對她好得沒話說，便放心許多。至於良子的爹娘想讓他娶二房的事，估計他們還沒來得及跟良子商量，以良子這性情，怕是短時日內不會同意的，不過若能拖個一、兩年的，說不定雪娘的身子就真的醫好了。

瑞娘將藥包打開，安慰她道：「妳知道，這藥是澤生從穎縣杜郎中那兒討來的。杜郎中名氣甚大，他配的藥應該沒錯。這些藥能喝上兩個月，或許喝完後，妳的身子就養好了。這幾日是我住在這裡給妳熬藥，待我回去後，妳就讓那個老婆子給妳熬，可千萬別忘了。」

雪娘聽說這是杜郎中配的藥，甚是欣喜。「嗯，這麼緊要的事，我怎麼會忘？妳放心好了，我一定會好好喝的。」

瑞娘忙活著生火熬藥，見火候均勻，沒什麼事了，又來幫著收拾屋子。

「姊，妳已經有三個多月的身孕了，可別再忙活了，若是弄壞了身子，那我真沒臉見人了。」雪娘急道。

見雪娘著急，瑞娘便停了下來。「那好，我不收拾了。」她來到雪娘身邊坐下。「良子還要幾日能回來？」

雪娘搖頭。「這個我哪能知道，他走之前，將這三個村的青壯年都挑出來，讓他們圍著村子蹲守，他自己也帶著一些人去尋人。為了安撫這些出力的人，他還將我們手裡的錢全都拿了出來，說要分他們。還說這點錢不夠，等尋了人回來，要將驢賣掉，還要找幾個家境寬裕一些的再湊一湊。唉，我就沒見過像他這樣的里正，沒撈著錢，反而搭進自己的家當，再這麼下去，用不了多久，我們連飯都要吃不上了。」

「這種事又不是時常發生，瞧妳急的，俸祿還沒領吧？他爹娘也不會不管你們的。只要良子不餓著，就不會餓著妳，別瞎操這個心。」

「那麼點俸祿頂個屁用，好在我公爹之前送過來幾袋糧，否則真沒米下鍋了！」

瑞娘見藥熬得差不多了，便上前去瞧瞧，然後端了一碗藥過來，放在桌上晾一晾。「若真到沒米下鍋的那一日，妳讓良子想辦法，妳別管，別給他添堵惹他不快就行了。我還沒好好問妳呢，妳是為何要與那個大姑娘打架？」

一問到這個，雪娘便惱著臉，生氣道：「她都十八了，還未嫁人，聽說是因為偶爾犯瘋病，而她爹娘又不捨得將她嫁給太齷齪或太窮的人家，怕她去了婆家受苦且不說，還要受欺負。本來我還挺可憐她的，見了她，也能與她聊上幾句。之後，她就時常來我家玩，我還以為她當我是知心人，沒想到……她竟然背著我找良子說話，故意說她怎麼可憐，想博良子的同情，又說她還怎麼溫順，若是嫁人了，肯定能順著相公，還拐彎抹角說她是黃花大閨女什麼的！姊，妳說，她這不是勾引良子嗎？」

瑞娘聽了很是驚詫。「怎麼會有這麼不知廉恥的人？」

「可不就是不知廉恥嘛，怕是想男人想瘋了！那日我就說她幾句，她便衝上來揪我的頭髮，我能不打她嗎？沒想到我一出手，她就更張狂了，朝我肚子上打。」說到這裡，雪娘的眼淚便嘩嘩地流下來了。「後來她家人說她那會兒肯定是瘋病犯了，說是我惹她犯瘋病，所以她家人也不肯賠錢給我治病，最後又說看在良子的面子上，給我送來幾包不管用的破藥，再請幾個不中用的郎中來瞧，糊弄了事。」

「妳怎麼和一個瘋女人牽扯上了？知道她有瘋病，妳還招惹她?!」瑞娘氣她太不知道輕重，識人不明。

雪娘委屈哭道：「我若是知道她不僅有瘋病，還如此不知廉恥，哪怕打死我，我也不會跟她說一句話，見到她，我定會繞道而走！我怎這麼倒楣，竟被她這條瘋狗咬了。姊，妳說她是不是瘋狗！」

「是瘋狗，是瘋狗，妳別再氣了。」瑞娘怕她太過生氣，影響到調養身子，便不想再提此事，忽然她驚道：「她不會趁良子不在，又來發瘋吧？」

雪娘倒不為這個操心。「妳放心，她來不了。自這件事後，她家人已經把她關起來了，我讓良子去跟她家人說了，至少得關她兩個月，等我能下床，能出門，身子恢復元氣有了勁兒，她才能放出來。她若再敢朝我發瘋，我就一棒子抽死她！反正聽說打死瘋子不犯法！」

瑞娘見她越說越發狠，立刻阻止道：「瞧妳，竟胡言亂語，妳就不怕身子養不好？哪怕她真來發瘋了，就讓良子對付，妳躲得遠遠的！」

一說到養身子，雪娘便洩了氣。「我知道，我也只不過這麼說說，解解氣而已。」

「藥不燙了，快喝吧！」瑞娘將藥端過來，遞給雪娘。

「大姊，是妳在這屋門口熬藥嗎？哪裡來的藥？」良子走了進來，一臉喜色。

瑞娘一驚，起身道：「是良子回來了呀！這是澤生從杜郎中那兒討來的，應該不錯的。」

「真的？」良子驚喜問。「那大姊可一定要替我好好謝謝澤生！」

他看來心情大好，語氣明快，透著小小的興奮，笑容爽朗。

「你和澤生也算是同窗，你客氣什麼。」瑞娘應著，然後瞧著雪娘喝藥。

良子見雪娘咕嚕幾下就把一碗藥全喝盡，便走了過來，笑問：「這藥是不是不苦口？」

雪娘放下碗，拿出帕子擦了擦嘴。「怎麼會不苦口，只不過這是杜郎中配的藥，我喝得爽快罷了。瞧你滿臉帶笑的，有何喜事，快快說來。」

「我們這裡丟失的小孩和小姑娘都尋回來了！剛才把他們送回家，可把他們的家人高興的，對我千恩萬謝的，直道個沒完。上任這麼些時日，我終於做了一回揚眉吐氣的事！」良子眉開眼笑，臉色紅潤，清俊的面容更加讓人賞心悅目。

雪娘看了，竟然覺得他好看得有些晃眼，難怪那個瘋女人會惦記著。

咦？以前自己為何怎樣都看他不順眼，莫非因為他現在是坐著，她看不見他的瘸腿？不對呀，自從與他搬到這裡來後，她再也沒覺得他的瘸腿有多麼礙眼了。

雪娘見良子如此開心，自然也跟著開心。她笑靨如花地說：「以後他們再不會因為我上次的事，對你背地裡說壞話了，現在你不怪我拖你後腿了？」

「不怪不怪。」良子笑著應道。「過去的事妳就別放在心上了。」

「那你的驢還賣不賣？」雪娘問。

「暫且先不賣了，到時候若錢還是湊不夠再賣。這回丟失的人雖是尋回來了，但還是需要派人守著，以防那些人再折回來。不發一些勞苦錢，大家哪裡捨得耽誤田地裡的活兒。被尋回來的家人要給我錢，說是道謝，不管我怎麼拒絕他們都要往我身上塞。最後我讓他們把錢湊在一起，當作大家的勞苦錢就行了，而且這些錢他們自己先收著，不經過我的手，他們都歡歡喜喜地答應了。」

雪娘見驢似乎能保住，安心了些，忽而又道：「家裡只剩一點燈油了，米也沒剩多少了，上次借的……」

瑞娘見雪娘淨扯這些話，連忙打住了，轉開話題問道：「良子，你們是怎麼將丟失的人尋回來，那些惡人又是從哪裡來的？」

瑞娘心裡暗忖，二妹真是沒眼力，這會兒正是高興的時候，她淨扯家裡的難事做什麼？這些本該由良子去著急嘛！

良子一說起那些惡人，就忿忿不平。「那些人都是從西南來的賊寇，那邊人煙稀少，還是荒蠻之地，他們平時在當地就靠偷搶過日子。前兩個月卻遭緬蠻族掠奪、濫殺百姓，人丁更是驟降。朝廷只是撥少量的銀兩去救濟，那處已是民不聊生。這些賊寇見在當地偷搶不到什麼東西了，且有許多人家失兒缺女，所以暗謀著一路向東，擄走不少孩子和姑娘回去賣。真正湧到我們縣的可不止這麼幾個人，他們分開像撒魚網似的，我們縣丟失的人加起來已近百人了。」

良子說得有些口乾，瑞娘來到桌前想倒碗水給他喝，這熱水還是她剛才燒的呢！

良子連忙上前攔住。「我自己來，哪能煩勞大姊為我倒水，妳快坐下歇著。」

瑞娘見良子雖然身為里正，但一點傲氣都沒有，對她仍像以前那般恭敬謙讓。二妹嫁給他，本該是享福的命，怎會陰錯陽差將自己糟蹋成這樣，唉，莫非本是命薄，無福消受？

瑞娘眼露憂慮，看看他，再看看雪娘，若是二妹的身子能早日好起來該有多好啊。

雪娘此時倒沒想那麼多，一直全神貫注地聽良子說著這件事，聽得意猶未盡。

良子給自己倒了一碗水，抿了幾口潤潤喉，又接著道：「因前兩日剛下過小雨，路有些泥濘，我帶著十幾名壯丁扛著鋤頭和鐵鍬等農具，沿著他們的腳印一路往前追，昨日傍晚我們追到了林鎮大路口，腳印突然中斷了，再一瞧，旁邊除了一家客棧，再無其他店鋪，我們認定那些賊寇必是勞累了，進了客棧歇息，便悄悄包圍此客棧，不敢打草驚蛇，怕那些人來蠻橫的會出人命，也擔心他們對孩子和小姑娘下毒手，之後我向林鎮的吏長稟告此事，他立刻派了十幾名壯丁和六名帶刀保長助我們，大夥兒衝了進去，賊寇們正在裡面喝酒吃大餐呢，沒想到被我們來了個突襲！」

「你們衝上去有沒有與他們打起來？你是衝在前面，還是在後面？以後遇到這事你可不要衝到最前面，多危險啊！」雪娘有些後怕地說。

良子笑著擺手道：「沒有打起來，我也沒有在最前面。是帶刀保長衝在最前面的，他們一進去就將刀架在賊寇的脖子上。那些賊寇手裡拿著的不是筷子就是酒杯，刀具都放在桌子底下，根本沒來得及動手。制住了他們後，我們就從旁邊的小房間裡將小孩和小姑娘尋出來了。最後這些賊寇就由林鎮吏長押送到縣裡去，我帶的那些人就只需把丟失的人帶回來就行。當時行動時，還覺得多麼驚心動魄，現在回想起來，其實也沒什麼，這些賊寇也沒什麼好怕的。」

雪娘身子縮了縮，害怕道：「那些賊寇也帶了刀？好可怕！看來還得加強蹲守才是。」

「這是肯定的，絕對不能鬆懈，這次才抓了四個人，還不知道有多少人在周圍盯著呢！」良子說著又面向瑞娘。「妳回去後最好向你們那裡的里正說一說賊寇的情形，好讓他們有所準備，特別是他們帶了刀具的事。」

瑞娘鄭重地點頭。「嗯，我一定會跟里正說的，既然你已經回來了，那我就不在這裡歇夜了。」

「大姊放心，我會好好照顧雪娘的，妳懷有身孕就別為我們操心了。」

良子正欲送瑞娘出門，迎面見卞鎮吏長手下的保長過來了，身後還跟著三人，身上都佩帶著明晃晃的大刀。

「鄭里正，吏長聽了你與林鎮的吏長一起將賊寇抓住了，還將賊寇押去縣裡，直誇你為此事頗為上心且有勇有謀，便讓我再帶幾個人來助你。其他幾個村，吏長也派了一些人去，他還誇讚道，數你管轄的三個村做得最謹慎嚴密！」

良子見有這等好事，自是喜不勝收，他們可都是帶了刀的，有他們協助，對那些賊寇定有震懾之力，高興歸高興，他也沒忘記作揖，謙虛道：「我做的只不過是自己本分之事，吏長過譽了。」

兩人正說著話，卻見澤生走了過來。

良子迎了上去。「澤生，你怎麼來了？」

澤生見良子回來了，而且安全無虞，十分高興。「我們村的羅里正知道我與你交情深厚，特意讓我來問問情況。本來是想等大嫂回去再告知詳情，但羅里正有些等不及了。」

良子將澤生請進了屋，又將事情的經過全都向澤生細講了一遍。

澤生聽了有些動容。「這些賊寇還真是不善，竟然帶刀擄人？」他立刻起身。「我得趕緊回去，好讓里正重新部署一下，多加一些人蹲守，而且他們好多人還只是赤手空拳的，這哪行，若是賊寇揮起刀來，豈不是毫無還手之力？」

他與良子道別後，匆匆地回去了。瑞娘也要回家，但她有身孕，不宜走快，只是落在後面慢慢走著。

澤生回來將這情形稟告了羅里正，還將良子在下鎮所做的部署也一併告訴了他。

忙完這些，澤生才回到家。此時已是傍晚，小茹在廚房做飯。他一進廚房門，就說了良子抓賊寇並將被擄走的人解救回來的事。

小茹炒著菜，忍不住發出感嘆。「澤生，我瞧著良子挺適合做官，為百姓做事很有魄力，有勇有謀，說不定還真能把官越做越大。只是……他的官做得越大，怕是家裡就會越窮，以後他怎麼過日子啊？」

澤生嘆氣，回應道：「可不是嘛！我瞧著他家裡真的是快到一窮二白的地步了，平時我想資助他一些，他卻無論如何都不肯接受，但願上面會考慮他的情況，除了發俸祿，另外能給他一些補償吧。」

小茹想起一事，又道：「你說林生和小清的事，我們該不該含蓄地跟爹娘說一說，讓我爹娘找人來給小清說親？今日有媒人到爹娘那裡說親，爹娘還特意帶媒人來我們家瞧一瞧小清，媒人笑得合不攏嘴，說與顧家村的一個富戶小兒子十分般配。我瞧著爹娘也十分願意，這可如何是好？」

澤生猶豫了一陣。「妳想幫一幫林生嗎？」

「當然了，他是我弟弟，若是小清被許給了別家，他還不知要傷心成什麼樣，我哪看得下去？何況小清對林生也是有意思的，今日她見媒人對她上下打量，很不高興呢。媒人一走，她就跟爹娘哭道，說她還小，不想那麼早說親。」

「別人家的女孩十三歲就開始說親，十五歲嫁人，小清都十四了，已算是晚的，她還說小，可不就是對林生有意嗎？我也瞧出了一些端倪，覺得他們倆挺般配，既然他們互有情意，我們為何不幫他們一把？明日我就跟爹娘說去。」

小茹邊炒菜邊思慮，覺得還是不能魯莽。「你也不能直接說，若說他們兩情相悅，爹娘指不定有多生氣呢，還以為他們私下有什麼。哪家都是靠媒妁之言，又有幾人是靠年輕人自己互生情意而在一起的？你先探一探那個顧家兒子的情況，挑出他的許多不好來跟爹娘說，等哪日我就讓我爹娘託媒人來說親，再說林生與爹和大哥相處久了，有了交情，又礙於本來就是親家的分上，說不定也不好意思回絕了。」

澤生笑道：「行，這幾日若有顧家村的人來鋪子裡買東西，我好好打聽一下。妳還挺壞的，想著要挑顧家兒子的毛病，絕！」

「嘿嘿……還得往雞蛋裡挑骨頭，讓爹娘徹底厭惡那個人才好！」

「妳是越說越壞了！到時候事若成了，以後林生敢欺負小清，我幫小清揍林生，妳可不許偏袒！」

小茹眉頭一挑，朝他道：「當然不偏袒了，若是偏袒，我也是偏小清的！哎呀，若他們倆真走到了一塊兒，林生是該叫你姊夫，還是叫你二哥？」

咦？這個稱呼倒還是個麻煩。澤生笑問她：「那小清該叫妳二嫂，還是叫妳姊？」

「叫姊吧！」

「不行，還是得叫二嫂！」

兩人笑著爭辯個沒完。

次日上午，澤生去鋪子裡瞧瞧，恰巧見有顧家村的人來買東西，他便拐彎抹角地打聽給小清說親的那戶人家的情況。

那戶人家是顧家村最富裕的一家，一說起他家的事，這個顧客便沒完沒了地說上一輪，例如：人家一個月吃幾次肉啦，那麼多田地的活兒全都是僱人來做，自家人只在家玩樂享福啦。

不過說起顧家的小兒子，他臉色有些變化，很不屑地說此人好吃懶做，雖然說讀了幾年書，但一點兒也不講理，從小到大都愛欺負人，愛打架鬧事，估計是仗著自家有錢吧。

澤生正慶幸得知了此人的不良舉止與劣行，只見小茹突然闖了進來，抖著嗓子哭道：「澤生，大事不好了，小芸不見了！本來家裡一棵菜都沒了，我說我去菜園裡，可是兩個孩子正餓著要吃奶。小芸見不少人家都拎著菜籃子從自家門前過，她就說沒事，非要出去。」

澤生聽得傻眼了，前幾日才以為小茹丟失，今日怎麼換成了小芸？

「不是說不讓她出門嘛，她怎這麼不聽話！」

「還不是見村裡前後有那麼多人蹲守和巡邏嘛！別的人家也都覺得安全了，連小孩子和小姑娘都敢出門玩了，小芸就沒當回事。良久不見她回來，我便去菜園裡尋她，卻怎麼都尋不著了……」小茹哭得泣不成聲。

澤生心頭湧起一個極不好的預感。小芸……是真的丟了！

他與里正立刻帶著一群人奔往各路去尋小芸了，無論大路小路，一條都不放過。

小茹一開始還跟在後面哭著跑著，要一起去找。畢竟妹妹是為了幫自己帶孩子，才住在自己家的，若是丟失了，她將有何面目見爹娘？

她心急如焚，一路尋一路揪心地喊著小芸的名字。跑了十幾里路後，她上氣不接下氣，兩腿發軟，跑不動了，她哪能跑得過一群男人。

何況大家都分散地找，她跟在後面也不安全，澤生便叫她回家，別跟著。

小茹還不肯，她沒法安心地在家裡等。

澤生火冒三丈，朝她厲聲吼道：「妳別給大家添亂了！趕緊回家去！若妳再丟了，我還要不要活了！」

小茹還是頭一回見澤生發這麼大的火，他朝她狠瞪著眼，紅血絲都出來了，接著又一聲大吼。「快點給我回去！」

小茹被他吼得身子一震。剛才她一直在哭，正在流的眼淚都被他這麼一吼，斷了珠。她什麼話也不敢說了，只好轉身往回家的路上走。

小茹回到家後，可能是急火攻心，感覺頭痛欲裂還泛噁心，緊接著又流起了鼻血。

這下可把小清嚇著了，雖然小芸丟失了，她也著急得很，她與小芸已是情誼深厚的姊妹了，可是見二嫂急得身子出這麼大狀況，她不得不來安慰。

「二嫂，妳可別著急啊，卞鎮丟失的人不都尋回來了嗎？妳可別把自己急出病來。我們在家耐心地等著，說不定到了晚上，他們就帶著小芸回來了。」

小清給小茹鼻子裡塞上一團棉布，但是鼻血仍然一直往下流，棉布才一會兒就被浸透了。血繼續往下流，都流到胸前了。

小茹見自己是右鼻流血，便高舉左手，有氣無力地說：「小清，妳給我拿一塊濕巾子過來。」

小清被這麼多的血嚇著了，根本不知道該怎麼辦，聽小茹說要濕巾子，便慌忙去拿了。

大寶和小寶似乎也感覺到氣氛的異常，跟著哇哇大哭起來。

小茹接過小清遞來的濕巾子，敷住鼻子，朝大寶和小寶嘆道：「你們倆就別跟著添亂，別哭了，娘都快急死了。」

小清趕緊將他們倆的小木輪椅推到另一間房裡去。「二嫂，等鼻血止住了，妳就上床歇息一會兒吧。」

小茹頭痛噁心，實在有些撐不住，止住鼻血後，她只好上床躺去了。

到了中午，小清將兩個孩子推到廚房，她一邊做飯一邊顧孩子。

當小清把飯端到小茹的面前時，小茹卻搖頭說不想吃，只讓小清把小孩抱過來，她要給他們倆餵奶。

餵過奶後，小茹就迷迷糊糊地躺著，一直暈暈沈沈的，儘管這樣，她仍一直注意聽著外面的動靜。

好幾次她都好似聽到澤生回來了，還在院子裡說把小芸找回來了，可是，每次當她起身來看時，都發現這只不過是一次次幻覺。

到了晚上，澤生還沒回來，一同去尋的人也沒有回來。

小茹仍然吃不下晚飯，但為了孩子能有奶吃，她還是強撐著吃了小半碗，味同嚼蠟似的。

由於奶量不多，小清另外再餵了孩子一些粥，然後哄孩子睡覺。

這一晚，小茹根本沒法睡著，她每隔一會兒都要起床到院子裡瞧一眼，每次也都失望地回到屋裡。

第二十七章

這一通宵，澤生都沒有回來。天亮之後，有少許人陸續地回村了，尋了一晚上太疲憊了，他們根本什麼也沒尋著，一點兒蛛絲馬跡都沒有。

此時澤生與一些人已經到了本縣的一處碼頭，但凡外來人想要出本縣去往西南，幾乎都要從這裡經過。可是仍然什麼也沒見著，那些跟著他一起來的人有些熬不住了，累得都想回家，澤生為了挽留他們，只好提出懸賞。

「若誰能幫著尋回芸娘，我會給此人發兩千文錢。」

還是錢能帶給大家動力，這些人不但沒再吵著回家，而是更加積極地找了。一部分人守在碼頭，澤生帶著另一部分人去其他路口找。

里正則帶著一批人與澤生往相反方向去找，直到第二日下午，仍然毫無線索，里正他們累得筋疲力盡，便陸續回來了。

最後只剩下澤生帶著的那些人一直在外堅持著。找不到小芸，澤生也不敢回去見小茹。

到了第三日，很多人實在堅持不下來，勸澤生道：「看來是找不到了，要不……我們還是回家吧，說不定里正他們找到了。」

此時兩千文錢的誘惑也失效了。澤生仍然不肯回去，最後只有三個人留下來與他一起找，一路山水跋涉。
小芸失蹤第三日，良子才得知了這件事情，雖然小芸不是他管轄之內的人，可她是澤生的小姨子呀，他當然也想著要盡一分棉薄之力。
良子知道澤生及方家村的里正肯定已經去各大路、小路尋找了。他想，若這樣還找不著，指不定賊寇們還沒出石鎮呢，或許是躲在哪兒了。如果他再跟著去各路找，只不過多此一舉，所以就想去一些比較能藏人的地方搜尋。
方家村周圍並沒有什麼可藏匿的地方，倒是與方家村相隔二十多里路的姚家村那兒有一座深山。
良子便帶著一群人搜山，而且個個帶著鋤頭和鐵鍬，還有人直接帶刀。雖然覺得希望不大，他們還是很認真地往深山裡慢慢搜查進去。
沒想到才進深山一個多時辰，他們就聽到了動靜。良子趕緊噓聲，叫眾人藏起來。原來那些人在山裡躲了三日，實在憋不住了，過著簡直不是人的日子，但又怕出來被人抓住，便想著來到山口透透氣，這樣也好從田地裡偷些東西吃。
他們選好了地方，就準備開始搭樹棚，有三人在遠一點的地方砍樹，只有一人待在原地守著小芸。
或許是這幾人三日來一直是守在一起的，所以誰也不好意思對小芸下手。這會兒，那個守著小芸的人，似乎見得了機會，因為另外三個人離得挺遠，還被樹擋住了，根本瞧不見他和小芸。

此人三十出頭的樣子，邋裡邋遢，髒渣髒亂噁心。只見此惡漢撲向小芸，還一手捂住她的嘴，不讓她出聲。

小芸嚇得臉露驚恐，兩腿胡亂地踢，兩手亂揮亂抓，嘴雖被捂住，但仍能發出沈悶的哭聲、喊聲。

良子見此時是最佳時機，另三人在遠處聽不到動靜，而此人又專注在小芸身上。他便安排其他人去圍堵那三人，他自己只帶著一人慢慢挪向小芸這裡。

良子躡手躡腳地走了過去，然後揮起鍬，猛地朝那惡漢頭上一拍！那惡漢頓時白眼一瞪，身子一歪，倒地不起！

小芸本來一直在掙扎，此時見惡漢突然倒地不起，她揮舞的手、亂蹬的腿頓時僵在空中。她簡直不敢相信，這個時候會有天神降臨嗎？

她側過臉一瞧，淚水順著臉頰淌向脖頸，晶瑩閃閃的目光定格在良子的臉上。

良子見她傻盯著自己，輕喚了一聲。「芸娘。」

小芸仍然傻愣著，淚花閃閃的。良子還以為她嚇傻了，推了推她。「妳沒事吧？妳別害怕，我來救妳了。」

小芸突然「哇」的一聲大哭了起來，放下僵在半空中的手腳，從地上爬了起來，一下撲向良子的懷裡。「良子哥，你是天神嗎，是菩薩嗎，我真的得救了？」

良子被她撲得身子沒穩住，往後一仰，一下蹲坐在地上，他安撫道：「妳真的得救了，沒事了！」

和良子一起來的那個人將兩人扶了起來，然後把地上被打暈的惡漢用繩子捆得死死的。

小芸可能是幾日沒吃好也沒喝好，又驚嚇過度，腿發軟，根本站不住，她靠在良子身上，一個勁兒地哭。「良子大哥，你是我的救命恩人，我一定要報答你，要……要……」她也不知道要怎樣報答。

良子簡直哭笑不得，她才緩過神來就扯什麼報答不報答。他也沒心思聽小芸在這裡哭，而是扶著她來到一棵大樹下，讓她靠著大樹坐著，他要去看另一邊的情況。

良子才跑過去幾步，小芸便突然起身，跌跌撞撞地跟了上去。她不認識跟良子一起來的那個人，只認識良子。見良子走了，她沒有安全感，很害怕。

良子一心往前跑，並不知道她跟在後面。來到這邊一瞧，只見大家正捆著這三個賊寇呢。

自己帶來的人裡只有一人胳膊被砍傷了，良子忙上前給他包紮傷口。

這個小夥子身強力壯，揮了揮胳膊。「里正，我這點小傷沒事，到時候發錢時，多給我發一點，當藥錢就行。」

良子笑道：「瞧你，就惦記著錢！放心，會多發給你的，還會另外給你藥錢。待方澤生知道你為此事受了傷，肯定虧不了你。」

大家一聽到方澤生的名字，就都興奮起來，看來這回肯定都能分到不少錢呢！

良子回頭看他們，卻見小芸蹲在自己的身後。「芸娘，妳怎麼也跟過來了？」

小芸見有這麼多自己的人，沒剛才那麼害怕了，她只是很安心地朝良子笑了笑，沒有說話。

良子帶著大家一起押上這四個賊寇回卞鎮，並讓其中一人送小芸回方家村，他自己則要親眼看到這些賊寇送到鎮上吏長那裡，才能放心。

小茹見妹妹被尋回來了，兩人在自家院子裡相擁著抱頭痛哭。小茹緊繃幾日的心，這會兒終於放鬆了，與小芸一起哭得昏天暗地。

澤生晚一日才回來，經過這幾日的折騰他已消瘦不少，還精神萎靡。見小芸竟然已經尋回來了，他再也支撐不住，屁股一挨上床，便睡了整整一日一夜。

待他起床了，再吃上飽飽的一頓飯，便帶著錢去感謝良子與那些一起救小芸的人。良子自然是一文不肯收，全都分給了其他人。

可是接下來幾日，小芸的境況陷入了一波輿論浪潮。很多人四處謠傳，說小芸和四個男人在外待了三個夜晚，早已是不潔之身了，誰還敢要？還有噁心之人說她怕是已被四個男人都糟蹋過了，污穢得很。

王氏隔三差五地來小茹這裡哭訴，說小芸本來已經到了說親的年紀，還指望她能尋個好人家，這下完了，怕是這輩子都沒人要了！

而小芸得知自己這樣被人指指點點，整日地哭，說她根本沒有被人糟蹋，在千鈞一髮之時，良子大哥來救她了。除了自家人相信，外人是沒有人信的。

良子得知後，哪怕他讓許多人在外放話，說小芸確實沒有被糟蹋，仍然無人相信，都認為這是良子心善，只是想護著她的名聲而已。

三個月後，卞鎮的吏長被提拔到縣裡去了，他這個吏長的位置便空了出來。良子因抓賊寇和尋回了小芸，聲譽頓起，他的事蹟已在整個縣傳開了。毫無疑問，這個吏長之位非他莫屬了。

雪娘跟著良子一起搬到了卞鎮，住進前吏長那座有五間大房的院子，她興奮得手足無措，拉著良子的袖口問：「良子，我們如今住了大房子，若再有很多錢就好了，你的俸祿漲了多少？」

良子卻鎮定得很，完全不像雪娘那樣得意忘形，他一邊整理著自己帶來的書，一邊扯出雪娘抓住的衣袖，說：「俸祿沒漲多少，一個月只比以前多五十文，妳不會失望了吧？」漲的這五十文只是做重勞力一日半的工錢，實在是少得可憐。

「沒有沒有，五十文也夠買好幾斤肉的！」雪娘嘻嘻笑著，趕緊跟著良子一起收拾新家。

可是這種激動人心的日子才維持三日，她的悲劇來了。

良子的爹娘上門了，他們見兒子已是吏長，便再無任何顧忌，當著雪娘的面，大談良子該娶二房的事來。

鄭老爹鼻孔朝天地說他的兒子不能斷後，說良子現在想娶什麼樣的姑娘都不在話下。

鄭老娘在旁得意地附和道：「我們已經找媒人向姚老闆家說親了，他的小女兒芳齡十四，長得那可叫一個水靈白嫩，從來沒下過地的姑娘，自然是嬌貴得很。只是讓她當二房，真是委屈人家了。」

雪娘傻了、懵了，緊接著一陣慘烈嚎哭。「不行，不行，良子不能娶二房！」

鄭老娘對她的慘狀視而不見。「哪能妳說不行就不行，媒人都跟姚家說好了。我們才給五百文的聘禮，姚家就滿口答應了，這種事哪能反悔？」

良子向他的爹娘下跪苦求，沒想到被他爹狠狠搧了一個耳光。「你別以為自己當上吏長了，就連爹的話都不聽了！」

向來孝順的良子無言以對。

另一邊廂的小芸在這三個多月裡，已被流言折磨得身心疲憊、精神恍惚，不是哭就是念叨著良子大哥。

小茹和澤生再也看不下去了，打算豁出去，就厚著臉皮去求人家一回吧。

小茹去找瑞娘，澤生找良子，兩人顧不得被人罵不要臉，只要小芸能嫁出去就行。

瑞娘見小茹來求她，想讓她去說服雪娘，讓小芸給良子當二房，她並沒有感到很吃驚。

小芸最近的狀況她是瞭解的，整日哭哭啼啼地喊著良子大哥，怕是心裡只有良子了。

可是她不得不為自己的妹妹著想啊。小茹見瑞娘一直緊繃著臉不吭聲，便拉著她的手央求道：「大嫂，妳就幫幫我妹妹這一回吧，她再這樣下去，怕是要折磨得沒命了！她自小乖順得很，若能去良子那兒，她絕對不會搶雪娘的風頭，只會乖乖地聽雪娘的話，好好侍奉雪娘的。良子那情況，避免不了要娶二房的，他拗不過他爹娘。若是娶了姚老闆家的女兒，雪娘的正房地位就會受到威脅，哪有娶小芸合適？小芸是絲毫影響不到她的。小芸年紀還小，她去了這兩年內並不圓房，可好？」

小茹還從未這麼求過她，瑞娘有些端不住了。雖然外人不相信小芸還是黃花閨女，但她作為自家人，還是相信的。想到雪娘處境如此艱難，怕是躲不過良子娶二房的威脅了。既然要娶，就得娶個各方面不強過雪娘的才行。小芸年幼乖順且又被污了名，怎麼樣都不可能強過雪娘。

「好吧，我去試試。」瑞娘應下了。

之後，瑞娘去找雪娘時，見雪娘神色呆滯，悲悲戚戚的，她好不心疼。「雪娘，要不妳就鬆口，讓良子娶個二房吧，只是別讓他娶姚家的女兒。我聽說過，那位姑娘可是個厲害的人物，她又仗著自家有錢，若是與妳同侍良子，妳遲早要被她排擠了！妳勸良子，讓他娶芸娘如何？」

沒想到雪娘聽到這話絲毫不吃驚，反而應承著瑞娘的話，有氣無力地道：「嗯，我會勸他的，就讓娶芸娘好了。」

雪娘不吃驚，瑞娘反倒吃驚了。

她見大姊那般驚愕的模樣，淒涼地苦笑一聲，道：「姊，這幾日我已經好好想過了，這事橫豎躲不過，又聽說芸娘哭死哭活只知道良子一人，那就讓她過來吧，好歹她長得沒有姚家的女兒好看。」

瑞娘見她想開了，放心不少。「芸娘性子也好，她來方家村都大半年了，還從沒聽她跟誰爭紅過臉，乖巧得很。她來了，肯定能聽妳的話。茹娘還跟我說，她妹妹若能來，兩年之內不與良子圓房！妳就當自己多了一個妹妹好了。」

這最後一句，讓雪娘振作起了精神。兩年內不圓房？如此甚好！

瑞娘又接著說：「還有呢，澤生說要在卞鎮租賃一間小鋪子，由妳來打理買賣，芸娘幫著打雜。這樣就可以支撐著你們家用了，妳不是成日為家裡沒錢而發愁嗎？」

「好吧，那就娶吧。」雪娘沒再那麼戚戚然了。

澤生來到卞鎮上，約良子出來喝茶。

良子聊到被他爹娘逼迫娶二房甚是煩惱時，澤生見此時茶樓就他們二人，便厚著臉皮道：「你就聽你爹娘的話，娶個二房吧，將芸娘給收了如何？」

良子瞠目結舌。「你……你在說什麼？芸娘一個小姑娘，你要我納她為二房，你瘋了吧，你真當我是畜生了？」

澤生懇求道：「你只納她過去就行，你若不忍心碰她，待到滿了十五歲再圓房，不就得了？」

「那也不行！我不會娶二房的，姚家的女兒我不會娶，芸娘我也不會娶！」良子堅決道。

澤生急了。「你可別告訴我，說你不知道芸娘被折磨得生不如死的事。你不是向來有好生之德，難道想眼見著她死？」

良子語結，惶然地看著澤生。

「良子，你就救救她吧！當初你救過她一回，這次你就當可憐可憐她，再救她一次可好？她現在每日除了哭，就是念叨著你，她已經把你當成這世上唯一可以依靠的人了。你若是不要她，她只能就這樣被流言折磨至死了！你忍心見她這麼悲涼地死去？」

良子被澤生說得很害怕，動不動就是小芸要死的話，一心軟，便點了點頭。

不過，良子答應了此事後，沈思良久，又與澤生耳語一番。

澤生聽後先是一怔，然後大讚道：「你果然當上吏長就不同了，做什麼事都要謀劃一番，我真是自嘆不如啊！」

良子憨笑一聲。「你又取笑我了，只不過被你逼得沒辦法而已。」

兩人再商議一下迎娶小芸進門的事宜，定好了日子，便各自回家去。

到了進門的那一日，何老爹帶著一家人送小芸來到良子家。良子的爹娘也都來了，上次鄭老爹搧了良子一耳光後，就知道娶姚家女兒的事怕是不成了，後來又聽良子說要娶小芸，他就趕緊託媒人去退了姚家的親，下聘的五百文錢也沒敢要。倒是姚家氣得很，將錢扔回給帶話的媒人。

早前已商定，此事不宜張揚，所以沒有擺酒席宴客，也沒有媒人在場。只不過當了雙方長輩的面，讓小芸給雪娘敬個茶而已。

此時良子和雪娘坐在上方，小芸跪在下方，她戰戰兢兢地朝良子磕了個響頭。按禮儀，她只需叩首而已，不需要給良子磕頭的。可是她一想到良子救了自己，就想著要磕頭謝恩，害得良子唬了一跳，身子不自覺往後靠了靠。

小芸再接過瑞娘在旁早已準備好的茶，雙膝往前挪動，來到雪娘面前，高舉茶托，低眉頷首。

雪娘見她的手一直抖著，怕是再不接，這茶就要灑了。雪娘過場面地接著茶杯，抿了一小口，朝小芸溫和道：「妹妹快起來吧。」

儘管她心裡醋意翻騰，但有這麼多人在，她怎麼也得裝得賢慧大度一些。雖然小芸最近被消磨得不成樣子，在相貌上也越不過她去，可她總歸是良子的二房！

由於良子心裡真實的想法還沒告訴她，雪娘以為他是真心要納小芸的。她心裡還在想，表面上得做足了寬容大方，背地裡若不整一整小芸，她可沒法出這口氣。

何老爹和王氏見雪娘極為大方，看樣子不像是會欺負小芸，便放心不少。

小芸起身後，一直低頭，不敢直視良子和雪娘。

澤生和小茹見小芸太緊張，便把她帶到一間偏房，這是良子騰出來的房間，留給小芸單住的。

「小芸，妳別怕，在這個卞鎮沒有幾個人識得妳，再不會有人見妳就避開，也不會有人在妳背後指指點點了。妳好好地跟良子和雪娘一起過日子就行了，什麼也不要想。」

小芸聽大姊這般說，確實安心了不少，可還是有些害怕。「姊，良子大哥和雪娘姊姊真的不嫌棄我嗎？」

澤生在旁笑道：「瞧把妳嚇的，妳就當自己是他們的妹妹就好，就像在我們家一樣，不要拘束。他們又不相信那些流言，怎麼可能嫌棄妳？」

這下小芸總算放心了，朝兩人笑了笑。「嗯。」

如此簡單的儀式結束之後，何老爹與王氏再和良子的爹娘說了一會兒話，就各自回家了。

小茹回到家，忽然又不放心起來。「澤生，良子此策雖然可行。可是……若兩年後小芸還是執著於良子怎麼辦？」

澤生站在她背後，給她輕輕地捶著背。「兩年後的事，妳就先別想了。一個人若真心喜歡另一個人，是不可能容得下別人的。自娶了雪娘，無論雪娘如何，良子都是喜歡她的。他不可能花心思在小芸身上。小芸現在還小，根本不懂這些，待她長大了，也就能明白了。或許到時候她根本不喜歡良子，哪怕真的喜歡，見良子對她無心，她也會聽良子給她做安排的。」

小茹長吁了一口氣。「只要遠離方家村這種流言是非之地就行，她會慢慢好起來的，兩年之後的事確實還很遠，這樣暫且能慰藉小芸的心就很好了，不想了、不想了。」她往後一靠，正好靠在澤生的胸前。「最近因愁小芸的事，我都沒睡個好覺。」

忽地，她又站了起來，轉過身來看澤生的臉。「你比我還累，瞧，你都瘦了許多。」

澤生摸了摸自己的臉頰。「是嗎？妳不是說，就快到了以瘦為美的年代嗎？」

小茹嗤笑一聲。「我們是活不到那個年代了！我去做些好吃的，給你好好補一補。」

小芸此時正在良子家的廚房裡忙活著。雪娘來到廚房，想看她到底做什麼菜，趁此挑毛病，給她來個下馬威。

沒想到小芸一見到她進來，就緊張得不知道該怎麼辦了，手裡的鍋鏟胡亂鏟著，再跑到灶下塞柴火。火苗本來已經很小了，被她這一猛塞，徹底滅了。她急得滿頭大汗，對著灶口一陣吹，吹得滿頭滿臉都是灰。

雪娘見她這般做事不穩當的模樣，都氣得沒話說，直接轉身出去了。

良子坐在桌前埋頭記帳，聽到腳步聲抬起頭來，見雪娘過來了，神色很不對，似笑還怒的樣子，想裝輕鬆又裝不像。

良子很是明白，笑問：「小芸給我們做飯吃，妳還有什麼好生氣的？妳應該幫忙，跟她一起做才對。」

雪娘見他笑，莫非是因為有了小芸他很開心？她氣得往凳子一坐。

「你開心了，得意了？」

「不是妳同意的嗎？還是妳先跟我說的呢！」良子頭也不抬，繼續盯著帳本。

雪娘用力一抽，將帳本抽了出來，不讓他記。「你跟我說只是因為沒辦法才同意的，怎麼你還這麼開心？你就是變心了，當上吏長就想三妻四妾是不是？前幾日你還裝作很無奈的模樣，今日她才過門，你就護著她？我就不幫忙做飯！是她死皮賴臉主動跑去做飯的！」

良子瞧她這模樣，嘆了嘆氣。「就知道妳會這樣，上午當著大家的面，瞧妳還沈得住氣，才過這麼一會兒，妳就耐不住了。讓芸娘到我們家來，只是為了哄她，好讓她早日解開心結，何況這裡沒有人識得她，不會有流言，只要妳我不說出去，誰知道？」

「什……什麼意思？」雪娘聽得一腦袋漿糊。

良子與澤生那日說好的事，本來不想告訴雪娘，怕她嘴巴關不緊告訴了小芸，小芸得知自己不是真的跟著恩人，會覺得大家都在欺騙她，又會哭鬧害怕了。可是見雪娘這性子，怕是一日不說，就會欺負小芸一日。誰也容不得自己的相公還要對另一個女人好，良子也能理解她。為了小芸的日子好過一些，他不得不說了。

「什麼意思妳還不明白嗎？先讓芸娘在我們家住著，雖然頂著二房的名頭，不過是安慰芸娘罷了，我們只需當她是妹妹那般對待就行了。等她心結解開了，妳作為正妻是可以將她打發出去配人的，不過得配個她樂意的人才行。」

「啊？」雪娘又喜又驚，真的有這麼好的事？小芸為她擋住了姚家姑娘，還不跟她搶良子？

剛才還覺得小芸特礙眼來著，忽然一下子，她又覺得小芸是自己的救星了！不過她仍有憂慮。「可是……她若就是死纏著你怎麼辦？」

「芸娘會是這種人嗎？最近她只不過是被那些人說怕了，都快被逼死了，只因想著我救了她，所以才想依靠我。待她在這裡住了一段時日，無人再說起此事，她慢慢就能恢復以前的樣子。再說，以常人的眼光來看，她怎麼可能會喜歡一個瘸子？」良子妄自菲薄地說。

雪娘嘟著嘴道：「那可不一定。」

「妳放心好了，反正我是不會喜歡上她的。等她狀況好起來，我會想辦法為她尋一個良人。若芸娘真把我當恩人看待，我說的話她肯定願聽。」

「她都頂著那個大污名了，你怎麼為她尋個良人？」雪娘憂慮道。

「這個就不是該妳操心的，我自會想辦法。這件事妳千萬別告訴她，否則適得其反！妳要做的就是好好與她相處，好好待她，讓她每日開開心心的，好早日解開心結。」

良子抬頭瞧了瞧雪娘，戲謔道：「這件事任重而道遠，就全交給妳了，什麼時候她願意開開心心地再嫁出去，就靠妳的本事了，否則……我只有收了她。」

雪娘立刻起身。「我去廚房和芸娘一起做飯！」

良子見她一聽到這個便如此積極的模樣，忍不住發笑了。

小芸見雪娘忽然又來到廚房，還朝自己笑咪咪的，這讓她很不適應，畏手畏腳的。

雪娘親熱地找她閒聊說：「芸娘，妳別那麼怕我，我又不會吃了妳，妳放心，我和良子都會好好待妳。妳是一個乾乾淨淨沒有被任何人糟踐的好姑娘，可別自輕自踐。」

她見小芸臉色柔和了許多，也敢直視自己了，又接著道：「下午我們將院子後面一塊菜地給開挖出來吧，家裡可沒有餘錢買菜吃。」

小芸見雪娘對她這般友善，看來並不嫌棄自己。她坐在灶下微笑點頭。「嗯。」

飯菜做好後，小芸跟著雪娘一起端上桌。待良子與雪娘都坐下了，小芸卻跑去廚房了。

雪娘忙起身。「我去叫她過來一起吃。」

良子卻打住她。「算了，由著她吧。她現在還放不開，慢慢來。」

「哦。」雪娘又坐下了。「對了，澤生說租鋪子的事……」

良子正挾著菜，聽她這麼一問，筷子一抖，菜又掉進盤子裡。「我……與澤生商量好了，不要租鋪子，而是用那筆錢租了一處偏僻的小房，再把……」

雪娘瞪大了眼睛，等著他說後續。

良子卻轉移話題。「兩個月前就聽縣令說要獎勵我，給我補貼一些錢，只是錢一直沒下來。妳放心，這幾日應該就要發下來了，餓不著我們的。不過，妳跟著我……必定是要受窮

「還有錢獎勵？那是好事啊！」雪娘聽了眉開眼笑。「你幹麼還擺一張很愧疚的臉？你租一處偏僻的小房打算讓我和芸娘做什麼小買賣？偏僻的地方雖然租金低，但可不好做買賣的，人家找都找不到。」

良子知道這件事如何都瞞不住，還是告訴她。「不是做買賣。平時總有一些人家生了女嬰，就遺棄在路旁，每年都死不少。還有一些男嬰因生了大病或先天殘疾的，家裡窮得連飯都吃不飽，根本沒錢看病，就將他們扔在路邊，希望有錢的人家拾去養，因為這樣也死了不少。澤生說，茹娘平時也說起這事，還說若有一家育幼院就好了，所以我們商量著……打算以後拾到棄嬰，就放到我們租的小房來養。我已經僱了一名寡婦到時候來照顧孩子，就怕以後會有不少，她一人照顧不來，要不……妳和芸娘平時一得了空，也去幫著帶孩子？」

「你說什麼？什麼育幼院？不做買賣養家，竟然拿錢去養人家不要的孩子？人家都不要了，你去養他們幹麼?!你和澤生腦袋都被灌了漿糊吧，茹娘竟也這麼說？你們……」雪娘聲調高起，忽而又驟降，她現在有些不敢得罪良子，怕他一氣之下哪日就真的當小芸做二房了。「好吧，待有了空，我會去的，我和芸娘還得種菜，還要……」

雪娘心裡憋屈得很，自己還沒生過孩子呢，卻要去帶別人遺棄的孩子？

良子覺得挺對不起她。「過幾日，我帶妳去穎縣找杜郎中當面瞧一瞧，澤生與他認識，已經跟他打好招呼了。」

雪娘聽到這事才開心了一點，點頭道：「好，我早盼著要去呢。」

小茹這幾日挺忙乎，既要帶孩子，又要做裙子，這是早就答應好小清和小芸的，不能食言。此外，她還為雪娘做了一件，畢竟妹妹住在她家，總得哄一哄她才行。如今已是六月天了，剛好適合穿。

小茹來到良子家後，見雪娘和妹妹相處得挺好，看來良子已經將權宜之策告訴雪娘了，否則不可能有如此和諧的景象。

小茹將裙子拿出來讓她們倆試一試，然後藉著換衣裳的原由，跟著雪娘到了另一間房。「雪娘，我知道此事委屈了妳，讓妳多擔當了。不過，我懇求妳千萬別讓小芸知道良子的打算，否則她不知要傷心成什麼樣，以為大家都在嫌棄她、不要她。她若做出什麼羞愧自盡的事來……」

雪娘打斷小茹的話。「茹娘，妳放心好了，有良子壓著我，我哪裡敢啊！妳別往那處想，這種事我是絕對不會讓它發生的。」

她穿上小茹做的新裙子，在原地轉了一圈，十分滿意。「這裙子真好看！」

這下小茹是徹底放心了，高高興興地回家。

到了晚上，哄完孩子們睡著後，小茹爬上床，舒展著胳膊和腿，覺得渾身肌肉還是很緊。「澤生，你過來，幫我壓一下腿。」

澤生剛脫好外衣，也不知小茹這是要幹麼，他聽話地走過來，按照她教的那樣將雙手用力壓住她的腳。

小茹彎曲著腿，然後抱頭躺下，再抱頭起身。

澤生看得好不稀奇。「妳這是做什麼？」

「做仰臥起坐啊！最近有些累，身子骨不利索，總是痠痠麻麻的，得多做運動才行。」小茹說著又躺下來，再接著坐起來。

「仰臥起坐？」澤生真心聽不明白。

「你別說話，幫我數數，看我一共能做多少個。」小茹加快速度做了起來。

澤生只好幫小茹數著，數到四十時，她再也起不來，感覺腰要斷了，腹部也疼，她大口大口喘著氣。「唉，看來以後每晚都得鍛鍊鍛鍊，才做四十個，太不像話了，六十個才算合格呢！」

「妳從哪兒學來的，這樣對身體真的好？」澤生好奇道。

小茹起了身。「這還用學嗎？你的《妊娠正要》後面不是有這個圖？」

澤生恍然大悟。「哦，原來這動作叫仰臥起坐呀？」

小茹將他按著趴下。「你也要鍛鍊。」

她再踢了踢澤生的腿。「腿要伸直，胸脯不能著床，手掌放好，胳膊使勁啊！趕緊撐起來啊！」

澤生憋紅了臉，終於撐起來一個。

「別鬆勁，再接著來！」

澤生只好咬緊牙關，再撐起一個。

「再來，至少得做二十個才叫男人吧！」小茹在旁蹺著腿，說得很輕鬆。

「啊？二十個？」澤生難受得齜牙咧嘴，做兩個他都快受不了。

不過，他可不能讓她小瞧了自己，硬是拚了命撐起十二個，才身子一軟，胳膊一鬆，趴在床上起不來了。

小茹鼓勵道：「第一次能做這麼多，馬馬虎虎吧，堅持經常做，說不定哪日還能練出八塊腹肌呢。」

做完身體運動，兩人感覺很累了，彼此相擁著閉上眼睛，一會兒就睡著了。

待次日小茹醒來時，習慣性地往旁邊伸手一摸，卻發現身邊沒人了！

她微睜著眼睛，打著哈欠，朝窗戶瞧了一眼，咦？天還沒亮呢，澤生這麼早就起床了？

正好她要小解，便起床了，順便瞧瞧澤生起這麼早幹麼，做早飯也不需這麼勤快吧？

等她上完一趟廁所，再到廚房掃了一圈，還是沒見著他。

人呢？她再去其他房間找，仍不見他的身影。

當她來到院門前看見門閂開了，於是再去前面的鋪子外瞧，鋪子卻上好了鎖，並沒有打開。

難道澤生去外縣收糧了？

小茹覺得甚是奇怪，若按以前，他要早起出門都會在前一晚提前告訴她，要去做什麼、要帶多少錢、大概會多久回家……都會交代清楚，還會問她想買什麼，他好順便捎回來。

像這樣一聲招呼都不打就早起出門的事，這還是頭一回發生。可能是他昨晚忘記說，而今早又不忍心叫醒她吧？

小茹這麼想著就來到了臥房，打算再睡個回籠覺，待天色泛白再起床做早飯。屁股一落床，她的餘光朝旁邊的桌上一掃，發現一張紙。哦？澤生還給她留便條？

小茹有些小驚喜，感覺有點小浪漫，忽而她又想，澤生不是以為她不識字嗎，怎還會留便條？

她趕緊伸手將紙拿到眼前一瞧，內容如下：

親愛的小茹，吾之愛妻，早上好，起床了？親親！——澤生留

小茹一瞧澤生這等措詞，頓時暗暗驚心，澤生真的是近朱者赤、近墨者黑了。與她相處久了，竟然用的全是她平時愛用的詞，他真的被自己徹底滲透與薰染了，這種話哪裡還像一個古代人寫出來的！

上次她無意中說出「親愛的」這個用語後，澤生每次與她親熱時，都愛用這個詞。還有

「親親」，這個詞她只跟大寶和小寶說，沒想到，他竟然也用上了！

此外，文字旁邊還附著一個人物圖！仔細瞧著這幅圖，小茹不禁笑了起來。

澤生以為她識不了幾個字，可能只識得自己的名字和幾個簡單的字吧，怕她不明其意，所以在旁邊附上一幅生動形象的人物圖。

畫中人是一位穿著比甲的小婦人，比甲上還有一個大大的「壽」，髮型竟然是小茹愛紮的馬尾辮，坐在一把如同家裡一樣的椅子上，樂呵呵地笑著，笑靨如花、喜氣洋洋的。沒想到澤生畫功還不錯，畫得還真挺像她。

小茹瞧著這圖上的「壽」字，忽然想起來，原來今日是自己的生辰。

雖然她也知道自己的生辰，但她實在對這個日子不熟悉，根本沒用心記著，因為她只對自己前世的生日記得很清楚。去年生辰，她自己也忘記了，也是澤生記著，給她煮了一碗長壽麵和兩顆雞蛋。

小茹躺上床，將這張紙看了一遍又一遍，這種喜悅和激動，怎麼像剛談戀愛的小女生？她如今都是兩個孩子的娘了啊！

沒事沒事，遲來的戀愛感覺也很不錯。她親了親澤生的名字，瞇著眼睛樂開了花。

上午，婆婆張氏抱著牛蛋來玩，主要是想來看一看大寶和小寶。她身子雖然恢復得差不多了，但也只是在家帶孩子，並沒有下田地，方老爹也不讓她去河邊洗衣，怕她暈眩掉河裡去了，所以都是由瑞娘幫著洗。

如今牛蛋滿週歲了，還不太會走，但可以扶著牆慢慢挪步，這會兒他扶著大寶的轎椅，圍著他轉圈圈呢。

張氏懷裡抱著小寶，坐在旁邊瞧小茹拿一些蘆葦在編草鞋。夏季穿布鞋太熱，她就學著這邊人編蘆葦鞋穿，挺涼快的。

張氏有多年編鞋的經驗，在旁指點教導她怎麼編。待張氏離開後，鞋子也編得差不多。

到了傍晚，小茹做晚飯時，像平時一樣也做了澤生的飯菜，眼見他不會這麼早回來，便把他的那一份盛起來，放進櫥櫃裡。她心裡一直納悶著澤生到底幹麼去了，心有不安，晚飯也只是敷衍吃了幾口。

到了平時就寢的時辰，澤生還沒有回來，這讓小茹坐立不安了。他既不是去收糧也不是進貨，在外耽擱不了多少時間。按理說一個往返，這個時辰也該到家了。

小茹手撐著腦袋，坐在搖床旁，看著兩個孩子沈靜的睡臉，嘴裡小聲嘀咕道：「你們那個沒譜的爹，怎這麼晚還不回來，愁死人了。」

嘀咕完這些，她忍不住拿起早上澤生留給她的那張紙，不禁又是滿臉的甜蜜，喜孜孜地笑道：「你們的爹也不是沒譜啦。」

「嘎吱」一聲，外面的門響起。

小茹放下紙，飛快地跑出去。果然，澤生回來了！她迎了上去，想要審問他今日到底幹麼去了。

澤生卻一手拎著一個大食盒子。「妳小心點、小心點，別碰到我。」

「這些是什麼？」小茹好奇問道。「你今日去哪兒了？」

「進房了再說。」澤生小心翼翼地拎著食盒子到臥房，小茹跟在旁邊迫不及待地想看一看。

澤生把食盒子放在臥房的圓桌上，朝小茹神秘一笑，然後慢慢打開。食盒子是分上中下三層的，兩個食盒子裡一共有六道菜。

他饒有興趣地端一道菜出來，就唸一次菜名。「麻辣龍蝦！」

小茹傻了，哪裡來的麻辣龍蝦？這裡的人也會做這道菜？這不是平時自己跟澤生嘮叨想吃的嗎，他都記在心上了？

澤生見她傻愣的樣子，笑得很開心，再接著往外端菜，一一唸道：「香辣炸雞翅、山椒鳳爪、孜然烤牛排、燒烤羊肉串！」

哇哇哇！這都她平時想吃卻怎麼都吃不到、想起來就饞得流口水的，偶爾會在他面前嘀咕那麼一、兩句，他怎麼全記住了？

澤生再端出最後一道菜。「涼拌鮮蔬！」

小茹徹底懵了，還有涼拌鮮蔬？

澤生走了過來，拉著她的小手，深情款款道：「喜歡嗎？」

小茹有些緩不過神來，傻愣愣地問：「這些都是從哪裡來的？」

「也沒那麼難，縣裡有一位告老還鄉的御廚，天南地北的菜他全都會做，這些菜對他來說都是小意思，而且他有以前的故友，食材也好找。我只是提前半個月與他打過招呼而已。」

「一個生辰而已，你花這麼多心思做什麼？」小茹似嗔似喜道。

澤生瞧著她的眼神不太對，笑道：「瞧妳，不會高興得想哭吧？今日是妳的生辰，偷偷為妳準備一個小小的生辰宴有什麼不行？」

澤生扶著她坐下來，把六道菜擺得整整齊齊。

「幸好我晚上就只吃幾口，否則無福消受這些了。」小茹舉起筷子，卻不敢往菜上挾了，因為看著這一桌子的菜，她怎就感覺回到了現代？

忽然，她心裡生疑。「澤生，我平時說想吃這些我們從沒見過的菜，你覺得奇怪嗎？」他不會對自己的身分有所懷疑吧？

澤生躲閃了一下小茹的眼光。「這有什麼好奇怪的，妳不是說過，妳經常作夢會夢到一些奇奇怪怪的東西嗎？可能是哪路神仙就愛給妳託夢吧！」

澤生說得很輕鬆，看似一點兒也沒有深究過。「哎呀，我差點忘了。」他忽然從大袖口掏出一個青瓷瓶。

他打開瓶蓋，放在小茹鼻下，讓她聞一聞。「這個可是妳要的酒哦！」

小茹已經聞出來了，她的腦袋有些僵麻，想不到，澤生連紅酒都給她備上了。

這生辰之禮，太讓她驚喜了。不，不只是驚喜，還讓她難以置信、難以言表，甚至，有些難以接受了，感覺這眼前的一切似乎只是個幻覺。

小茹瞧著澤生。「我不是在作夢吧？」

澤生伸手捏捏她的小臉。「疼不疼？準備這些也沒那麼難，妳怎還不相信了？」

他湊過來，輕吮一下她溫軟的唇。然後輕抬眼眸，含情脈脈地看著她，潤唇輕啟：「是真的，小茹。」

平時兩人在床上什麼樣親暱的舉止都有過，只是小茹沒想到，就這麼輕輕一吻，再對上他那深邃濃情的眼睛，又聽著他那軟軟卻帶著些許渾厚磁性的話語，她的心有些蕩漾了。

澤生忽然身子往後退了退，為她斟酒。「來，吃菜，喝酒！」

「嗯。」小茹盈盈一笑。「我們來碰個杯！」

澤生連忙說：「不，我答應過妳，再也不喝酒了。」

小茹硬要給他斟上。「這種酒不容易醉人的，哪怕這一瓶你全喝下，也不會有事。不過，以後若想喝酒，只許和我一起。」

兩人舉杯相碰，這種氣氛讓小茹有些把持不住了，不禁嘆道：「真好！」

澤生還以為她只是在說這酒的味道真好，於是也淺淺嚐了一口，再回味回味。「我怎麼感覺這不是酒？與平時喝的酒完全不一樣。」

小茹嘻嘻笑著。「味道還不錯吧？這是葡萄做的，當然與一般酒不一樣。不過，我這也是第一次喝，呵呵……第一次喝就感覺很不錯啦！」

互飲幾杯，兩人開始拿筷子挾菜了。

或許是太久沒吃這些東西，也或許是氛圍營造的關係，小茹吃著這些，感覺就像當年朱元璋吃珍珠翡翠白玉湯一樣，頓覺這些全是世間最美味。

澤生在旁瞧著小茹吃得那般津津有味、如此滿足開心，他當然也跟著很開心。他能讓小茹開心，也就不枉負她如此一個好女子嫁給他這個凡夫俗子。

他的人生因她而幸福、精彩，他也得讓她過得開心、過得如意才行。儘管他對這些吃的確實不是太喜歡，也許是從來沒吃過，還接受不了這種味道，每樣都只是嚐幾口。

待小茹酒足飯飽後，澤生也將桌上這些都收拾好了。她走到他跟前，忽然勾住他的脖子，濃情密意道：「有你，真好。」

澤生卻很不解風情地說了一句。「妳去洗漱一下吧。」因為她滿嘴油光。

「你……」小茹朝他翻一個白眼，迅速跑出去了。

她洗漱完才過來，澤生便神秘兮兮地道：「快閉上眼睛，我還沒呈上生辰賀禮呢！」

啊？還有禮物？

第二十八章

小茹的心臟有些承受不住了。她想念了近兩年的佳餚，澤生滿足她了；她回味了近兩年的紅酒味道，澤生讓她嚐到了。

這些就已讓她驚喜不斷了。穿越到古代，竟然還能嚐到前世經常享受的東西，這就是給她最好的禮物，她已經很滿足、很開心了。

小茹真的難以想像，除了這些，澤生還能想出送她什麼禮物來。她聽話地閉上了眼睛，等待他再一次給她驚喜。

澤生見她乖乖閉上眼睛的模樣，臉上還泛著暗喜的神色，有些忍俊不禁。他悄悄來到她的背後，將自己的禮物從一個木匣裡拿出來，然後輕輕地戴上她的脖子。

小茹頓時感覺胸前涼涼的，哪怕隔了一層薄衣，還是能感覺到那種涼意。

玉觀音項鍊？小茹心裡發笑，澤生竟然想送她這個。

她用手摸了摸。咦？不像是玉質，而是金屬！她忍不住低頭睜眼一瞧，一個小金鎖！

澤生繞到她前面，雙手摟著她的肩頭，柔聲道：「喜歡嗎？」

「金子誰不喜歡啊！」小茹噘嘴道，笑意綿綿地拿起小金鎖放在手心裡仔細瞧了瞧，再摸了摸，嘆道：「這真的是金的啊？」

「難不成我還會買個假的給妳不成？」澤生挑眉笑道。

「諒你也不敢。」小茹朝他擠眉弄眼地笑道，她愛不釋手地摸著這個小正方形的鎖。這個小金鎖雖然很小，但做工十分精緻，忽而她又驚道：「買這個得花多少錢？你不會把這兩個月掙的錢都花了吧？」

「錢掙來了不就是花的嗎？」澤生爽快應道。

「最近很多地方都花了大錢，我們存的錢都拿出來了。這才攢兩個月的錢，又被你一下花光，你學會了大手筆啊！」小茹覷著他。

澤生假裝來解她脖子後面的鍊子。「妳不喜歡？那我拿去當鋪典當好了。」

小茹捶了一下他的肩頭。「討厭！我才不捨得呢。」

澤生伸出雙手，從她後背環抱住她的腰，下巴抵在她的肩膀上。「妳再瞧瞧，上面還刻著字，這幾個字都是妳認識的。」

小茹被他抱得身子有些熱了，特別是他說話的氣息噴著她的脖頸……讓人想沈淪了。

她克制了一下自己的想入非非，湊眼仔細一瞧。「還真是刻字了！」

只見上面刻著小小的「茹澤同心」四個字。關鍵是，她的名竟然刻在前面，澤生他自己的名刻在後面，這與傳統男尊女卑的觀念完全不合啊。

「誰跟你同心啦！」小茹口是心非，其實她已經歡喜得不知道該說什麼了。

「妳不和我同心和誰同心？」澤生一雙胳膊稍稍用勁，將她摟得更緊了，話語似有些惆悵。「若是真能把妳鎖住該多好，那妳就永遠是我的了。」

這下小茹終於憋不住要吐真言了。「我本來就是你的嘛！」

澤生卻緊緊摟著她，好怕會失去她似的。「妳答應我，一定要陪我一生一世，不許扔下我一人去任何地方好嗎？」

「傻瓜，我當然要陪你一輩子了，我不陪著你，還能去哪兒？」小茹被他這麼從後面抱住，感覺好溫暖、好踏實。

「你為什麼想到要買小金鎖送給我？」小茹喃喃問道，閉上眼睛享受著這份安寧。

「因為妳以前說過，談戀愛的人都喜歡弄個鎖，將兩人鎖在一起，就再也分不開了。」澤生十分認真地說。

「我有說過嗎？」小茹真的是忘記了。

「說過。」澤生柔聲應著。

「那你為什麼將我的名字刻在你的名字前面呢？」小茹嗲聲嗲氣地問道。

「因為，在我心裡，妳比我重要嘛。」澤生說時親吻了一下她的秀髮。

這一個輕輕的吻，撩撥得小茹心裡癢癢的，身上也癢癢的。澤生接著親吻她的耳垂，輕柔中帶著濃情。她的身子總是抵擋不住他的溫柔，此時已經有反應了。

小茹沈浸在這種被他疼愛的暗湧浪潮中。就這樣的一個男人，和她一起生活了兩年多的男人，待她真心真意的男人，心裡如此愛著她，她怎能不動容？她穿越過來，因為有他的陪伴，她的日子才過得這般安穩，這般幸福。

他為了她的一個生辰，這麼煞費苦心，天還沒亮就起床，然後奔赴縣裡，而且還是提前半個月就開始籌劃著她的生辰禮物，奔波往返好幾十里路，只為哄她開心的男人，怕是無論在古代還是現代，都算是少見的。

而今夜的他，顯得特別濃情，特別溫柔，特別眷戀她，特別像個深情款款願意為心愛的女人付出一切似的男人。

小茹忍不住了，忽然轉過身來，猛地湊上去，咬著他的唇瓣。

她才一咬上去，便被澤生含住了她的唇。小茹微微睜著眼睛，瞧著他那張靜謐又陶醉的面孔，那張深情又沈醉的清俊面容。

此時沈醉的不只是澤生，她更加沈醉了。

當小茹玉體橫陳在澤生的眼前，她胸前的小金鎖正好垂於兩團白軟之間，明晃晃地左右擺動著，煞是好看。

兩人如此裸裎相見那麼多次，但每一次都像第一次那般激動、那般沈迷、那般無法自拔。

只不過這一次澤生有著更深的感慨，他喟嘆一聲，覆身上來，以自己滾燙的身軀貼在她柔軟滑嫩的肌膚之上。

小茹感到澤生與往日似有不同，她纖細的手指滑過他還算寬厚的肩膀，柔聲儂語地問：

「你怎麼了，有心事？」
澤生搖了搖頭。「我只是覺得，我怎會有這樣的福氣，能娶妳為妻，是不是我上輩子做了感動天地的事了？」
「少來！」小茹笑道。「一張嘴越來越沒譜了，說得我跟仙女下凡似的，然後看中了你這個莊稼漢。」她捏著小拳頭，捶著他赤裸的肩頭。
「嗯，差不多就是這個意思。」澤生陶醉地應著。
翻雲覆雨，旖旎一室。他們恨不得兩人就這樣一直黏在一塊兒，無論何時何地都不要分開，直至白髮蒼蒼，地老天荒。
哪怕這時突然就此死去，他們不會有任何遺憾。因為在這世上，曾有這麼一個深愛自己的人，正好是自己癡戀的人。兩人甜甜蜜蜜地享受過相愛之人的所有幸福與快樂，這已經足夠了。
不知何時，兩人終於息戰，睡著了。
澤生睡著睡著，腦子裡忽然混沌一片，好像來到了一個搖搖欲墜的地方。
他站在邊緣上，看見小茹就在對面，只是兩人之間隔著一個大鴻溝。
他這邊是青山綠水，小茹那邊是林樓滿立。他身後走過的行人，不是挑著擔，就是扛著鋤頭；小茹身後的人卻坐著奇怪的金屬怪物，飛速行駛，噪音刺耳。
澤生急得滿頭大汗。「小茹，妳快過來，妳那邊太危險了，全是怪物！」

涔。

小茹才準備邁腿，身子一晃悠，差點掉進鴻溝裡去，好在及時穩住了，嚇得她冷汗涔涔。

澤生嚇得一聲驚叫，直朝她喊：「妳站著別動，我過去！」

小茹焦急地阻止道：「你不怕我這邊的怪物嗎？」

澤生哪能不怕，但是小茹在那邊，他根本顧不了那麼多，嘴裡大聲呼喊：「不怕，我來陪妳！」

他往前奮力一跳，無奈這個鴻溝太寬，他無法跨越而過，只覺身子突然往下一沈，如同跌入萬丈深淵，只能聽到自己呼著小茹名字的回聲，在深淵裡迴蕩著……

「小茹、小茹！」他還在喊著。

「你在作什麼夢，這麼驚心動魄的，莫非是生離死別？」小茹趴在他的耳邊，好奇地問道。

澤生在睜眼的同時，眼淚也跟著湧出了。

這下可把小茹驚著了。「你作夢哭了？」她伸手幫他拭去眼淚。

見澤生怔怔地看著自己，她一下撲在他的懷裡。「不會是夢到我丟了吧？」

澤生沈沈地嘆息一聲，幸好只是夢一場，小茹這不是還好好地在自己身邊嗎？

他雙手將她緊緊攬住，輕描淡寫道：「才不是呢，夢見風太大，吹迷了眼。」

小茹才不相信呢！她拍著他的胸膛，笑而嗔怒道：「你還敢扯謊！」

因澤生還未穿衣，她這一拍，聲音極為響亮而清脆。

澤生握住她的手。「輕點，打得疼。」

「疼不死你！」小茹起身將被子一掖，蓋住他一絲不掛的身體。「起床穿衣吧。」

澤生卻將她一拉，小茹側身一倒，又撲在他的懷裡。他再一翻身，將小茹壓在身下。

小茹連忙雙手抵住他的胸膛，笑著躲開，嗔道：「你個大色鬼，都什麼時辰了，你沒看到窗外都大亮了嗎？」

澤生側臉一瞧。確實！再不起床真是說不過去。

小茹起身穿鞋，忽然驚叫一聲，嚇得往床上一跌。

「怎麼了？」澤生都被她嚇得身子一顫，還有什麼比剛才夢中跨鴻溝更為恐懼的事？

「昨晚忘了喝避子湯藥！」小茹抓住他的胳膊搖晃。「我不想這麼快再要一胎，大寶和小寶還沒滿週歲呢！」

澤生一滯，昨晚只顧著耍浪漫情深、玩鴛鴦樂，早忘了這件事。

他安慰小茹道：「或許不會懷孕，應該不會那麼準的，妳別擔心。」

「說不定你的炮就有那麼準呢！」小茹連忙跑出門去。「我現在趕緊去熬一碗喝喝。」

炮？炮！炮……澤生實在被她這般用詞給愣住了。這個詞也太生猛了吧！

忽而澤生想起一事來，趕緊起床到廚房，對小茹說：「杜郎中說了，這種藥事後喝沒用的。」

「啊？」小茹洩了氣，肩膀一垮塌，不過手中仍然仔細地刷洗著藥罐子，又道：「喝了總比沒喝好，就圖個安心吧。」

「瞧妳擔心的，難道再生個女娃不好嗎？」澤生接過她手裡的藥罐不讓她洗。女娃？

小茹眨巴著眼睛，然後嘻嘻一笑。「嗯，是挺好。可是……若又是男娃呢？」澤生來到灶前煮粥。「都不一定能懷上，妳先別想那麼多。」

吃完早飯後，澤生準備去鋪子裡看看。

小茹忙著拿出一雙草鞋出來。「澤生，這是我給你編的鞋，快換上吧，天這麼熱，你別穿布鞋了。」

澤生拿在手裡瞧了瞧，不太相信地問：「這是妳編的？看上去還挺好看的。」

他脫掉鞋子及襪套，光著腳穿上草鞋，來回走了走，欣喜道：「真的是涼快多了，還很合腳，妳什麼時候學會編這個了？」

「昨日娘教我編的。」小茹也拿出自己的那雙草鞋。「你瞧，我這個編得也不錯。我也想光著腳穿上，涼快、涼快呢！就怕旁人瞧見了，不太好。」

「妳換上吧！不要管別人怎麼說，雖說這裡的女人都穿襪套，可妳又不是這裡……可妳又不喜歡，何必強迫自己呢！」澤生蹲了下來，親自為她脫下布鞋及襪套，再幫她穿上涼快的草鞋。

「我……我自己來。」小茹被他伺候得有些不好意思了。「若是別人瞧見我不穿襪套，光腳穿涼鞋，背地裡說我不合乎禮教，或許還會連帶著說你怎麼娶了這麼個不講究的娘子，也不知道管教管教，你怎麼辦？」

「我樂意！」澤生笑道。

小茹一怔。他說話的風格怎麼越來越像自己了？

就在此時，林生走進了院子，手裡還拎著一隻雞，喊著：「姊，姊夫！」

「你怎麼有空來了，今日不用去蓋房子嗎？」小茹問道。

林生眼睛四處瞅著，肯定是在尋找著小清的身影。

「今日大伯和大哥要下田灌溉，就歇一日，明日再接著蓋。娘讓我給你們送一隻雞來。」

「家裡一共才那麼幾隻雞，過年時送來一隻，怎麼又送來了一隻？你和爹娘留著吃吧！等會兒回去再帶走。」

小茹心裡感嘆，她和澤生吃得夠好了，爹娘他們平時什麼也不捨得吃，還淨將好吃的送到她這裡來。

「那可不行，爹娘交代好的，我還帶回去幹麼。娘說妳和姊夫這幾個月因小芸的事都愁瘦了，得補一補。」林生將捆著腿的雞放在牆邊，眼睛仍然四處瞅著。

這會兒小清出來了，她剛才在房裡就聽見林生的聲音，先對著鏡子理了理頭髮，再整了整衣裳才出來的。

兩人一見面，彼此的臉都紅了。

澤生與小茹相視一笑，還是不打擾他們的好。澤生便去鋪子裡，小茹則去顧大寶和小寶。

林生與小清以前也不搭話的，幾日難得說一句，只不過在眼神交會時，都有那麼一瞬間的停滯，似乎已傳來彼此的情意。

林生見小清的臉起了一層紅暈，粉面桃腮，羞羞答答，他也不好意思盯著她瞧，便垂目往下，卻瞧見了她的一雙腳，頓時驚呼一聲。「妳怎麼光著腳，沒穿襪套？」

小清被他驚得縮了縮腳，紅著臉道：「我跟二嫂學的，這樣涼快，否則出一腳的汗，多難受。」

「我姊？」林生更好奇了。他姊何時這麼不注重婦人的規矩了？

小茹將大寶和小寶放進小木輪椅，推了出來。她已聽到林生的話，朝他道：「別這麼大驚小怪的，不就是不穿襪套嘛，男人可以不穿、打赤腳，女人為何在這個大熱天還要捂著掖著？」

林生語結，支吾道：「女人……不都是該這樣的嗎？」

「大都是這樣，但我和小清稍稍改變一下，你就覺得很受不了？」小茹反問。

林生想了想，也沒覺得有多麼受不了。「哪有，妳們喜歡這樣就這樣唄，涼快！妳們放心，我不會跟旁人說的。」

小清內心歡喜，林生還真是個肯變通的人，不是個老古板，就更覺得他順眼。她從屋裡搬了把椅子出來，放到他面前。「你快坐吧。」

林生嘻嘻笑著，想說謝謝又不好意思。

這會兒，張氏帶著一位媒婆進來了。這位媒婆一瞧就是個會周旋的人，她一進來就和大家寒暄，說得可熱鬧了，好像她與小茹這些人很相熟似的。其實她只見過小茹一面而已。

小清給媒婆和張氏搬來了椅子，再進去沏茶。

媒婆瞧了瞧小清的模樣與身段，十分滿意地道：「哎喲，方家嫂子，你們家的小清還真是個出挑的姑娘，周家一定能瞧得上，待我回去給他們回了話，指不定人家過幾日就要來送聘禮呢！」

林生聽媒婆這般說，頓時臉色鬱結，坐在旁邊十分彆扭。這人是來為小清說親的，難道小清要嫁給什麼姓周的男人？

他再瞧著張氏，想知道她的態度，沒想到張氏一臉的喜色。

「什麼時候來下聘禮倒不急，還是先合一下生辰八字吧，得請算命先生好好算一算，看他們合不合才行。」張氏是最信算命先生的話了。「若他們倆的命相真的相合，這門親事，我們家就應下了。」

「方家嫂子，妳就放心吧，我見過周家兒子的，再一瞧小清，覺得他們倆可真的是相配得很，一定會是良緣佳配，妳就等好吧！」媒婆私下再想了想周家答應要給她的禮，更是眉開眼笑了。只要她將這門親說定了，周家可是答應送她家一頭小豬崽呢！

小清端過茶來，聽到這些，心裡憋屈得很，眼淚都要掉出來了，只是低著頭，強忍住而已。她將茶遞給媒婆後，便顧自回房去了，不想讓媒婆再瞧她了。

坐在一旁的小茹瞧著都為他們倆著急，可是小清的親事，她這個做嫂子的實在不好插嘴。婆婆那麼樂意，都說只要生辰八字相合就應下了，她若突然說不好，豈不是惹婆婆生氣，說她破壞小清的好事？

小茹在糾結著，林生更是焦急，他多想對張氏說，把小清許配給我吧，可是他沒這個膽量。哪怕有這個膽量，怕是張氏也不會同意。

小清在房裡顧自抹起眼淚來，許配給誰，她自己根本沒有發言權，上回因為不願許給顧家兒子，還被爹娘好一頓數落，好在後來二哥在爹娘面前說話，說顧家兒子是根本不能嫁的人，根性太惡劣。

這回又來了個周家的兒子，誰知道這個人又是怎樣，哪怕真是好得不得了，她也是不願意的。此時她心裡又有些埋怨林生了，他到底對自己有沒有意思？為何還不找人來說親？

她忽然又起了身，從窗戶裡向外瞧著，想看林生有何反應。

林生坐在離媒婆的不遠處，肌肉緊繃、臉色憋紅。他最近與方老爹他們相處得還算不錯，也曾拐彎抹角地暗示過好幾次，人家愣是沒聽出他的意思來。而且平時聽他們說起小清的親事，似乎都是挑一些家境好、讀過書的人，所以他一直不敢明說。

林生實在坐不住了，正想起身，準備趕緊回家讓爹娘也找媒人來說親，他不能再坐以待斃了。

就在他起身時，小茹在旁踢了踢他的腳，再使了一個眼神。林生知道她的意思是叫他先別走，可他真的不知道大姊這是什麼意思。

只見小茹朝屋裡喊：「小清，妳出來一下，小寶不願坐在椅子裡了，妳來抱一抱他吧。」

小茹自己抱起大寶，裝作沒事樣逗著他玩。

小清本不想出來的，無奈二嫂在喊她，總不能裝作沒聽見吧！於是她將淚抹得乾乾淨淨，但眼睛濕紅，只好緊埋著頭出來了。

媒婆與張氏還在高興地聊著張家長、李家短的事，也沒太注意小清。

小清見小寶坐在小木輪椅裡玩得正開心呢，哪裡有不願意了？二嫂這不是在瞎說嘛！她正覺得莫名其妙時，小茹突然問道：「小清，光腳穿草鞋是不是舒服多了？」

小清一愣，二嫂怎麼能當這麼多人的面問起這個呢？

小茹這一句話果然引起了媒婆的注意，她往小清的腳上仔細一瞧，頓時驚叫起來。「哎喲，沒穿襪套！妳這個姑娘，怎麼……怎麼……」

礙於張氏在，她都不好說，一個黃花大閨女這麼大大咧咧，在外人面前且還有男子在場的情況下，怎麼能不穿襪套光著腳，也太不懂規矩了！

小清似乎明白了小茹的用意，雖然她不知道二嫂為什麼要幫她，總之順著她的意準沒錯的。

於是，小清朝媒婆應道：「誰說姑娘就一定得穿襪套，不能光腳？」

張氏又氣又惱，見媒婆在更覺得羞愧，心裡頓時對小茹有了氣，也不知這個小茹怎突然變得這麼不知輕重，這不是故意說了讓媒婆知道嗎？可又不好朝她發火，只對小清道：「妳個傻丫頭，胡說什麼呢？」

張氏見媒婆在旁邊慍著臉，趕忙解釋道：「妳別聽她瞎說，今日實在太熱了，她才……」

媒婆訕訕笑著沒作答，故意扯著別的話。「唉，最近想說親的人太多了，我都忙得焦頭爛額了。」她放下手裡的茶杯。「我也沒空在這裡閒坐了，還得去另一家呢。」

媒婆走了，張氏氣得直瞪著小茹和小清。

「妳們這對姑嫂是怎麼回事，合起計來推掉這門親事？現在好了，這事肯定要傳得沸沸揚揚，再也沒人敢來說親了！小茹，我瞧著妳平時挺懂事的一個人，今日怎地就犯傻了？小清若是定好了親，也得過個一年才出閣，妳莫非是怕她要出嫁，沒人幫妳顧孩子？」

小茹連忙搖頭。「娘，不是這樣的，我是瞧著小清不樂意嘛！」

張氏又朝小清一通吼。「妳是越來越不像話了，這個不樂意、那個不樂意，妳到底想要嫁個什麼樣的人家？莫非妳想一輩子不嫁人，去廟裡當尼姑？」

張氏越說語氣越狠，越說越來氣。小茹和小清都縮著個脖子，由著她說。

林生剛才還在高興，終於阻止小清與周家兒子的親事，可是見張氏反應如此激烈，心裡又慌了。

小茹知道張氏的身子是不能過於生氣的，怕引起她的頭痛，雖然夏天不太容易犯病，也得注意著才行。

她對林生說：「你快去鋪子裡，叫你姊夫回來。」

林生應著，趕緊找澤生去了。

張氏繃著臉。「妳找澤生來也沒用，他再護著妳，我也得說妳，這件事就是妳做得不對，惹出這麼大的事來，妳還一丁點兒都不知道錯？這以後若是再沒人敢來提親，小清後半輩子該怎麼辦？」

「娘，我不是不知道錯，是因為……」小茹想說又不敢說。「還是等澤生回來跟妳說吧，我……說不清楚。」

張氏被她說得一頭霧水，到底有什麼事搞得這麼神神秘秘，她慍著臉道：「好吧，等澤生來，我看他能說出什麼話來！」

林生一到鋪子裡找到澤生，就將剛才的事描述了一遍。

澤生聽完後，只朝他問道：「你真的很想娶小清？」

林生一愣，頓時臉紅直至脖根。姊夫知道他喜歡小清的事？

「我又不眼瞎，你當我還瞧不出來？若是我能幫你說通我的爹娘，你真能娶了小清，到時候你可要對她好。」澤笑微笑瞧著他，看到林生這般模樣，他就想起當初娶小茹的那種忐忑心情。

林生此時再也顧不得害羞了，驚喜道：「真的？我……我一定會對小清好的，就像你待我姊一樣！謝謝姊夫，謝謝姊夫！」

澤生拍了拍林生的肩膀。「走吧，跟我還客氣什麼？」

張氏這一輩子都受著三從四德的薰陶，她可以不把兒媳婦的話放在心上，但絕對會把兒子的話放在心上，而且大部分時候還是很聽兒子的話。

澤生一來，就哄著她。「娘，妳別生氣了，小清怎麼會沒人敢來提親呢？眼前這不就有一位嗎？」他笑著指了指林生。

張氏迷糊了。「你說什麼？林生？」

澤生過來幫她捶著肩膀。「對啊，就是林生，他早就對小清有意，所以一直未向別家姑娘說親。」

小清見她二哥竟然直白地說出來了，而且娘還嚇成那樣，頓時羞愧難當且緊張得心跳加速，趕緊逃回房間。

張氏啞巴了，再看小茹坐在一旁犯錯般低著頭，而林生也是不敢看她，只是在旁擺弄著衣袖，手還顫顫的，看來是緊張壞了。

澤生又道：「林生跟著爹和大哥在一起幹活，沒少聽他們誇林生呢，說林生幹活勤快，學東西也快，謙遜懂禮……」

張氏想到自己以前還在小茹面前直誇林生，現在聽澤生細數著林生的長處，她心裡卻起了疙瘩，覺得林生也沒有誇的那麼好吧？可是事到如今，怕是沒人敢來跟小清說親了，難道就只能讓小清下嫁給他？

她撇了撇嘴道：「這事你跟我說也沒用，我可作不了主，等回去問你爹吧！」

「親上加親嘛！爹肯定也是樂意的。」澤生呵呵笑道。

張氏回頭瞅了一眼澤生，就知道他沒安好心，肯定暗地裡還撮合這一對了。她也沒說什麼，就起身擺著臉走了。

澤生見林生一臉垂頭喪氣地立在旁邊，微微笑道：「林生，你放心好了，等到了晚上，我會再去跟我爹說的。」

他來到牆根，把那隻雞拎起來。「這個也帶回去，有這一隻雞，就能託到一位媒人了。」

「真的？」林生既驚喜又懷疑。

這時小茹在旁催道：「快回去吧，你姊夫還能騙你？」

林生哪裡還顧得拿雞，飛快地跑了出去。

小茹瞧了一眼林生跑出去的背影，朝澤生笑道：「看把他樂的！」

澤生又朝屋裡笑著喊一句。「小清，妳高興壞了吧？」

小茹踢了澤生一腳。「你真夠壞的，怕是等會兒她都不好意思出來見我們了。」

可不，這一整日，小清都不出屋，哪怕吃飯時，也是低著頭，稍一抬頭，碰到小茹與澤生的眼光，她就赤紅著臉。

澤生與小茹只當視而不見。小姑娘嘛，遇到這種事自然是害羞的，應該還是很開心的害羞，要嫁給她的意中人，心裡肯定美死了。

吃過晚飯後，澤生去舊家裡找他爹說林生和小清的事。

小茹見兩個孩子餓了，就來給他們餵奶。她瞧著自己的乳房有些不太對勁，為了奶大兩個孩子，足足餵了十個月的奶，這一對好像真的有一點點下垂啊。

雖然這裡的女人根本不太在意胸形，男人也不會朝女人的胸盯著看，可她心裡還是有些不高興。這裡的孩子到兩、三歲還要吃奶的，不像現代社會，一歲就可以不吃奶，之後都餵奶粉。

若一直這麼堅持，她要再餵個兩年。到時候還又要多生一胎，又得餵個兩、三年。完了，這胸不垂才怪！而且穿肚兜，一點束胸或提托的作用都沒有。不僅這胸，連人都得提前衰老。這裡的女人過了二十，因為生的孩子多，操勞得臉色憔悴，就跟現代社會三十歲的女人差不多。

不行，她得注重保養。年紀輕輕的，哪能由著胸下垂。還有這張臉也不能每天用清水洗洗就完了。雖然這裡沒人關注這個，澤生也不會在意，可是她自己容忍不了。

得做蔬菜水果面膜，還得做兩件胸罩！

於是她到廚房找了找，有黃瓜，還有番茄，這兩種對皮膚都好。今晚就先用黃瓜吧，她將黃瓜切成薄薄的片，然後端到臥房，對著鏡子，一一貼在臉上。冰冰涼涼的，舒服極了。

臉上全貼滿後，她靠在椅子上閉目眼神。腦子裡還在想著，要不明日就來個……番茄人奶面膜？用自己的奶攪拌著番茄糊在臉上？嗯，這個創意不錯。

接著又想起胸罩的事來，她從衣櫃裡翻找一些做衣服剩下的布料，胸罩到底該怎麼做？她雖然知道形狀是什麼樣的，可是要自己親手做出來就很難了。她翻找出好些棉布料，擺在桌上，先拿毛筆在紙上畫出大概樣子。

她一邊看著圖，一邊拿著剪子開始裁布，然後拿出針線開始縫起來。她仔細瞧了瞧，第一回做這個，樣子肯定不會好看，也不知能不能起到托胸的作用。

好在她之前有做棉襖及裙子的基礎，手藝大有長進，即使做不出百分百相似，應該也不會太差。

待她忙活了好一陣子，澤生已經回來了。小茹全神貫注縫著胸罩，都忘記了將臉上的黃瓜片取下來，更沒聽到外面的動靜。

澤生在門口見她坐在油燈下忙活著做東西，還時不時瞧著桌上的紙。

哦？她又在做什麼新玩意兒？

他故意放輕腳步，躡手躡腳地走過去，站在她背後，低著頭，看紙上畫的是什麼。

咦，這是什麼？孩子的衣服？這形狀也太奇怪了吧。

再看她手裡拿布在拼縫，這種東西形狀很奇怪不說，還很小，若說是大人穿的，完全沒可能啊。

「這是什麼？」澤生忍不住發聲問。

小茹被他唬了一跳，抬頭一瞧。「你回來了怎麼也不出聲？嚇死人！」

「啊！」澤生瞧見她的臉，嚇得往後一跳。

慌了半晌，他才看清她臉上的東西是黃瓜片。「妳……妳把黃瓜往臉上貼幹麼？」

小茹慌忙將臉上的黃瓜片一手摸掉，用盤子接著。「把你嚇著了？這些貼在臉上可以養顏，保養皮膚的。」

澤生又走了過來，納悶道：「黃瓜片能養顏？是不是妳搞錯了，應該是吃下去才養顏吧？」

小茹嗤笑。「吃下去怎麼養顏？以前我同學都這樣……」

啊呀！怎這麼不小心說漏嘴了？她有些驚慌了，忙乾笑著掩飾。「以前我聽人家說的。」

澤生心裡一咯噔，她還曾有過同學？既然她上過學，那她肯定是識字的。否則他平時讀什麼書時，她雖然說不識字，可是兩人一討論起什麼來，她懂的東西太多了。

他知道小茹是在掩飾，也不揭穿她，只是含著笑意摸了摸她的臉。「瞧，妳的臉本來就水嫩，用不著這些的。」

「真的？」哪個女人都喜歡聽誇獎的話，她也不例外。

小茹見他又瞅著自己手裡的東西，趕緊揉成團。「你別看了，這是女人的東西。」然後趕緊放進針線筐裡，收到衣櫃裡去。

澤生好奇，再仔細瞧著她的那張草圖。他怔了，傻了，懵了，說不出話了，因為他發現，這上面還有字。

小茹會寫字，而且是很多字！

若只是簡單幾個字，或是她自己的名字，他不會覺得有什麼，問題是這上面的字都很複雜，什麼「胸圍、尺碼……」之類的、旁邊還有「英寸與尺寸」，他看不懂，感覺是一些奇怪的符號。

忽然，澤生又想起來，以前她還編出一串「何氏數字」用來記帳，看來這絕對不是她亂編的，接著，他想起那個怪夢，想起偶爾聽到她的夢話裡提到「前世」，而這些奇怪的符號……肯定是她在前世裡使用的。

她以前的世界，他無法理解。

小茹收好東西，一回頭，見澤生瞧著那些字發怔，她慌神了。平時自己一直謹慎著，怎麼今日頭腦發熱，竟然犯這麼大的錯誤？她手足無措，站在衣櫃前不敢過去。

怎麼辦？怎麼解釋？他肯定被嚇壞了吧！他會不會把她當異類看待？

小茹有些驚恐，好怕澤生嚇傻了，不敢靠近她了。他還能與自己做普通的夫妻嗎？

澤生回頭見小茹站在那兒驚慌失措的樣子，便朝她招手，叫她過來。要知道，真正被嚇壞的是他好不好？

小茹小心翼翼地走過來，呵呵乾笑著。「我……我在你的書上學到這些字，還有那個……什麼……」

唉，她腦袋裡全是漿糊，找不出一個很好的理由。

「給我講講妳前世的故事好嗎？」澤生拉著小茹的手，凝視著她，嚇得她杏眼圓睜，身子下意識地往後跳開一步。

「我……我的前世？哪有……什麼前世？」小茹支支吾吾，窘迫壞了。

他怎麼會知道她有什麼前世？

「妳都說過好幾回夢話了。上次小芸才出我們家院門，便聽到別人說她被人玷污的話，她回來哭得死去活來，直說她要死了才乾淨。當日晚上睡著後，妳就說什麼前世，還說雖然與小芸不是真正的親姊妹，但是在這段日子裡，有了深厚的感情，已與親姊妹無異了，妳得想辦法為她後半輩子著想。」

「我……我說過這種夢話？夢話怎能當真？」小茹見澤生並沒有害怕的神情，她才大膽靠近，坐在他的對面，試圖以夢話來解釋一切。

澤生卻堅信不疑。「夢話怎麼不能當真？我們家這房子，還有這沙發，還有小輪椅，不全都是妳作夢而夢出來的嗎？妳何止說過這一次夢話，就在前幾日的一個晚上，妳還說什麼『乾杯』，好像和好多人在一起喝酒來著，還說什麼『爸爸媽媽』，這就是妳的前世對不對？」

小茹傻了，看來澤生在這之前就對自己的身分有些知曉了，只不過他一直沒有揭穿她。他怎麼可以有如此強悍的接受能力？

澤生握緊她的手。「妳不要再瞞我了，無論妳從哪裡來，以前是什麼樣的人，我都不會害怕。我唯一害怕的就是……妳會不會突然哪一日就不見了。妳會一直待在這裡和我做夫妻嗎？」

「我……澤生，你聽我說，我真的和你一樣，從小……」

小茹還想矇混過關，澤生卻不幹了，直接將她畫的那張圖遞到她的面前。「我從來沒見妳學過寫字，也沒見妳當我的面讀過一本書，妳以前在娘家更是沒接觸過書籍，這些字是怎麼寫出來的，還有這些符號是什麼意思？妳知不知道，妳在夢裡還說過很多我聽不懂的話，說妳是生活在二十一世紀的人，一個未來人，還說這裡是古代……」

「澤生，我……我真的有說這些嗎？」小茹逃避著問題，眼神朝旁邊閃爍不定，不敢看他。

「對，就是這個月內開始說這些的。本來我一直不想告訴妳我知道了這些，可是……我不希望妳這麼壓抑著自己，不想讓妳只有在夢裡才能說出心裡的話。若是真心愛我，就願意向我坦誠一切，不是嗎？妳一定不會離開這裡的，對吧？」澤生最想得到答案的是最後一句。

小茹稀裡糊塗地點頭。「好像……只要不死，就會一直在這裡。」

這一句等於承認了一切。

澤生忽而將她擁入懷，哽咽道：「這樣就好，這樣就好。只要妳一直在這裡就好。」

小茹猶疑地問：「你不害怕嗎？我是生活在另一個時空的人，被雷一劈，就來到了這裡，與你結成夫妻，你真的不怕？」

「不怕，哪怕妳是妖，還是鬼怪，我都不會怕，何況妳還是人。妳對我這麼好，對孩子這麼好，我為什麼要害怕？只要妳不離開我和孩子，我就不害怕。」澤生說著，忽然又放開她，細細瞧著她的臉。「被雷劈了，不就是死了嗎？怎麼還能從未來回到古代？」

小茹搖了搖頭。「我也不知道是怎麼回事。聽說存在一種叫時空隧道的東西，可能我被雷劈後，在那光電之中進入了這種隧道吧。你真的不害怕？」她仍然有些不確信，他得有多大的承受能力，才能表現得這般沈穩啊。

沒想到澤生很會變通，他感嘆道：「我現在才明白為什麼有那麼多想不通的事件了。這世間存在各種力量，只不過人們太愚昧，人的肉眼看不到罷了。」

小茹誇張地張嘴看著他。「澤生，你簡直就是個天才，探索世界奧秘的天才！」

澤生忽而一笑。「我哪裡是什麼天才。妳還記得我的恩師楊先生嗎？他一直不相信世上鬼神，說那些無法解釋的事情，肯定是被另一種力量所操控，只是我們眼睛看不到。就像在漆黑的晚上，人的眼睛看不見物事，做不了活兒，得點油燈。我也曾想過，油燈能驅趕黑暗，驅趕蒙住眼睛的東西。那有可能還有別的東西也會蒙住我們的雙眼，讓我們看不到很多真相。」

小茹簡直要對澤生刮目相看了，大讚道：「楊先生是天才，你也好厲害！世界會發展變化得這麼快，原來是因為有像你和楊先生這樣聰明的人在探索啊！」

「我覺得這個道理很容易懂啊，聰明的人才不會只想到這些呢。莫非妳一個從未來世界來的人還不懂？」澤生很奇怪地看著她。

小茹嘿嘿笑著。「未來的人也有很多愚蠢的人，和這裡的人沒什麼兩樣，只不過生活條件好很多罷了。就像我笨得很，不開竅，只會死讀書，從來不會想著去探索什麼，以至於後來連份好一點的工作都找不到。」

「找工作？」澤生聽著很新鮮。「我覺得妳一點兒都不笨的，妳懂的東西比我多得多。」

他將小茹抱上床，摟著她。「妳好好給我講一講，妳在前世是怎麼生活的，知道哪些事情？」

這個……從哪兒講起啊？

呃，要不就從地球是圓的，而且會自轉講起？媽呀，感覺好奇幻，她和澤生躺在一起，竟然要說兩種不同時空的事情，恐怕得說幾日幾夜都說不完吧。

慢慢來，一日說一點就打住，免得澤生大腦過於興奮睡不著覺。忽然她又問：「你真的不害怕？」

澤生湊過唇來，親她一下。「怕的話，還敢跟妳躺在一起？昨晚我們還……」他不好意思將兩人在床上翻滾的事說出來。

小茹終於放心了。她在想，從明日起，她與澤生要過全新的生活了。因為她不用再壓抑著自己，可以按照自己的想法去生活了。

第二十九章

早上小茹醒來時，見身邊是空的，就知道澤生已經去收糧了。他昨日已經跟她說過，還說今晚回不來，得明晚才能回來。

昨夜聊得太晚，他們倆過於興奮，很晚才睡著。澤生只要心裡有事，哪怕再沒睡夠，時辰到了就會自然醒。

小茹心裡什麼事也不惦記，當然是睡到太陽高照了。

她伸了個大懶腰坐了起來，往旁邊一瞅，咦？澤生又給她留便條了？

她拿過來一看，頓時笑噴了。

老婆：

早安！睡得香嗎？這兩日我不在家，妳要記得想我哦。

老公留

昨晚她才剛告訴他，她以前生活的地方，夫妻都是以老公、老婆互稱的。平時與人打招呼一般會說早安或晚安。

沒想到今早他就用上了，還真是個學以致用的傢伙。

小茹拿著這張便條，看著現代社會慣用的稱呼，笑得在床上打滾。

哎呀！這太有意思了，怎麼有種不倫不類的感覺，太不可思議了，太好玩了！

吃完早飯後，瑞娘挺著個大肚子過來了，手裡還牽著走不穩的牛蛋。

瑞娘首先看到的是小清，便感嘆道：「我剛來方家那年，小清才這麼一丁點兒高。」她用手往自己胸前比了比。「就到我這兒，如今已經長得比我還要高，都要嫁人了。剛才我從家裡出來時，有媒人來向妳提親呢，一問男方是誰，竟然是林生，妳歡喜嗎？」

小清極力克制心裡的歡喜。「哪有什麼歡喜不歡喜的，我……聽爹娘的。」

小茹從屋裡走出來。「大嫂，妳剛才說我娘家已經託媒人來說親了？」

「嗯，爹娘好像也同意的。我以前怎麼不知道這事，莫非小清和林生已經……互相瞧上了，所以……」瑞娘打趣道。那種暗通款曲的話，她自然是不好意思說出口的。

「大嫂，妳什麼時候也學會拿人說笑啦！我不跟妳說了。」小清噘著嘴，跟小寶玩去了。

瑞娘跟小茹最近關係越來越好，經常能一塊兒閒聊，以前的那些不愉快早已不提了。

「茹娘，妳娘家與方家現在可謂是親上加親，兩家越來越親密的像一家人了。」

小茹笑著應道：「我們妯娌也是一家人。」

「那倒也是。」瑞娘咧著嘴笑了。

第二日晚上，小茹打理好家務，以番茄人奶面膜做完保養，然後沐浴完畢，正要去門口看看澤生回來了沒，沒想到，才一探頭，就看見他的身影。

「你今日怎這麼晚才回來？」小茹上前迎接，挽著他的胳膊進院子。

「早稻已經開始收割，賣糧的人多，多收了一些，就回來晚了。」澤生見她一身乾淨的模樣，身上還散發著淡淡的香味，連忙抽出胳膊。「我出了一身汗，可別弄髒了妳，我先去洗澡。」他拉糧趕車，在塵土飛揚的路上奔波，已是一身髒亂了。

小茹則去灶上為他熱飯菜。

經過一路奔波，澤生卻仍精神百倍。

吃了飯後，他便拉著小茹到臥房躺在床上，興奮地說：「今日在路上巧得很，碰到高老闆了，他最近忙著找紡織坊做衣裳呢，說要幾萬件的量，送到前線給士卒們穿，都是督辦軍糧軍衣的欽差大臣催他辦的，雖然每件利頭很小，但量一多，利頭也就大了。因他還有其他生意要做，忙不過來，說分一半量讓我做，那可是三萬件的量啊！」

「三萬件？一件哪怕掙一文錢，也就有三萬文？」小茹簡直要驚掉下巴了。

「高老闆已經把價定好了，賣一件能掙五文，扣除雜支，每件也能掙三文，只要不出差錯，能掙九萬文的。」澤生從衣袖裡掏出與高老闆寫好的契約。「本來想回來與妳商量一下再定奪的，但在路上，離家甚遠，所以我就自己作決定，妳看看。」

他現在知道小茹識得很多字，就不像以前那般唸給她聽了。

小茹拿著這份契約，從頭至尾細瞧了兩遍，確實沒什麼問題，一切風險都是由高老闆擔著。「只是……以後我們也不能總是靠著高老闆，若哪天他不把生意交給我們做，我們豈不是就沒路了？」

「我也想過這個。最近有許多人說，到了我們方記鋪子，想把要買的一下買齊，就不需去石鎮了，只是我們鋪子的貨還不夠齊全。我就在想著，要不要再將鋪子擴大一些。」

聽澤生這麼一說，小茹忽然想起現代最普遍的超市。「澤生，等這次買賣掙了幾萬文，我們確實需要將鋪子擴大一些。」然後她將超市的經營模式跟澤生細細說了一遍。

澤生聽了好生新奇。「這樣行嗎？隨大家自己挑貨，豈不是亂套了？妳以前就是那樣去『超市』買東西的？」

小茹點頭。「對呀，顧客一人拎著一個籃子，想要什麼拿什麼，到門口再一起付錢。不過，那可是有電子監控的哦，若帶東西出門，會有警鈴響起，所以大家都很自覺。當然，在這裡實行起來確實有難度，到時候多僱幾名夥計看著就行。」

「哦。」澤生似懂非懂地點頭，想像一下那場景，覺得還滿有意思的。

兩人又聊了一晚關於現代社會的事與物，直到睏得睜不開眼睛了，才相擁著睡去。

次日醒來，澤生精神飽滿，做早飯，拌小菜，忙得不亦樂乎。

吃過飯後，小茹給大寶餵奶，澤生便坐在旁邊抱著小寶，與她商量著事。「小茹，我等會兒就要去卞鎮一趟，做軍衣的契約都寫了，得趕緊忙活這事才行。」

小茹愕然抬頭。「你不會是搞錯了吧？卞鎮哪有紡織作坊？沒聽說過呀。」

澤生唇角微揚，笑道：「妳還不相信我辦事？不知妳聽說過季公子嗎？」

「季公子？」小茹搖了搖頭。

澤生此時也不急著離開，而是拉把椅子坐下來跟小茹細細道來。「昨日我在穎縣還碰到了良子和雪娘，他們去杜郎中那兒看病，聽良子說，雪娘得吃三、五年的藥，還不一定能醫好，看他那樣子很是煩憂。不過他告訴了我一個好消息，說有一位季公子對小芸有意，那位季公子心善，也幫著資助育幼院，因為小芸經常去那兒帶孩子，他就這麼認識了小芸。」

小茹聽了很是開心。「良子有沒有跟你說這位季公子家的底細？」

「他家就是做紡織和成衣買賣的，在縣裡有好幾處作坊，只不過他不喜歡跑買賣，只喜歡看書，怕他爹罵他混吃等死，所以他才到卞鎮開了間書鋪。我想去找找他，讓他從中搭個線，這樣我與他爹商談做軍衣的事，成算就大得多。」

小茹興奮道：「如此甚好！看來這次軍衣的買賣，定能順利做成了，我們家的『方記超市』也能早一日著手籌備了。」

澤生甜甜一笑。「瞧妳樂的，哪怕佈置得像超市，也還得叫『方記鋪子』，在這裡誰知道超市是個什麼東西。」

「嘿嘿，你說得沒錯。」小茹正高興著，忽而又憂慮起來。「季公子若真的能瞧上小芸，倒不失為一件好事。可是聽你說，他家有那麼大的基業，他爹娘肯定要為他尋個門當戶對的，可別到時候又鬧出什麼事來。」

她這一說，澤生也擔心起來。「這個……還真是……」

唉，小芸的事真是個難解決的問題。算了，不管了，凡事慢慢來。

小茹想起一事，又道：「剛才小清從菜園子裡摘了一籃子菜回來，你帶到良子家去吧！他家的菜才出苗，又沒錢買菜，上回我去見他們吃的幾乎全是野菜。還有，你到了卞鎮，再買兩斤肉給他們。」

澤生嘆道：「良子把俸祿和獎勵的錢都用在給雪娘買藥上了，那些藥不是常見的藥，貴著呢！何況良子一心繫著育幼院和公事，沒有花心思在生計上，到時候我好好說說他，生計才是大事，吃飽穿暖了，才有力氣為民謀福嘛！」

言訖，他跑去廚房，將一籃子菜提了出來。「這些菜應該夠良子家吃上幾日的。」

出院門時，澤生忽然又折回來，湊在小茹耳邊說：「我給妳帶幾本書回來看怎麼樣？季公子的書鋪裡肯定有不少好書。」

小茹正愁許久沒看書，腦子枯燥得很呢，沒想到澤生還能想到這一層，她喜上眉梢，歡喜道：「好啊！還真虧你想得出來！」

「那是！時刻為妳著想嘛！」

小茹又囑咐道：「可別讓他們知道是我要看書的，口風緊一點！」

「放心好了，我謹慎著呢！」澤生笑著跑出了院子。

澤生一手提著一籃子菜，一手拎著兩斤肉，來到了良子家。

雪娘見了肉，兩眼直冒光，趕緊從澤生手上接了下來，準備為他沏茶。

雪娘抖了抖罐子，發現裡面只剩一點茶葉渣了，根本沒法泡茶，只好倒碗白開水遞到澤生的手裡。

澤生留在這裡吃了頓午飯，因有他帶來的菜與肉，這一頓他並沒有見到野菜。他見雪娘與小芸都吃得津津有味，不免有些心酸。

良子的身軀似乎是鐵打的，吃肉的感覺，好像與吃野菜並沒太大異樣，胃口都很好。

吃完飯後，良子就帶著澤生去季公子的書鋪。

此書鋪名為季氏書鋪，鋪面不大，卻佈置得十分講究，書架古香古色的，整個鋪子裡都乾淨整齊。

季公子本人如同他的鋪子一樣，乾淨爽利，不失溫文爾雅。

他一聽說對方是方澤生，便十分仰慕。「久仰久仰，你的大名小弟可是早有耳聞。」

澤生連忙謙遜道：「何來的大名，不過做點小買賣而已，哪有你如此博雅，開個書鋪，既是做買賣，還能修身養性。良子，你不會是在季公子面前虛誇我了吧？」

良子已是這裡的常客，一來便自己尋個椅子坐了下來。「我哪有虛誇，是我一說到你時，他就說早聽聞你的大名，直誇你會做買賣，頭腦靈活，在縣裡都有名氣呢！」

「慚愧，慚愧！」澤生收糧賺錢的事確實傳得沸沸揚揚，只不過遠沒有人家傳的那麼邪乎，他也沒人家想的掙了那麼多錢。

澤生不好過於謙虛，沒做詳細解釋，只是坐下來與季公子暢談以前上學堂的事。

由於三人皆上過學堂，聊得甚歡。之後，澤生便問起季公子可否從中搭線的事。

季公子聽澤生要與他家父做生意，自然是願意的。最近他爹還說作坊的活兒少了許多呢，這可是互贏互利的事。

談妥這些，季公子臉上不禁起了一層紅暈，支支吾吾地問：「聽說……芸娘是你的小姨子？」

澤生與良子對望了一下，心裡都明白了些什麼。

澤生故意壞笑道：「她可是良子的二房，你不會打什麼歪主意吧？」

季公子臉上淡淡的紅暈立刻變成緋紅。「良子哥不是說，芸娘名義上是二房，其實只是他的義妹而已？哦，不……我可沒那個意思，我……我只是覺得她善良溫順，是個好姑娘。她在育幼院帶孩子，真的很用心，脾性特別好，絲毫不煩躁也不嫌累。」

有些話是越解釋，越像掩飾，何況他後面還說了一堆誇小芸的話。

澤生與良子什麼也沒說，只是哈哈大笑。

「你們笑什麼，我真的沒……沒有那個意思啊！」季公子窘迫得面紅耳赤，手足無措。

「那我們倆就當你沒那個意思吧。」澤生仍然止不住笑。「我現在正好要去育幼院看孩子們，你要不要去？」

他以為季公子為了避嫌肯定說不去的，沒想到季公子立刻點頭道：「其實我今日本來就想去一趟的，打算把做好的新衣服給孩子們送去。我可不是為了看芸娘的，你們可別誤會！」

季公子的後面一句，簡直就是此地無銀三百兩。

「嗯，本來沒有誤會，被你這麼一解釋，我們就真的誤會了。」澤生與良子一起笑著出門。

季公子招呼著書鋪的夥計，叫他把準備好的衣服拿出來，然後摟著衣服緊跟在後，還不停地解釋。「真的不是你們想像的那樣，到時候見了芸娘，你們倆可別瞎說啊！」

到了育幼院，當著澤生與良子的面，季公子雖然不好意思與小芸搭話，但他那眼神是瞞不了人的，澤生與良子皆看在眼裡。

其實良子前些日子就感覺出來了，所以才把小芸的底細向季公子交代清楚。至於能不能成，到時候就看季公子自己的本事了。

只是小芸還懵懵懂懂的，對感情之事不太明白。她對良子心存感恩，認為自己是他的二房了，就要伺候他一輩子，並不知道還要付出男女之情。

而對眼前的季公子，她也只是覺得與他聊得來，喜歡和他說話，並沒有其他想法。

季公子可能覺得尷尬，送來衣服後，再與澤生約好去縣裡的日子，便趕緊離開了。

待看過育幼院的孩子們後，澤生就準備回家了。

良子送了幾步路，澤生便趁此勸他不要太疏忽家裡的生計，只有家裡安寧了，才能有更多的精力去為民辦事。良子被這麼一提點，深深地點了點頭。

澤生走在回家的路上，忽然想起早上說好要給小茹買書，是他自己提出來的，可不能忘了，否則回家小茹又要敲他的腦殼、捏他的鼻子了。

季公子見澤生又來到書鋪，很是納悶。他不會是來細問自己與芸娘的事吧？不過，見澤生只是饒富興味地挑選書，頓時放心不少。

澤生一邊挑選書，一邊道：「我早上出門時就想著要來你這裡買幾本好看的書，差點忘了。你這裡有什麼好書，給我介紹介紹？」

季公子對自己書鋪裡有哪些書，當然是最清楚不過了。他從書架的最中間抽出了三本書。「這是最新出來的本，才剛熱傳的，我近些日子才看完的，全都是上等之作，十分好看。」

澤生拿在手裡一瞧，這三本分別是《一門忠烈》、《封神外傳》、《西行記》，他高興得有些心花怒放。「太好了，太好了，這些可都是我想看的。這幾日我在外跑買賣，也聽不少人說起這三本書，但去了幾間書鋪，卻都沒找到。沒想到能在你這裡找到，你這買賣做得夠通達，肯定有不少人到你這裡來買新書吧？雖然你不喜歡跟著令尊做生意，但我瞧著，你天生可就是個會經商之人。」

季公子忙拱手作揖。「方大哥謬讚了。」

澤生與他道別後，便摟著十分喜歡的三本書回家了。

當他將這三本書交到小茹面前時，興奮道：「這些我也都還沒看過，我們一起看吧！聽說十分好看，很引人入勝。」

「是嗎，是些什麼好書？」小茹接過來，先瞧書名，再翻開看一下，噗哧一聲，笑了出來。「這情節看起來像……簡直就是『楊家將』、『封神演義』、『西遊記』的翻版嘛！哎呀，我對這些書的人物熟得不能再熟了！」

澤生見小清並不在身邊，小聲問道：「妳在前世也讀過這些？」

小茹翻了翻書頁。「我沒看過書，電視劇倒是看過好多版本。」

「電視劇？」澤生的好奇心又來了。

小茹瞧他那德行，不跟他解釋解釋，是絕對不死心的。「我以前不是跟你說過，有一種機器，可以將發生的事記錄下來。也就是說，可以將演員演的戲記錄下來，演員就跟我們平時所說的唱戲人差不多，只不過他們主要不是唱，而是說。把書裡的對話就像我們說話一樣給說出來，外加各種表情，十分逼真。雖然說他們只是在演戲，但我們看上去，就感覺那是真人真事一樣，很有帶入感的。說來說去，跟我們看戲的感覺差不多吧。」

見澤生似懂非懂，小茹再補充一下。「用機器把他們演戲的畫面給拍下來，也就是記錄下來，我們就可以對著一種叫電視機的東西看了。無須像在這裡，非得搬椅子坐在臺下看人唱戲。我們坐在家裡就可以看的。」

澤生十分嚮往道：「真是個好東西，我若是能看一眼就好了。」

小茹忍俊不禁。「你？算了吧，你去不了未來的。」

澤生也只能嚮往了，其實小茹說的那些，他還是不太明白。「那這些書，妳還看不看？」

小茹把書遞給他。「你先看吧，我有空就看。」

澤生翻開《西行記》，問道：「這本書大概講的是什麼故事？」

「呃……」小茹思慮了一下以前在電視上看的「西遊記」，簡潔歸納道。「就是一位和尚帶著徒弟去西方取經，一路上斬妖除魔，經歷九九八十一難的故事。」

澤生已經在看第一頁，一看就入迷了。他煞有介事地點了點頭，其實也沒聽清小茹在說什麼。

小茹見他那副癡迷的模樣，也不怪他把自己的話當耳邊風了。她不禁在想，一本好書他就迷成這樣，若是讓他看電視或電影，他會成什麼樣啊？

過了幾日，澤生已經看完這三本小說。

一日夜晚，他靠在床頭，邊翻著書，邊說：「小茹，大寶和小寶都快週歲了，我們還沒給他們取個大名，要不……就從這些書裡給他們選個名字？」

小茹躺著給自己的臉做按摩，手在臉上畫圈圈。「你看中《一門忠烈》裡的名字啦？」

澤生點頭。「嗯，我喜歡其中兩個人物，想用昭、嗣兩個字來取名。比如，方昭？方嗣？」

小茹想也沒想便答道：「難聽死了。」

「真的很難聽嗎？」澤生似乎還不覺得。

小茹又用手輕輕拍著臉頰，然後鼓氣吹氣，這樣可以瘦臉。只是她嘴裡還不忘說：「沒有比這更難聽的。方昭聽起來像『放招！』，請放招過來？方嗣聽起來像『放肆！』，你竟敢在我面前放肆？哈哈……你說這還不夠難聽？」

被她這麼一解釋，澤生也覺得十分不妥了。「那就再改一改。大寶排行老大，要不再添一個『孟』？叫方孟昭。小寶排老二，添一個『仲』字，叫方仲嗣？」

「方孟昭這個名字還能聽得下去，那個方仲嗣的『嗣』字我實在沒法接受，我們有兩個兒子，反正又不愁沒子嗣。你不是也挺欣賞那個叫什麼朗的人物嗎？……要不給小寶取名叫『方仲朗』吧！」

澤生嘴裡唸叨著。「方仲朗？方仲朗……這個名字還湊合吧。要不就定下了，大寶叫方孟昭，小寶叫方仲朗？」

小茹鼓著大腮幫，朝澤生臉上吹著氣，點頭含糊地道：「嗯，定下吧。」

澤生放下書，爬到床邊，對著兒子們小聲地叫著：「方孟昭，方仲朗，晚安。」

兩個小傢伙睡得正香，才不理他呢。

澤生又爬到她的身邊，趴在床上一口氣做了四十多個伏地挺身。
小茹看得直愣眼。「哇，厲害厲害，進步這麼大？」
她過去撩起澤生的衣襟，看看他的腹部。
澤生趕忙用手捂住。「妳偷看男人？」
「看又怎麼了？既然是我的男人，難道我還不能看？」小茹噘嘴道，她其實就是想看他有沒有八塊腹肌。
沒想到澤生一下子將自己脫個精光。「妳想看就直接說嘛，我會滿足妳的。」
「誰要你來滿足啊！啊……你輕點！」
此時澤生已經狠狠壓在她身上，準備對她進行一番蹂躪。
「啊呀，你的鬍渣扎得我臉疼，你該刮鬍子了！」小茹半推半就叫著。
澤生還真怕扎疼了她，便轉移陣地。小茹又叫了起來。「停！停！你的手往哪兒摸呀，你……」
「妳是我的女人，難道我不能摸？」澤生學她的語氣蠻橫地問。
小茹服輸了。「好，來吧！親愛的。」
一個月之後，良子終於騰出了時間，作了幾十幅字畫讓雪娘擺攤賣。雪娘一邊賣自己的鞋，一邊賣字畫，結果鞋子沒賣掉幾雙，字畫倒賣得挺快，掙了些錢，雪娘終於眉開眼笑了。

澤生也將那三萬軍衣的買賣做成了，掙了九萬文錢。此時正在擴建鋪子呢，以前的一間雜貨鋪和一間磚石料鋪，已經完全不夠用了。

現在在雜貨鋪這一間的外邊加蓋了一個大長間，足足有以前那一間兩倍大，十分的寬敞透亮。

因為方老爹和洛生在外忙著蓋房，並沒有時間來給他蓋鋪子。何況蓋這樣簡單的鋪子也不需要什麼技術，小茹就提議找了村裡的老泥匠來做。

澤生再讓僱來的那幾個人幫忙照看著，而他自己仍然要去各縣跑，現在不僅要收糧了，還收黃豆。

今年的黃豆果然沒有被蝗蟲吃掉。方老爹和洛生種的那些可都賣了個好價錢，而小茹的娘家，則靠這個掙了一筆不小的錢，因為何家不僅把自家的地全種上黃豆，何老爹還將他兄弟幾家的地租來種黃豆。

何家一共收成二千斤，村民們都羨慕何家賭對了，發了小財。

何家激動地趕忙向方家報個喜，說來年林生娶小清，肯定能辦得很風光，絕不委屈了小清，還說要修繕房屋，將林生與小清將來的新房弄得有模有樣。

方老爹和張氏自然也開心，自己的女兒來年嫁過去不用吃苦，做爹娘的哪有不高興的。

這一日，小茹抱著小寶，與澤生坐在院子裡商量著鋪子什麼時候新開張，他們都有些迫不及待了。

澤生掰著手指算了算。「下個月中旬就能蓋好了，妳別著急。到時候要進哪些貨，我們倆一起去。現在要進貨得去揚州了，縣裡的那些東西不夠時興，種類也太少。妳都好久沒出去過了，正好可以去揚州玩玩。」

「揚州？好啊、好啊！」小茹確實有些憋壞了。「聲名遠播的揚州，我早就想去了！不過，聽說那裡的青樓可是多如牛毛，你可得給我老實點！」

澤生嘟著嘴，覷了她一眼。「妳又來了，有了上一回那等折磨，我這輩子都不敢往青樓邁一步了，妳就放心吧！」

小茹刮一下他的鼻子。「嗯，這還差不多，挺乖的嘛！到時候我們多在揚州住幾日，好好玩一玩。可是孩子怎麼辦？小清一人顧不來兩個呀。」

因為有了孩子，小茹確實是哪兒都去不了。

澤生細想了一下，道：「到時候請娘來我們家幫忙，和小清一起顧著兩個孩子，這樣不就行了。」

小茹有些苦惱。「這樣倒也行。只是……孩子還沒斷奶呢，雖然停餵幾日奶不打緊，他們已經可以喝濃粥了，還能吃一些軟米飯及碎菜。就怕我的奶水太脹，去揚州一趟來回得四日吧？脹四日得多難受啊！」

澤生不禁壞笑了起來，湊近她的身子，耳語道：「到時候我幫妳。」

小茹一拳捶在他的胸膛，嗔道：「你個大流……咦？娘那麼瘋跑做什麼？」

澤生往院外一瞧，見張氏從自家院門前跑過，他趕緊追出門。「娘，妳跑那麼快幹麼？妳小心一點！」

「你大嫂要生了，這一胎又提前了，我得去找穩婆！」張氏慌慌張張的。

澤生已經追上了她。「妳回去看著大嫂，我去找穩婆。」

張氏喘著粗氣。「那好吧，你快點。」

小茹也跟著出了院門，見澤生已經去找穩婆，便道：「大嫂若是今日要生，也只早產了七日，應該不礙事的。娘，妳別著急。」

此時，剛安置好大寶的小清，從另一頭走過來，驚問：「大嫂又早產了？」

小茹見小清來了，把手裡的小寶交給了她，忙道：「妳把他抱進院子吧，我跟娘去看著大嫂。」

「嗯。」小清應著進了院子。

不知是否因瑞娘體質的關係，這回她還沒等到穩婆來，就將孩子生出來了。

這回瑞娘狀態還不錯，生孩子時拚命使力，很快就生出來了，聽見孩子響亮的哭聲，她便問：「娘，是男娃還是女娃？」

張氏扒開孩子的腿一瞧。「女娃！哭聲這麼大，身子骨肯定結實得很，好養活！」

「哦。」瑞娘半喜半憂。

小茹連忙道：「大嫂，妳真有福氣，現在是有兒又有女了。」

瑞娘聽小茹這麼一說，忽然覺得女娃也挺好，微笑道：「也是，待以後再生了男娃，她這個當姊姊的，還可以幫著我一起帶小弟。」

小茹頓時被噎住了，女娃就這個作用啊？

這會兒澤生將穩婆帶來了，穩婆只需負責剪臍帶和處置身體裡的血水就行了。

剪了臍帶後，瑞娘便伸手要抱抱她的女兒，朝她臉上親了親。小茹將此看在眼裡，看來瑞娘剛才那話也只是說說而已，哪有母親不真心喜歡自己女兒的，何況這還是她的第一個女兒。

之後張氏就張羅著伺候她坐月子。只是張氏身子本來就不太好，不能太勞累，偶爾還會犯頭暈，在家做些飯菜、顧孩子還是可以的，但不能去河邊洗孩子的屎尿布，何況還要照料牛蛋，她根本忙不過來，因此洛生就去把瑞娘的三妹叫來了，這也正合瑞娘的意思。

瑞娘這回也沒有像第一胎時那麼計較，何況她覺得，這回生的是女娃，本就沒有什麼好揚眉吐氣的。再說，近一年多來，婆婆不僅救過自己，還盡心幫著她顧牛蛋，都沒有幫小茹帶過大寶和小寶，她還聽不少人家說婆婆偏向自己，讓她有些過意不去。

一個月後，瑞娘出了月子，張氏沒那麼忙了。澤生見加蓋的鋪子已經完工，就將張氏叫來自己家住，幫忙幾日。

澤生和小茹就準備去揚州的事了。

啟程當日，小茹見他用袋子裝著那麼多錢，有些擔心。「帶這麼多錢，在路上不會有小偷盯著吧，若是遇到帶刀搶錢的怎麼辦？」

澤生把錢裝在一個小木箱裡，釦環鎖上。他絲毫不為此擔憂。「妳忘了，這回我們去揚州，可不像以前我們倆去縣裡。這次我們得帶好些人呢，楊師傅、周師傅，還有虎子他們幾個搬運的跟著一起去，有什麼好怕的？他們個個身強力壯，我們這一行人走在路上，那些賊子見了都會繞道。」

小茹想了想那場面，覺得還滿威風的，頓時想到以前看的電視劇「喬家大院」，人家就是帶著一群家丁走遍東南西北，什麼生意都做，哪個時興、哪個掙錢就做什麼。

唉，這想哪兒去了！哪能跟喬家比呀，自己家只不過去揚州進些貨而已。

接著，澤生將要換穿的衣服、襪套和巾子裝了滿滿兩個大包袱，反正有牛車跟著，又不需自己拎。他們再備好在路上的吃食和水後，才踏出家門。

來到鋪子前，楊師傅那一夥人都已經準備好了，套好了四輛牛車，一直在等著他們倆呢。

他們從天色微亮開始趕路，走的是旱路。石鎮沒有碼頭，所以沒法坐船走運河。畢竟離揚州不是太遠，一路緊趕慢趕，終於在傍晚時分到了揚州。

因一路上幾乎沒有停歇，大家都累得想趕緊吃飯，然後上床睡覺。

小茹倒是沒累著，她是婦人，又是大當家的娘子。每走一小段路後，澤生就讓她坐牛車。

嘿嘿……這就是當老闆娘的好處。

這一路上，她是最怡然自得了，欣賞著道旁的山清水秀，吃吃點心，喝喝水，再與澤生擠眉弄眼的，說一些其他人都聽不太明白的話。

他們尋了一家客棧，小茹拿出錢來，讓楊師傅他們去吃飯，囑咐他們早點歇息，而她和澤生可得好好逛一逛揚州城。

揚州果然是一座熱鬧繁華之城，自古以來，就有許多帝王來過此地，因此揚州城內有許多恢宏建築，處處山亭水榭的，遊園也有好幾處，有好幾家寺院都是香火鼎盛。

想來也是，帝王慕名而來的地方，自然是不會差了。

此時已近傍晚，若是其他小城，各鋪子都要打烊了。而這裡，大街道兩旁的鋪子仍然十分熱鬧，有些賣吃食的鋪子外面還排著長長的隊伍呢。

澤生的肚子開始咕嚕咕嚕叫了起來。「小茹，我們先吃飯吧。既然出來了，肯定會讓妳玩盡興，稍晚我們先遊湖。待明日進好貨，我們就能好好去遊園，到時候我都陪妳去。」

「好，揚州有許多有名的小吃，我們去找一家好館子！」小茹拉著澤生的手，歡快地走在街上。

澤生受到小茹的影響，平時在家打情罵俏慣了，也沒有覺得牽手太過親暱。

小茹見來往有人盯著他們倆看，連忙抽出手。「咳咳咳……注意風俗教化。」

澤生被小茹調教得臉皮都變厚了。「甭管人家怎麼看，反正沒人識得我們。聽說有家雲風樓，是揚州最有名的館子，菜色一流！」

他們一路上向幾個人打聽了一番，很快就打聽到了雲風樓。

這會兒，澤生喚來雲風樓的店小二。「上幾道揚州最有特色的菜吧。」

店小二點頭哈腰道：「我們這裡有上百道菜都是很有特色的，平時客人最愛點的也有十二道，不知道您們要哪幾道菜？」

店小二說話時，還遞給澤生一個精緻的木牌子，上面刻著菜名。澤生以前在外吃飯，點菜大都是靠嘴說的，偶爾會遇到幾家館子有單子，但也是用紙寫的。

他這還是第一次拿著這種上檔次的木牌子點菜呢。

小茹點了在前世從來沒吃過的「蟹粉獅子頭」和「桂花糖藕粥」，澤生點了「鰱魚頭」和「筍肉餛飩」。

一共兩道菜和兩道主食，本來已經足夠了，只是澤生覺得好不容易來這麼有名的館子，怎麼也要多點幾樣。

小茹卻將木牌子遞給了店小二。「就這些吧。」

店小二見他們穿得還算光鮮，以為他們會點許多好菜呢，沒想到就點這些，不太高興地拿著木牌子走了。

其實，小茹和澤生平時的穿著也就比當地村民稍微要好一些，有錢也不能顯擺。只不過到了揚州，他們特意換上了款式與質料都算得上不錯的新衣裳，裝裝門面。出門在外，穿得太寒酸，會被人瞧不起，這種情形，在哪個年代都一樣。

澤生納悶問道：「好不容易來一趟這裡，妳為什麼不多點幾道菜？」

「點那麼多，根本吃不完，豈不是浪費？這裡又不時興打包。」

「打包？」澤生沒聽懂。

「就是把在飯館子裡沒吃完的剩菜打包回去呀！」

澤生更是不能理解了。「妳不是說妳以前生活的那個未來可比現在富有多了，吃的玩的，應有盡有嗎？為何還要那麼節儉，吃剩的要帶回去？」

「瞧你，平時還說你聰明呢，有時候又糊塗了。什麼東西都不可能取之不盡，把這地球上的好東西都耗完了，一千年或幾千年之後，地球或許就禿了，後代們該怎麼過活？」

澤生頓悟。「原來未來人都那麼明事理，如此費心思為後人著想，情願自己回家吃剩的也要為後人留下好東西，真了不起！」

小茹托腮擰眉，暗自思忖著，好像二十一世紀的人也沒有那麼偉大吧，不文明及各種自私者也大有人在。算了，不解釋了，讓他接受一下文明行為與舉止的洗禮也好。

她也不是一個能抵得住嘴饞之人，又道：「我們來這裡得住四日，又不是只吃這一頓飯，每頓吃上兩樣好菜，等我們走時，怕是各式好菜也就通通吃遍了。」

正說著時，兩盤菜和兩份主食都由小二端了上來。「客官，請慢用。」

店小二還算有職業素養，儘管心裡不悅，嘴上還是客客氣氣的。

「不錯，上菜還挺快的。」小茹給了他一句評價。

吃過飯後，他們就去湖邊坐遊船了。

此時天色已暗，星星掛滿了天空。他們倆坐在船頭上，微風吹拂著臉龐，欣賞著岸邊的各色燈籠，朦朦朧朧的。

艄公還一邊划船一邊高歌。

小茹回頭瞧了一眼艄公，見他那好興致，偷笑了起來，小聲道：「莫非這是艄公招待客人的必備曲目？唱得很不錯，一聽就是不知熟唱多少回了。」

澤生一把將她擁入懷，靜看著水面波瀾，聽著潺潺的水聲及岸邊漸漸稀疏的叫賣聲，還有美人在懷，感覺真好。

儘管小茹在前世旅行過不少地方，但此時與自己的男人相依相偎，享受著這朦朧的美景，寧靜中透著些許浪漫的氣氛，還真讓她有些陶醉了。

她乾脆橫躺在甲板上，頭枕在澤生的大腿上，仰著數天上的星星。「這滿天繁星真是數也數不清啊，沒有一堆工廠趁黑夜裡偷偷向空中排放有毒的氣體，每日呼吸著乾淨的空氣，真心舒服。」

澤生用手輕撫著她額頭上被風吹散的秀髮，笑而不語。

小茹再深深呼吸帶著清新水氣的空氣，不停地發出感嘆。澤生落唇於她的額頭，親了一下她，然後陪她一起進行深呼吸，的確感覺很清爽，湖中心的空氣果然與岸上有些不同。

艄公對他們倆的依偎視而不見，只是很有興致地唱著自己的歌，因為他早已見慣了。儘管這裡的人都很保守，但在如此朦朦朧朧的景致中，不少男女也顧不得那些束縛，難免牽著手摟抱起來。

或許夜裡來這裡坐遊船，就是當地男女談情說愛的絕佳之處。

當船划到岸邊時，儘管戀戀不捨，他們倆不得不回客棧了。

澤生見小茹還不願意下船，安慰道：「以後還可以來嘛！待孩子慢慢大了，我們就會有許多空閒了。」

「也是，好日子還長著呢！」小茹從甲板上往下一蹦，下了船。

回到客棧，小茹興致仍濃。洗完澡後，她將自家帶來的床單給換上，然後躺在床上，看著陌生的屋頂，一點睡意也沒有。

澤生洗好過來時，見小茹睜著大眼，還精神得很。「妳不累嗎？」

小茹手撐著腦袋，斜臥著，腰凹臀凸，線條極美。「不累，除了吃和玩，什麼也沒做，累什麼累？」

「哦，什麼也沒做？我懂了……」澤生爬上床，對著她的耳朵悠悠吐著氣。「妳是在等著做點什麼？」

小茹假裝不懂，一臉正經。「什麼……是什麼？我可什麼也沒等。」

澤生橫躺下來，一下將她抱在自己身上。兩人上下疊著，小茹在上，他在下，面對著面互望著。「妳想做什麼就做什麼，任由妳來。」

小茹很聽話地湊唇過去，這一晚上注定是個不眠之夜。

次日一早，楊師傅來敲他們的房門。「大當家的，時辰不早了，該去進貨了。」澤生與小茹頓時被驚醒，然後趕緊起身穿衣。此行雖然玩樂很重要，但是進貨也同樣重要啊。

他們一行人，先是來到一家小飯館裡吃有揚州特色的鍋貼，各種餡料都有，再喝一碗熱乎乎的五穀粥，大家都吃得心滿意足，直咂嘴。

吃過早飯後，他們便去雜貨一條街。來揚州之前，要進哪些貨，澤生與小茹已經商量過，只不過現在要挑選石鎮沒有的樣式，還要物美價廉。

澤生考慮到方家村周圍的村民們平時見到外面的東西較少，怕大家接受不了新奇事物，在選貨上較保守，而小茹則比較大膽。

最後是澤生選的那些稍保守風格的貨物進一些，小茹選的新奇類也進一些，而在選女人的貨物上，澤生都不插手，全由小茹作主。

為了滿足上門客戶的需要，他們在選貨上果然做到了種類繁多。

小茹還特意挑了些胭脂水粉、眉筆，甚至還有絳色唇脂。所謂「點絳唇」，用的就是這種大紅色。

澤生在旁阻止道：「這些東西還是不要進吧，一般女子只有成親那日才畫一畫臉，進這麼些好的，怕是沒人買的。」

小茹卻不以為然。「這就是你不懂女人的地方了，以前她們不化妝是因為沒見過化妝好看的，還有就是平時買不到這些。若是我在她們面前展示一下我化妝後的效果，定會讓她們大開眼界。我敢保證，這些全都能賣完。」

澤生半信半疑。「那好，就試一試吧。」

來到一家絲綢店，小茹又挑了許多花色的布，澤生又來阻攔。「這麼貴的布料，會有人買嗎？」

小茹拿起一塊淺紫色的絲綢在身上比了比。「大嫂手藝那麼好，我打算讓她幫忙做兩件，按我描的圖來做，到時候掛在鋪子裡。你就瞧好吧，那些愛美的婦人們肯定都會回家纏著相公要買，姑娘們在出嫁時，她們的爹娘想讓她風光風光，肯定也要買的。」

女人的錢最好賺，小茹相信在古代也是這樣。

當然，她也挑選了男人用來束髮的頭巾，還有富貴人家的男子才會用的絲絳和簪子。

澤生平時不愛折騰自己，對這些並不是太感興趣，因為他平時的衣著打扮多由小茹幫他準備，他覺得十分好，就沒花心思在這方面。

但是小茹清楚得很，男人雖然沒有女人那麼愛美，但是他們講究的是體面，走出去得裝門面，也是願意花錢為自己修邊幅的。

小茹滿意地瞧著這些貨，欣喜道：「怕是連住在石鎮上的人，都不在鎮上買東西了，想來我們鋪子裡買貨呢！」

楊師傅等人見老闆娘進的這些貨，皆不敢非議，也都是半信半疑，覺得要麼是賣不掉，要麼就是賣得很好。

這樣忙乎了一整日，直到天黑，他們拖了三車滿滿的貨物回了客棧。

吃完飯後，小茹躺在床上，澤生為她捏著腿，心疼道：「昨日沒累著，今日可累著了吧，這一整日都沒歇一下，連午飯都沒吃。」

小茹的腿確實很疼，從來沒像今日這樣進進出出跑那麼多鋪子。「你比我更累，等會兒我再給你捏捏。」

「我是男人，這算得了什麼。我跑習慣了，一點都不覺得累。貨都進得差不多，就剩幾樣了，這些都是不需挑款式的，明日就由楊師傅他們去吧。我們可以痛快去玩了。」

他從袖子裡掏出一張紙。「妳看看這個，這是我剛才讓這客棧的夥計畫的圖，將揚州好玩的地方都標了出來。東南西北，約多少丈，標得還挺細，這樣我們就不用跑冤枉路了。」

小茹湊上來朝他唇上打了個啵，誇讚道：「好一個聰明的相公！」

今日太累了，揉揉腿、聊聊天，他們倆就相擁睡了，可得養足精神明日好好玩呢。

第三十章

其實旅遊就是那麼回事，觀賞平時沒見過的風景，瞭解當地的風土人情，還有就是想知道古人在此地留下了什麼。

他們僱了輛跑得快的馬車，去郊外遊了帝王陵墓，再去幾個名勝景點瞻仰了名人字跡、畫像或石像，也欣賞過許多恢宏又古老的建築。

等他們倆遊完郊外那些景點，已經是下午了。在回客棧的路上，小茹意外聽到有人說這附近有湯泉。

她一想，便懷念起現代的溫泉來，於是她與澤生興奮地尋到有湯泉的地方。

未料，他們發現此處十分冷清。莫非是古代的人不好意思在外洗澡？

當他們倆一問才明白，不是人家不好意思在外洗，是因為還要登錄名字及出生地，哪門哪戶都要填上，大部分人根本就不敢。

這個年代就開始流行實名制？還真讓小茹大開眼界了。看來設置這麼一個門檻，就是為了知道來的人到底是何方神聖。

守門小吏聽他們的口音不是本地，再上下細細打量著他們倆，見他們的衣著打扮也像那麼回事，瞧不出他們的身分來。

這些小吏最怕的就是得罪了達官貴人，便先耐心地解釋了一番，說這裡一共有三處湯泉，其中最大的那一處是皇家御用，而且還與皇家行宮連在一起，由專門的屬吏及士卒把守，他們倆自然是進不去。

像他們這種遊人能進去的湯泉有另外兩處，都是很小的湯泉，每人收費一百文，但也不是誰都能隨便進去的。

守門的小吏見他們倆似乎沒明白他話裡的精髓，便直白道：「普通老百姓是不能進的，達官貴人、名人學士和富貴人家方能進。不知你們是來自哪裡，又是……」

澤生和小茹頓時明白了，弄這個實名制，意思就是即使付了錢，還得看來者夠不夠資格進來。說難聽一點，就是尊官貶民，嫌貧愛富。

澤生聽完，拉著小茹的手要走開，他覺得以自己的身分，肯定不夠格，人家會攔著不讓進。

小茹將澤生拉到小吏聽不見他們說話的地方，小聲道：「他又不認識我們，我們是不是富貴大戶，他哪裡知道，莫非還會去調查？」

「妳不會是想填假的來糊弄他吧？妳膽子也太大了！」

小茹直點頭。「我就是這麼想的。你別擔心，不礙事的，人家肯定不會去查。這些人也太壞了，憑什麼普通老百姓就不能進去？泡個湯泉竟然還要將人分三、六、九等，我們就不要讓他們得逞，偏要進去一回！」

澤生知道小茹特別想進去，不想讓她失望。「那就……豁出去了？」

小茹等的就是他這句話。「豁出去了！等會兒你填上我們的姓名，在後面註明，方記鋪子老闆。上面不是還要填家產約多少嗎？你就填……五間大鋪子、兩座大宅院。其實這也不算是胡編亂造，說的也算是實話，只不過稍微誇張了點。而且你要知道，就我們家那院子，揚州也不一定有多少戶能蓋得出來！」

澤生點點頭，覺得她說得還挺有理的。

小茹又興致勃勃道：「反正這種登記下來的東西又不可能亂傳，若上面真有大人物的名字，說不定還會當史料存檔。幾百年後，有人翻看資料，發現幾百年前的方澤生和何小茹兩人來泡過湯泉，多有喜感啊！」

那位守門的小吏見他們站在遠處商量有些懷疑，便問道：「你們還進不進來了？」

小茹笑嘻嘻地跑了過去。「進！當然進了！」說著便掏出兩百文錢，想到自己是位女子，又問：「平時有女子進來嗎？」

「有，許多達官貴人都帶女眷進來的。」

澤生便按小茹說的那樣，將要填的都填上了。小吏拿起來仔細一瞧，原來是做買賣的大戶人家呀！他趕緊點頭哈腰地帶路。

一會兒便到了湯泉處，兩處湯泉中間隔了一道長長的石屏，小吏對小茹說：「這一處是男人泡的，另一處才是女子泡的，我領妳過去。」

原來這兩處是分男女的呀！

小茹聽話地去了另一邊，待小吏一走，她又跑到了澤生這邊。「一個人玩有什麼意思？我要和你一起。」

這時小吏已走出了門，澤生再四處瞧了瞧，確定附近沒有任何人看得到，便道：「沒事，我們一起吧，反正沒人知道。」

兩人進浴池前先將身體沖洗乾淨，澤生等不及先泡入湯泉裡，頓感渾身暖暖的，舒服極了，比在家泡熱水澡那感覺要好上許多倍。

澤生朝小茹直招手。「快下來吧。」

小茹脫掉鞋，慢慢下來了，整個身子泡在水裡，確實暖和得很，不禁打趣道：「其實就像在一個超大澡盆裡洗澡，又不是什麼稀奇的地方。那些人狗眼看人低，還不讓普通老百姓進來，真是過分！」

她說著便往前以雙臂划了划。她在前世會游泳，蛙泳、蝶式和仰式都不在話下，哪怕是潛水也能潛個三、五十米。她根本沒有去想自己現在這身子會不會游泳，本能地伸展著胳膊，腿往後蹬著水，一會兒便游到了澤生的身邊。

澤生站立在水中央，呆若木雞，見小茹那般姿態優美地泅水，迅速來到自己的身邊，感覺太不可思議了。不過，一想到她那個充滿神秘色彩的時空，他又覺得這也情有可原。她的那個年代，女子應該也能去河邊洗澡學泅水的。

小茹見澤生怔怔地看著自己，她用手往後撥了撥濕漉漉的頭髮。「怎麼了？我這個樣子很難看嗎？」

「不，是好看，妳泅水的樣子真好看。」澤生情不自禁讚嘆道。

小茹愣了愣，明白他的意思了，她窘笑道：「你是說游泳啊？」

「游泳？」澤生又學會了一個新詞。

「對呀，我那個年代還有各式各樣的游泳比賽呢，看誰在規定的時間內游得最快，頭三名是冠軍、亞軍、季軍，有獎盃和獎金哦。很多人以此為職業，靠這些獎金就能將日子過得很好。」小茹說著就示範了幾個動作，將各種游泳姿勢演繹給澤生看。

澤生羞愧道：「我只會狗爬式泅水。」他說著便在水裡划了起來，雙手不停地在水面下撥，雙腿亂蹬亂踢，把小茹笑得喘不過氣來。

澤生的姿勢雖然難看，但速度算快的。小茹在旁游著追上了他。「沒想到你狗爬式游泳，還游得挺快嘛。」

兩人並驅前游，澤生一邊費力游，一邊道：「其實爹也會妳說的那種游泳，好像是他年輕時，有幾年總是發大水，有時都淹到村口了，為了能出去幹農活，他就學會了。大哥也會，村裡不少人也都會呢，他們小時候經常泡在河裡玩。我從小下水的次數少，只會這樣湊合著。」

兩人就這樣在湯泉裡游泳起來，還比賽著，看是小茹的蛙泳快，還是澤生的狗爬式快。

的。

游累了，兩人就嬉戲玩起水來，拍打著一層又一層水花，在水裡你追我趕，歡聲笑語

最後，小茹還要澤生在水裡揹她，玩起豬八戒揹媳婦的遊戲來。

這二百文錢，花得太值了，那叫一個痛快啊！

直到兩人都玩盡興，也累了，才起身穿回乾衣服。這時天色已暗下來。

可能游泳太過盡興，這一晚兩人幾乎是倒床就睡。

次日，他們再和楊師傅等人一起遊園，自然也是盡興而歸，揚州這一趟果然沒白來。

既然難得出遠門，小茹就想著，怎麼也得給婆家和娘家各帶一些禮物回去才好，於是她細心地為每人挑選適合他們的禮物。當然，她不會忘記自己那對可愛的兒子，自然是給他們買了不少吃的、穿的和玩的。

澤生見小茹幾乎為每一人都準備了禮物，在旁笑道：「有沒有送給我的呀？」

這一說，小茹才想起自己還沒送過澤生禮物，她平時倒是為他做過衣服，但這是本分，不能算是禮物。

上回她過生辰，澤生送給她一把小金鎖，而再過一個月就是他的生辰了，看來她也得提前準備，到時候送他一件禮物作為回禮才好。夫妻之間，也得禮尚往來，這樣才有意思嘛！

澤生只是說笑而已，沒想到小茹還真瞞著他買禮物去了，打算等他生辰那一日再送給他。

揚州之行結束回到家後，小茹忙著給大家送禮物。

本來，張氏見小茹跟著澤生去揚州好些日子，心裡有那麼一點不痛快。在她眼裡看來，哪有婦人摻和去進貨的？這些都是男人們該操心的事。她若知道小茹跟著去是惦記想痛快玩一回，怕是真要生氣了。

可是，當小茹送給她一個時興的抹額和一個銀製的小護身符時，張氏心裡的那點不痛快頓時煙消雲散了。

「茹娘，這上面還刻有字？」張氏將銀製護身符小心翼翼地拿在手心裡，兩眼微瞇地盯著上面的字，其實哪怕她能看清楚了，也不識得那些字。

「娘，上面刻的是『福如東海，壽比南山』四個字，保佑您長命百歲呢！」小茹親自給她戴在脖子上。

張氏頓時眉開眼笑。「喲，這是個好兆頭！好好！」

方老爹在旁抽著土菸，見老婆子被哄得開心，他也跟著樂呵。

小茹又拿出一個銅製煙斗遞給方老爹。「爹，這是孝敬您的。」

「還……還有我的？」方老爹驚喜道。「還是這麼個好玩意兒！」

他立刻接過煙斗仔細瞧著，越瞧越喜歡。他沒別的嗜好，也就偶爾抽點土菸而已。

拿在手裡瞧夠了，方老爹便喜孜孜地裝菸灰去了。

張氏見老頭子跟小孩子似的，她笑著對小茹說：「妳瞧，把他給樂得那傻樣。茹娘，難得妳有心，出去進貨還記著給我們兩老買這些。」

小茹再順勢拍個馬屁。「你們是長輩，我們當然得記著了，還得頭一個記著你們呢！你們為子女操勞幾十年，現在又為孫兒們操心，辛苦了一輩子。我只不過奉上這麼一點薄禮而已，若是有能力，哪怕給你們送金山、銀山，這可都是應該的。」

張氏聽得心裡舒暢啊，直點頭道：「我們方家村這麼些兒媳婦裡，數妳最懂事最能幹了。」

小茹心裡偷笑。婆婆這是真開心啊，把這麼高的帽子都戴在她頭上了。

接著，小茹送給瑞娘的是十副新式鞋子紙樣和手帕繡花樣，瑞娘歡喜得不行，她閒時最愛做針線活了；送給小清的是一對粉色貝珠耳環，小清稀罕得不得了，因為這是她見過最好看的耳環了。

「二嫂，我得留著出閣那一日戴。」小清趕緊收起來。

「妳喜歡就先戴著吧。等妳出閣時，我再送妳一對更好看的。」

「真的？」小清興奮道。

小茹認真地點頭。「當然是真的了，我什麼時候騙過妳？」

小清立刻跑到鏡子前，開始戴了起來。

要說送禮，就得送到大家的心坎裡，小茹做到了，所以哄得一家人都很開心。就連方孟昭和方仲朗這一對小朋友都十分歡喜呢，他們的娘買來了叮叮噹噹響的鈴鐺、左右搖晃的不倒翁，還有含在嘴裡軟綿綿的小顆糖。

小茹和澤生抱著這對孩子去了趟何家，不只是為了送禮，畢竟孩子都週歲了，還沒去過外公外婆家玩，這可有些說不過去。

何老爹和王氏硬拉著他們一家四口在家裡過夜，他們便住了一宿，好讓孩子們跟外公外婆親近。

小茹知道平時爹娘都不捨得做新衣服，身上穿的都是打過補丁的。她便為他們每人各買了兩件成衣，還為王氏買了一只銀鐲子。至於小芸和雪娘的禮物，她打算得了空再送去。

王氏平時見別人戴銀鐲子就眼熱，要知道許多婦人都有這個，而且大多是在成親時，男方下聘就為女方買的。可是當年婆家也窮，沒給她準備這個，後來自家過得更窮，自然買不起。也就今年靠黃豆掙了一筆錢，正準備去買呢，沒想到小茹就送來了。

她不禁感嘆道：「還是閨女最知道疼娘。」

接下來幾日，澤生與小茹都忙著整理鋪子。二十日後，方記鋪子便以嶄新的面貌展現在村民的眼前了。

正如小茹所料，不僅附近幾個村的人來買，就連石鎮的人都來瞧新鮮呢。

這種超市的擺貨模式，大家雖然不太習慣，但都覺得十分方便，自己隨意挑貨。見到喜歡的就往籃子裡放，不過這樣也容易造成他們買了許多自己來之前沒打算要買的。

很多人感嘆著，錢沒帶夠啊！下次再來！

其實最讓那些姑娘和婦人們激動的是，她們都想效仿小茹化的妝和穿的新樣式的衣服。她們以為這是小茹從揚州的女人們那兒學來的，早就聽說揚州女人最會打扮了，果然沒錯啊。

這些女人們平時連石鎮都沒出去過，對外頭新鮮事物的追捧那可是非一般的熱情。澤生再也不用擔心胭脂水粉、眉筆唇脂那些沒人會買了，也不擔心那些好布料賣不掉了。雖然大家平時花錢手頭緊著，但有些誘惑實在讓人難以抵擋得住。方記鋪子成了這一帶最熱鬧的地方，凡是大家想要買的，在這裡幾乎都能買得到，而且價格與樣式都是沒得說。

然而，好景不常，澤生做了幾筆黃豆的生意，去收了兩趟糧，想到上回從揚州拉回來的那三牛車貨在這二十日內已經賣得差不多，正籌備著過兩日再去揚州進更多貨時，卻收到高老闆託人帶話給他，叫他最近什麼買賣都不要做，更不要去進貨。因西北打了敗仗，而南部有一支叛軍可能要從本縣境內通過，怕是經過時會燒殺擄掠，說不定朝廷的軍隊還會與叛軍在此交戰呢。

高老闆與辦軍糧的欽差大臣一直往來密切，他的消息應該是確切無誤。

澤生這下有些慌了。若真打起仗來，關起鋪子暫時不做買賣倒也沒什麼，可別發生殺害百姓或搶奪家財的事啊！

聽說千軍萬馬奔騰過來時，千頃良田都要糟蹋得差不多。敵我雙方廝殺起來，可是什麼也不會顧忌的。若那些叛軍再缺糧缺錢什麼的，估計燒殺搶奪的事也避免不了。

澤生得了這個消息後，神色緊張地回到家，他見小茹和小清帶著兩個孩子圍坐在地毯上，手裡拿著她前些日子做的紙牌在玩呢。

他們四人圍成一圈，大寶和小寶也有模有樣地拿著紙牌往中間扔牌。

「方孟昭、方仲朗小朋友，看娘是怎麼拿牌的。」小茹幫著兩個孩子把拿倒的牌給排正過來，再將他們的手指捏攏一些，好讓他們握緊紙牌。「握緊握緊，瞧，又掉了。」

澤生走過來，也盤腿而坐，握著孩子們的小手，幫他們捏緊紙牌，從中抽出兩張牌。

「方孟昭小朋友出一對小王！」

小茹趕緊從小寶手裡抽出兩張。「方仲朗小朋友出一對大王！哈哈！」

小清笑得直打滾。「怎麼好牌全到大寶和小寶手上去了。」

澤生見大家玩得開心，並沒提高老闆報來的消息。

直到晚上睡覺前，他才支支吾吾跟小茹說了，還連忙安慰她道：「妳放心，叛軍應該不會從石鎮過的。既然只說可能會從本縣境內過，本縣這麼大，波及不到我們這裡的。只是……本縣要遭殃怕是避免不了了，到底會是哪幾個鎮損失最重，就不好說了。」

澤生本想安慰小茹，結果這一說，他反而更憂愁了，無論是哪幾個鎮遭殃，他都覺得心痛啊。

小茹聽後嚇得臉色有些蒼白，一下起床來，找出紙筆畫出本縣大概的地勢圖。

澤生好奇，爬起來坐在她旁邊看。「妳不會是在研究什麼戰略圖吧？」

小茹用筆畫著，一邊擰眉思考。「你瞧，石鎮只有兩座極低的小山和南面十幾里開外的姚家村那兒有一座深山，其他全是平原之地。現在打仗都講究兵法，況且叛軍人數肯定不多，遠不及朝廷軍，他們只能採取迂迴戰術，從險關要道過，最好還有可以藏匿的山林。我覺得叛軍從我們石鎮過的可能性的確不大，不過林鎮幾乎全是山林，怕是最危險的。」

澤生以前讀過書，也聽老師講過一些兵法，他比小茹更加瞭解本地的地勢，於是也坐下來，接著把本縣地圖粗略地畫完整，點頭道：「妳分析得確實有理，叛軍很有可能從林鎮經過，朝廷大軍若從前面的縣城趕過來，林鎮及縣城的南郊就成了戰場。」

他把毛筆朝墨盤裡一扔，罵道：「那些賊子叛軍，朝廷早些年前就該剿了它！現在趁西北戰敗，他們便來偷襲朝廷的後牆，這回還不知有多少百姓遭殃呢。」

百姓們不關心國家政事，最擔心的就是打仗了，無論哪方戰勝，百姓都是遭殃的一方。

小茹安撫他道：「你生氣也無能為力，我們還是趕緊將鋪子裡剩的貨都搬進家裡來吧，雖然大軍不太可能從我們鎮上過，也得謹慎著點，確保萬無一失才好。」

澤生默默點頭。「明日一早就搬吧。」

澤生並未跟別人說起此事，沒想到次日各鎮裡開始流傳著這件事，這種驚天駭事，可有一傳十、十傳百的威力。

村民們恐慌得也不去田地裡幹活了，都跑到小山裡挖坑，將家裡值錢的東西全藏起來，怕被從此地過路的叛軍掠奪了。

再過兩日，傳聞越來越真實，都說叛軍好像過幾日就要來了。大部分人家開始全家老少都挖起地洞來，說是全家都要躲在洞裡過日子。

小茹被大家的行動嚇到了。「澤生，我們要不要有點行動？我們的分析不一定對呀，若真是在石鎮打起來了可怎麼辦？爹、娘和大哥剛才都挖地洞去了，還招呼著我們也去呢！」

澤生不再遲疑。「妳在家帶好孩子，我去就行。」他趕緊扛著鋤頭出去了。

這一日傍晚，各戶人家挖地洞回來了，都說等明日就差不多挖好了，到時候就可以搬到地洞裡去躲著。

吃晚飯時，小茹吃不下去，胃裡不舒服，還有點噁心。最近沒生病，也沒有什麼頭疼腦熱的，就是犯睏得厲害，根據這些症狀，她大概明白了什麼。

澤生見她沒什麼胃口，以為她在擔心打仗的事。「妳別憂心那些，明日我們就可以躲到洞裡去了，家裡的存貨就只有那麼一點，若真是被搶了，也損失不了多少。裝錢的陶罐都已經埋到院子後面的地底下，那些人根本尋不到的。」

他說著還挾菜，準備放到小茹的碗裡。

小茹搖了搖頭。「我不只是憂慮那件事，我還擔心我的肚子，肚子裡好像……好像有寶寶了。」

澤生手一抖，菜直接掉在桌面上。「真……真的？」

小茹含羞點頭。「好像是真的，你說這來得是否有些不是時候？也不知那些叛軍到底何時過本縣，若是一直沒過，豈不是我們一直要在地洞裡等著？」

澤生狠扒了幾口飯，然後放下碗筷。「我得去地洞檢查一下，看上面的土會不會鬆動，我得保你們母子安全才行！」

走出幾步，他又折回來。「妳吃不下飯就算了，等我回來給妳燉紅棗銀耳湯喝。聽說喝這個不僅對孕婦好，而且生出來的女兒皮膚也十分白嫩呢！」

小茹笑問：「你怎知道一定是女兒？」

「猜的，相信我們肯定會如願的。」澤生笑咪咪地說著，趕緊出門了。

睡前，小茹喝了澤生為她煮的紅棗銀耳湯，這一晚上她睡得還算安穩。

只是接連這幾夜，全縣怕是沒有幾個人能睡得安穩的，就連澤生也一樣。

他輾轉反側，聽著小茹均勻的呼吸聲，想到她肚子裡又有他的孩子，他既感覺幸福，卻又害怕，生怕這般寧和的日子被打破，生怕小茹那如此柔和靜美的臉上帶有憂愁。

這幾日聽聞有些人家跑到外縣去躲著，因為他們有親戚在那邊。但大部分人家都是沒有親戚在外縣的，除了挖坑就是挖地洞，不是往地裡埋首飾，就是埋錢罐子。

澤生想到自家有那麼些錢，可以帶著全家一起去外縣安全處避難，包括爹娘、大哥等自家人，還有小茹的娘家人，都可以一併帶去。

可是帶著孩子顛簸，若在路上遇到叛軍怎麼辦？豈不是自投羅網？或許還是老實等著明日上午將地洞挖好，全家人搬進去？

要是前幾日就想到這一點，趁叛軍離此地還很遠，他已帶著全家人去外縣就好了。只是當時他和小茹都覺得叛軍不太可能從石鎮過，沒太恐慌。

而這幾日被村民們恐慌的情緒所感染，他是越來越緊張了。如今是進退兩難，去外縣的話，又怕路上遇險，而在本地等著，他又心焦不安。

這一晚上，他幾乎沒合上眼。

次日早上，澤生一睜開眼，便見小茹拿著兩件衣服坐在他的面前。

小茹見他醒了，笑咪咪地晃著這兩件衣服。「祝你生日快樂！」

澤生沒太聽懂。生日快樂？哦，明白了，今日竟然是自己的生辰，差點忘了。他見小茹晃著的這兩件衣服很特別。「這是妳送給我的禮物？」

澤生坐起來，接過衣服瞧了瞧。「這是什麼衣服？怎麼還有兩件，一大一小？」

「你不懂了吧，這是情侶衫，在我那個世界，很多相愛的人喜愛穿這樣的情侶衫，既是曬恩愛，也是一種情趣，兩人穿一樣的衣服，多好玩。」

澤生見這兩件衣裳上面都繡著心形圖案，大的袖口上還繡著「方澤生」，而小的袖口上繡著「何小茹」，他很想試試，便趕緊脫掉了裡衣，將情侶衫穿在身上，感覺很新奇。

小茹也趕緊將小的那一件換在身上，兩人穿一模一樣的衣服，面對面瞧著，感覺真的挺有意思。

「我們就這樣穿出去？」澤生笑問。

「才不呢，脫下來吧，晚上睡覺的時候再穿。不對，我們現在要去地洞了，晚上也穿不成了。」小茹知道村民們愛大驚小怪，他們夫妻倆穿成這樣走出去，指不定要惹來笑話呢。

澤生卻不捨得脫。「就這樣穿在裡面吧，在外面罩上一件外衫，別人看不到的。」忽然，他深情地望著她。「哪怕這次真有個萬一……到時候兩人若是穿成一樣的，說不定到了陰間也能成一對。」

「呸！呸！呸！大清早的可不許說這種喪氣話。應該說，我們穿上這樣的情侶衫，說不定能成為我們的護身衣呢！」

「嗯，護身衣。」澤生將她擁入懷，心裡暗暗想著，自己一定要好好保護她，讓母子平安。

上午，一家人就搬去地洞了。為了能快速挖出地洞來，他們一家和其他三家共同挖出了一個較長的地洞。

所有人都半彎著身子才能鑽進去，因空間狹小，得一人挨一人坐著，個子高的稍抬頭，就會撞著腦袋。

每個人手裡都還拿著一些準備好的乾糧和水。

澤生時不時伸手摸摸洞頂，怕土鬆動，若是坍塌下來可就壞了。幸好方老爹和洛生有蓋房子的經驗，懂得如何控制支撐力，這個地洞還算是安全的。

只是待在裡面才半個時辰，小茹就受不了，太憋氣了。洞口那麼小，裡面人多擁擠，她大口大口地喘著氣，還是難受。

再憋一會兒，她胃裡一噁心，頓時想吐。她捂住嘴，連忙彎著腰，往外跑。

一出洞口，她便吐了。澤生手裡還抱著小寶呢，趕緊跟著出來了，給她遞上水。「要不我們就在洞口透氣吧，還可以給大家望望風。」

小茹喝了口水，再呼吸著外面新鮮的空氣，感覺舒服多了。「嗯，我們不要進去了。也許本來沒什麼事，可別待在裡面憋出事來。」她又朝洞裡喊：「小清，妳把大寶也抱出來吧，別把孩子悶著了。」

小清抱著大寶出來後，瑞娘也抱著她那兩個月大的女兒跟著出來了，緊接著是洛生領著牛蛋出來。

洞裡面的其他人慢慢地也都憋不住，全跑了出來。澤生將小茹吐的東西都埋在土裡，就聞不到氣味了，大家全都排在洞口處坐著，眼睛四處張望，只待發現有情況，立刻躲進洞裡去。

儘管個個心裡都焦慮，十分害怕，嘴裡還都是有一搭沒一搭地聊著話。

張氏與明生娘還在聊著小茹的事。「我家茹娘好像又懷上了，瞧她剛才遭罪成那樣，本來還想找老郎中來把個脈，好確定到底是不是真懷上了，可老郎中一家去外縣了，根本尋不著人。」

明生娘道：「這會兒還把什麼脈呀，反正不管懷沒懷上，也不耽誤什麼事，又不是馬上就要生，有什麼好擔心的？鄒寡婦一家才著急呢，她兒媳婦挺著九個多月的大肚子。若是真要生，怕是連穩婆都找不到。妳沒見著鄒寡婦自己包了一把開水煮過的剪刀帶在身上，就是以防萬一。」

她這一說，大家都唏噓起來，為鄒寡婦一家著急，若是真要生了該怎麼辦？沒有穩婆在身邊，哪裡能放心。若是一邊生孩子，一邊來了敵人豈不是完蛋了？生孩子總不能不出聲吧？

才一說到此事，就聽到不遠處有婦人疼得大喊大叫起來。

婦人們全都圍了過去，男人們趕緊站遠了，生孩子的事他們可不敢看。

鄒寡婦又招呼張氏過來。「妳兩個兒媳婦都生過孩子，妳也曾在旁看過穩婆怎麼弄的，能幫幫忙嗎？我怕自己弄出差錯來。」

這可是人命關天的事，張氏有些害怕。可是鄒寡婦沒親眼見別人生過孩子，張氏還真擔心她會出差錯，便猶豫著走過來，蹲在地上，像穩婆那樣看鄒寡婦的兒媳婦翠娘的情況。

這一看，張氏嚇一大跳。「哎呀，都露出來了一點，就要生了！要生了！」

翠娘也控制不住自己的身體，其他婦人圍成一圈瞧著，鼓勵她使勁。

小茹也在其中，看到這一幕，心揪得生疼。翠娘千萬得順利將孩子生出來呀！若是出了岔子可如何是好？

眼見孩子的頭要出來了，小茹根本不敢看，趕緊捂住眼睛。才過一會兒，她便聽見孩子哇哇大聲哭了出來。

婦人們齊呼。「生出來了！生出來了！還是男娃！」

鄒寡婦與她的大兒子強子既緊張又歡喜，而且翠娘看上去還挺精神。小茹不得不佩服她，看來翠娘不僅身子皮實，心理素質也極好。在野外生孩子，且沒有穩婆接生，她竟然不哭不鬧，只是用心使勁生孩子。

要是發生在自己身上，小茹想想都覺得可怕，她怕是慌得直哭，沒力氣生孩子了。

「快剪臍帶吧！」大家催道。鄒寡婦將準備好的剪子拿了出來，手抖得厲害，但是在大家的催促下，她咬著牙狠了狠心，哢嚓一下給剪了。

張氏學著像穩婆那樣幫翠娘處理血水，她抹了抹額頭上的汗，感嘆道：「活了大半輩子，沒想到還當了一回穩婆。」

此言一出，大家都笑了起來，早已忘記這次出來是躲著打仗。

因為緊張的情緒放鬆了不少，大家都不想再回洞裡去，裡面太悶了。有的人就坐在小山頭上望風，緊盯著村子那邊的動靜，有些膽大的直接收拾東西回家。

小茹徵詢澤生的意思。「我們是回家呢，還是在這裡等著？」

澤生還未回答，就瞧見東生一步一步地從他們面前走過去，嘴裡還冒出一句。「回……家。」

兩人皆目瞪口呆，東生會說話了？

澤生跑上前去，叫著他。「東生！」

東生緩緩回過頭來，神色雖然還是有些麻木，但比以前好多了，他的嘴嚅動了好一會兒，吞吐道：「澤……生？」

澤生頓時興奮地跳了起來，招呼著大家。「東生會說話了！他認得我！小茹，妳也過來讓東生瞧瞧，看他認不認得妳？」

小茹好奇地走過來，跟東生打著招呼。「你好，東生，我是小茹，你還記得嗎？」

東生歪著腦袋瞧了她半晌，然後點頭。「茹……娘。」

小茹驚得不會說話了，東生真的是認識她啊！因為那回勸架跌傷之事，她心裡一直存有愧疚，雖然至今也不知道此事跟他後來被石頭砸傷有無關係，但心裡那個疙瘩一直難以平復下去，偶爾會冒出來，讓她有些不安。

這回見東生看似慢慢要好了起來，她真的很高興。

一下子村民們又全都圍上東生，這個問一句，那個問一句。

「東生，你知道你今年幾歲了嗎？」

「東生，你知道芝娘去哪裡了嗎？」

「東生，你家小丫頭叫什麼名字，你說得出來嗎？」

東生一會兒搖頭，一會兒點頭。大部分問題他回答得還是有些模糊不清，但他的小丫頭叫什麼名字，他答得十分清楚。「方……綠……啊。」

村民們為他歡呼起來，圍著他七嘴八舌。東生娘從洞裡鑽了出來，見大家這般熱鬧地圍著自己的兒子，她跑上前去，得意道：「我家東生前兩日就開始會一個字一個字地說話了，瞧你們稀奇的！」

大家打趣道：「東生娘，那妳得準備給東生再說一門媳婦呀！」

本來大家十分恐慌地來躲戰亂，沒想到被鄒寡婦的兒媳生孩子和東生說話這兩件事給鬧得忘得差不多了。

剛有些膽大的人回了家，這會兒又有人跑了上來，邊跑邊直呼喊：「田吏長派人到我們村裡來傳話，說叛軍昨晚就從林鎮經過，好像半夜就往南面去了。」

所有人皆歡天喜地，全都跑下山。

到了午時，林鎮有不少人來方記鋪子裡來買東西，這讓澤生很意外。自家的鋪子雖然小有名氣，但林鎮與石鎮相隔那麼遠，他們怎想到要跑這裡來買東西？

澤生因帶著一家人才剛下山，鋪子還是關著的，貨也都在家裡。他見來的人多，而且都找到他家門口了，便將貨物都搬回鋪子裡。

這幾日鋪子一直關著，僱的夥計們都回家了。澤生與小茹只好自己動手。

可小茹有了身孕，才搬一會兒東西，就頭暈了起來，還不停作嘔。澤生連忙將她扶回家，讓她在床上躺會兒並告訴她，他一個人忙就行了，反正來的人都等了那麼長的時間，也不差這麼一會兒。

澤生回到鋪子，見他們大都是來買菜籽，便問道：「莫非叛軍從你們林鎮經過，將菜都拔走了？」

一位老大爺嘆道：「可不是嘛，昨兒個夜裡大家都躲在坳下的深坑裡，只聽見一陣馬蹄聲和那些賊子的嘈雜聲，誰都不敢出來。大清早一出來看，十之有七八的菜園都空了。田裡的稻穀也都被踩得橫七豎八，幸好這些還沒成熟，否則也要被那些人收去了。」

另一位中年男人道：「他們來不及收稻穀，我躲在洞裡聽到那些人喊著說，要到前面十里的地方做一頓飯，讓兵士們吃飽，可能再往南走，快到縣城的地方就要交戰呢！」

澤生聽他們這般說，心裡很高興。「也就是說，並沒有人受傷，也沒有哪家被搶？」

「好像只有一人受傷了，就是我們林鎮上賣菜籽的老高。聽說他是半夜起床到屋外小解，被叛軍的馬給踢了。因他在家躺著養傷，關了鋪子，我們才想到要到你這裡來買。至於搶奪之事，好像真的沒有，他們只惦記著吃一頓飽飯好打仗，拔菜都像一陣風，哪裡能抽出空來打劫？」

大家都在慶幸，各家只是損失了幾塊地的菜而已，稻穀雖然踩得亂七八糟，只不過少收一些糧，並沒有他們一開始想像得那麼可怕。以前聽說，只要發生戰亂的地方，就會民不聊生，現在想來，也沒有那麼恐怖嘛！

只是，大家才慶幸這麼一日，第二日他們就聽到之前所擔心的那些可怕事情。在縣城附近、林鎮再往南的一個鎮，那裡山林也很多。敵我雙方在山谷裡展開了凶殘的搏殺，最後一直廝殺到縣城裡了。

一些兵士為了躲避追殺，闖到縣城的老百姓家裡去，不僅有許多民眾被殺，還有不少人家財物被搶，那種姦殺女人的恐怖事件也有好幾例。

雖然朝廷軍打勝仗了，叛軍潰散了。但是老話都說，贏敵一千，自損八百，這話是沒錯的。縣城周邊，屍首遍野，好幾日才被清理乾淨。

或許那些潰逃兵士想趁此打劫，然後揣著錢財，好就此逃回家過日子，所以許多百姓在自家院子裡發現了戎裝或軍衣。

再過一日，這些平民老百姓還沒反應過來是怎麼回事，就被官府抓去了，說他們私藏叛軍，弄得滿城風雨，不得安寧。

澤生想到季公子的爹娘都在縣城裡，他家宅院大，作坊也多，十分招搖醒目，就想著去卞鎮瞧瞧季公子，好打聽一下他家的事，希望他家沒出什麼事才好。

小茹本也想跟著澤生一起去，上回從揚州給小芸和雪娘買了禮物，到現在還沒得空送過去呢，而且還有一大包禮物是要送給育幼院的孩子們。

不過，她跟著澤生才出自家院子，就噁心乾嘔，走路時腿都是軟綿綿的，很無力。

澤生只好又將她扶回家。「妳身子不舒服就別去了，我替妳把這些禮物帶給小芸和雪娘。」

他還為小茹打水，讓她漱了漱口。

小茹囑咐道：「你還得跟育幼院的孩子們說，這是小茹大姊姊親自為他們挑選的。」

澤生嗤笑一聲。「好吧，就說是小茹大姊姊。」他知道小茹不喜歡別人叫她嬸嬸，說是把她給叫老了。

澤生來到季公子的書鋪時，並沒見著季公子本人，只有夥計守在鋪子裡，而且門前還掛著一副白色輓聯！一種不好的預感頓時籠罩他的心頭，他進來詢問夥計到底發生何事。

夥計悲戚道：「我家公子派人來給鄭吏長傳過話，說……說我家季老太爺被叛軍給……殺了……」一說到這裡，他便泣不成聲，無法敘述清楚事情的原由。

澤生被嚇得腿有些發軟，邁著虛步來到良子家門前，正好撞見了良子。只見他身穿白衣，手裡還拎著祭奠禮。

良子見澤生那神色，就猜他已經知道了些什麼。「你從季公子的書鋪那兒來的？」

澤生點頭。「你這是……要去季公子家拜喪禮嗎？」

良子悲涼地長嘆一聲。「聽說一位賊軍要搶奪季家一罐金子，季公子的父親死命抱住不放，結果……他遭遇如此傷痛之事，若不去安撫他，我真擔心他從此萎靡不振。突然飛來橫禍，誰能承受得住？」

「我和你一起去。」澤生才說出這話，又想到自己今夜若不回家，小茹肯定會擔心。

「還是你先行一步吧，我得先回家告訴小茹一聲，免得她不知我的去向，在家裡擔心。」

「我們還是一起吧，我先隨你回去，然後再趕著你家的牛車前往季家。哪怕再著急，也不差這幾個時辰的。」

「嗯，如此也好。」澤生先將送給小芸和雪娘的禮物拿進院子，與她們倆打過招呼，然後又出門，與良子一起去育幼院送禮物。

之後他們倆就一起回到方家村。澤生將此事大概跟小茹講了，再帶著拜喪禮，與良子一起趕著牛車去縣城。

直到深夜，他們才趕到季公子的家。

此事已經發生了好幾日，明日就要出殯。季公子見他們倆來了，撲在他們懷裡一陣嚎哭。前幾日他已哭得死去活來，這幾日才被親戚勸住，正憋得慌，這會兒見到良子與澤生，他又痛快哭一回。

次日，良子與澤生一起幫著季公子料理喪事，並尾隨著季家人送季老太爺的靈柩到了墓地，親眼瞧著棺木下葬。

只是季家家產甚多，季老太爺才下葬，季公子的兩位哥哥就開始為分家產而鬧不快。季母本來因老頭子過世，神志已經恍惚不清，此時見兒子們爭家產，更是氣得暈過去。

在良子與澤生的調停下，才將此事解決了，沒讓他家鬧出笑話來。反正季公子自願妥協，只得了一箱現銀，準備守七七四十九日的孝，要帶著他母親回卞鎮。剩下的銀兩及宅院，還有作坊，由他兩位哥哥去分。

在服完第四十九天的喪儀「斷七」後，季公子帶著他母親來到卞鎮。只因他母親的身體狀況不佳，又整日傷心抹淚。季公子託良子為他尋一位心細的姑娘來照顧他的母親。

良子便順水推舟，讓小芸去了他家。育幼院缺人手，季公子便出錢再僱兩位婦人去幫忙，這樣小芸就可以安心來照顧他的母親了。

雪娘見小芸終於打發到季公子那裡去了，心裡十分歡喜，哪怕日子過得苦點、累點，她也認了，只要沒有人跟她搶丈夫就行。

第三十一章

小茹這一回懷孕才真正體會到孕婦的辛苦了，上回懷雙胎都是輕輕鬆鬆的，沒想到被這第二胎給折騰苦了。

「澤生，你說我這才懷孕五個多月，就這麼難熬，要等到孩子出生，還得四個月呢！真怕自己吃不消。」

澤生用巾子給她細細擦著汗。「看來我們這個孩子肯定是個調皮的小壞蛋，這還在娘的肚子裡呢，就這麼鬧騰。若真是女娃，調皮成這樣，我們到時候怕是管不住她了！」

小茹被他逗樂了。「女娃若真調皮成這樣，就成瘋丫頭了。在家裡折騰我們倆，待她嫁人了，就折磨她的相公去。」

澤生笑道：「到時候會有人敢娶她嗎？」

「我的女兒會沒人娶？若不是一等一的好男人來求親，我還不捨得讓她嫁呢！」小茹哼道。

說起嫁人的事，她想起澤生上午去見證小芸許配給季公子的事。

「小芸作為二房被打發出去配人，不能像平常的姑娘出嫁那般用大紅轎抬過去，也不能辦宴席熱鬧一番，只不過簡單走一下過場而已，連囍字都不能張貼，小芸心裡沒有不痛快吧？」

「沒有，她懂事著。何況季父出事才三個多月，根本不宜辦喜事。這些道理她都懂。」

「你說小芸心裡到底喜不喜歡季公子呀？可別只是聽良子的話，順從大家的意思而已。我的身子不便，都沒能親自問一問她。」小茹嘆著氣。

「瞧妳多心的。小芸心裡肯定是喜歡季公子的，今日她雖然一直是羞答答的，但看上去還是很開心。她對良子那種感情根本不是男女之情，對季公子才是真心喜歡，妳可不要誤會了。」

小茹細細想來覺得也是。「她好像真是把良子當長輩那般恭敬看待的，如此甚好，能配給季公子也是她的福分。她之前一直那麼用心照顧季母，婆媳之情也深厚了，將來應該能過上安穩的日子。」

當他們倆正在屋裡說話時，院子外突然嘈雜一片，聽到不少婦人們在大聲喧譁，伴著一陣嘻笑，還有一群孩子們嘻嘻哈哈跑過的聲響。

小清抱著小寶在院子門口瞧著熱鬧，然後忍不住跑了進來，嚷道：「芝娘回來了！她都消失好幾年了，怎地突然回來了？」

「芝……芝娘回來了？」小茹驚問。

芝娘不是一直在縣城裡的如花樓嗎？當然，這話是不能告訴小清的。

小清十分稀奇道：「我瞧她穿的衣裳，還挺體面的，是領口和袖口都繡了花的那種，還戴了銀耳環！大家不都說她要麼是當乞丐去，要麼就是跑外地嫁人了嗎？原來她是在外面過好日子去了。」

小清見他們一臉的愣神。「我去東生家門口瞧瞧熱鬧去，看東生娘要不要她進門！你們去嗎？」

澤生和小茹皆搖頭。他從小清手裡接過小寶，笑道：「妳也老大不小了，還跟小孩似的喜歡湊熱鬧。」

「全村的人都跟著去看了，哪裡只有小孩子呀？」小清笑嘻嘻地跑了。

其實，這件事澤生之前知道了一些。小清出門後，他便跟小茹說：「我早知道芝娘回來了。上次縣城鬧戰亂，如花樓也出事了，有好幾位女子慘遭賊人毒手……最後，如花樓關門了，芝娘應該是沒地方去就想著回來吧。我從她娘家那個村的河邊路過時，還見過她蹲在那兒洗衣服呢，只不過她沒瞧見我。」

小茹聽了眉頭直擰。「那芝娘還算命大。」

「可不是嘛！可能她聽說東生快好了，心裡又惦記著小丫頭，就想著回來。」

另一邊廂，小清來到東生家門口，發現這裡已經擠滿了人，全是看熱鬧的，男女老少皆有。

東生娘應該在這之前也知道芝娘回娘家的事。她見到芝娘一點兒都不吃驚，拿起掃帚就對著芝娘一頓打。「妳個喪門星！妳個賤貨！還知道要回來，這段日子妳去哪兒了？連孩子都不來看一眼！我打死妳……」

芝娘也不吭聲，只是抱著頭，由著她婆婆狠狠地打。

她渾身上下至少挨了四、五十下重打，東生娘才停了下來。不是東生娘不想再打了，而是真的打累了，使不上勁兒了，剛才用力太狠。

「東生，你過來，再接著打！」東生娘叫著一旁的兒子，但東生卻不動彈。他完全不像以前那麼暴躁，可能是還沒恢復以前的性子吧。

他只是吞吞吐吐道：「不……不打了……」

小丫頭已經有三歲多了，早已不記得自己的娘了，只是摟著東生的腿，站在邊上看熱鬧，嘴裡還問道：「爹，她是誰？奶奶為什麼要打她？」

「她是妳娘。」東生這一句話竟然回答得通順。

小清看完熱鬧後，回頭就跟澤生和小茹描繪那場面。

「芝娘雖然挨了打，但是東生娘並沒有趕她走，只是摘了她的耳環和手鐲，要她做飯。反正東生應該不會再打她了，她真算是修了福，只不過小丫頭都不認識她了。」

小茹嘆道：「她修什麼福呀，東生不打她，她婆婆能饒過她？只不過東生現在好多了，不需她端屎端尿地伺候，這日子能將就過下去罷了。」

四個月後。

新春剛過，這幾日村民們都忙著春耕。

方家是既忙春耕，又忙著大喜事，小清要出閣了，得為她準備嫁妝。

方老爹這些日子攢了些積蓄，備一份豐厚的嫁妝完全沒問題，何況洛生與澤生也添了不少錢。

如今澤生算是村裡首富了，洛生也過得殷實。有兩位兄長幫襯，小清的嫁妝籌備得滿滿當當，方家村近些年那麼多姑娘出嫁，還從未有哪家捨得花這麼多錢給女兒陪嫁的。

小清出嫁這一日，村民們都在方老爹的家院前數著抬數，竟然整整備出了二十八抬！引起一片咂舌之聲，這當真是有錢人家嫁女兒啊。

小清這一回可是占盡了風光。

澤生幫忙招呼客人，為了辦這場宴席，他可是從縣裡請來了老名廚，老名廚自然是不一樣了，要做的菜可謂是五花八門，許多菜名都是村民們平時聽都沒聽過的。

由於傳統習俗中忌諱喜事相沖，有懷孕婦人不宜出席婚喪之說，加上這幾日小茹動不動就肚子疼，這一日她就只能待在自家院子，無法前往舊家幫忙小姑子出嫁事宜。而澤生已提前好幾日請來穩婆在家住著，就像小茹當年生頭胎一樣，該準備的早就準備妥當了。

小茹一邊想著舊家那頭辦喜事的熱鬧場面，一邊在自家院子旁散散步、透透氣，由於大家都去喝小清的喜酒了，路上還真是一個人也沒有。

沒多久她開始覺得難受，前幾天她也發生過一日疼好幾回，每回都以為要生了，結果每次她躺在床上等了好半天，又不疼了，沒反應了。
然而，小茹走沒幾步，感覺肚子一陣陣地疼起來，越疼越厲害，疼得她都不敢邁腿走路，一邁腿，連帶著肚子疼。她扶著路邊別家院子的牆面，往前挪著步，眼見著離自家不過一小段路，她卻覺得很遙遠。
這會兒她感覺腦袋暈眩了起來，眼前一陣黑一陣亮。怎麼辦？怎麼辦？她試著喊了幾聲，卻疼得喉嚨使不上力氣。
小茹著急了，難不成她也要像翠娘那樣在外面生孩子？
她一直最怕這種事發生，怕被圍觀，現在可好，她巴不得有人來圍觀呀，她自己一個人怎麼生啊！
肚子越疼越厲害，眼前感覺一抹黑，在尚存一絲意識時，她扶著牆面蹲了下來。
另一邊廂，澤生在舊家忙著給客人們倒酒，忽然，他的心臟越跳越厲害，跳得他有些心慌。他放下手裡的酒壺，捂住胸口，感覺很不對勁，好像有事要發生了。
莫名地，他想起小茹，想起這幾日她經常說肚子有些疼，難不成發生什麼事了？
一思及此，澤生二話不說頓時瘋跑出去，一路狂奔回家，在半途中遠遠瞧見一個人倚在別人院子的牆腳下。
那身藕荷色的衣裳，不就是小茹身上穿的嗎？
「小茹！小茹……」澤生嚇得腿有些發軟地跑了過去，見她臉色蒼白，兩眼微睜，滿頭淋漓大汗。
小茹疼得感覺自己要死了，此時意識已經模糊到自己是生是死都分不清了，似乎聽到澤生在喊她的名字，她奄奄一息吐了吐氣，想說話卻說不出來。
澤生抱起她往家裡跑，一進院門，朝穩婆大喊：「小茹可能是要生了，都疼得倒在路邊了，快準備接生吧！」
穩婆見小茹神志不清，有些心慌，產婦沒有力氣，這孩子不好生啊！
她催澤生道：「你快將廚房的肉湯端過來，讓她喝點，有力氣才能生孩子呀！」
肉湯每日早上都要熬一大碗的，就是為了要生孩子，好提前預備著。
澤生見穩婆都在那兒慌張，雙手有些抖，端的肉湯都快灑出了一半。
他和穩婆扶起小茹，仔細餵著她喝了十幾口。小茹因渾身無力，且意識模糊，來不及吞嚥，一喝便嗆著了，嗆得臉紅脖子粗。
正因為這一嗆，將小茹給嗆清醒了。澤生再多餵她喝幾口，她終於緩了緩神，看清了澤生就在身邊，穩婆也在旁邊，這下她放心不少，深深吸了一口氣，再慢慢呼出來。
只要自己不在路邊生孩子，而且有澤生和穩婆在身邊，她就不害怕了。這次生孩子的鬼門關，她應該能闖過去吧！
「小茹，妳感覺好些了嗎？肚子還疼嗎？」澤生的聲音有些顫抖。他真的好害怕，以前生雙胞胎她都沒疼得暈過去，也沒像這樣虛弱得神志不清。

他本來就嚇得快沒魂了，這會兒穩婆竟然還在旁聲明。「澤生，你心裡得有個準備。上回茹娘生的是雙胎，個頭都很小，很好生出來。這回……這回是一個，而且孩子個頭看似比一般孩子要大許多，所以……」她是怕出意外，先聲明一下，出了事可不是她的責任啊。

澤生傻眼愣了一會兒，握緊小茹的手，急道：「小茹，妳打起精神來，鼓起勁，好使出力氣生孩子。待這一胎生下來，以後再也不生了，妳就再不用這般吃苦了！這是最後一回生孩子，妳一定要加把勁啊！」

澤生說得越來越緊張，越來越急，極力忍住不要哭，他不能讓小茹也跟著害怕呀。

小茹迷糊地點點頭，只覺肚子裡有東西往外擠。「我……我好像要生了……」

穩婆本想將澤生請到外頭候著，可是情況危急，眼見小茹使半天力氣，孩子的頭都沒能出來。穩婆已經慌張了，這回怕是要難產了。

穩婆只好使出最後一招了。

「澤生，我們從她肚子上往下推，將孩子往下推一推，說不定能推出來！」

「這……這能行嗎？可別把孩子推壞了呀？」澤生急得團團亂轉。「小茹，妳使使勁呀！」

想到年前有人生孩子，就因為生不出來，最後難產，母子皆亡，他已經嚇得臉色蒼白，心臟狂跳，身上被汗浸得濕透了。

穩婆急道：「來不及了，快推吧！茹娘現在根本使不上勁了，可能孩子的個頭太大，這種情況本來就不好生！」

澤生只好學著穩婆那手勢，推著小茹的肚子。

小茹疼得感覺自己這就是要去陰曹地府報到了，因為她現在竟然連喊都喊不出來，想跟澤生說句告別的話也說不出來，只是眼淚一個勁兒地往下淌。

穩婆見往下推得差不多，再使勁就真會把這對母子給弄死了。她拿出之前準備好的剪刀來到小茹的身下。

澤生見了驚呼。「妳要幹麼！孩子還沒生，怎麼剪臍帶？」

「剪茹娘身下的口子！把口子剪大些，孩子才能出來。」

剪……口子？澤生徹底說不出話來了，但這會兒也只能聽穩婆的。只見她揮起剪子，迅速剪了起來！

看見鮮血直流的畫面，澤生身子晃了一晃，有些撐不住了。這種剪肉的感覺，怕是比刀割還痛吧。他感覺這剪子像是在剪自己身上的肉一樣，疼得齜牙咧嘴，肝膽直顫。

這過程，小茹沒叫喊一聲。她怎會不疼？沒有麻藥可打，就這麼生生地剪肉啊！她一直都在疼，以為這是去鬼門關的儀式，根本沒法叫出來，如同受著刑，等死的感覺。

再被剪幾下，她疼得感覺自己已經在黃泉半路上了，心裡默默地哭道：澤生，我走了，你好好照顧自己和孩子們……

穩婆再招呼著澤生來推小茹的肚子。才過一會兒，他們便聽到「哇哇……」，孩子終於生出來了。

只不過，小茹也昏死過去了。

孩子沒什麼事，哭得響亮。穩婆將臍帶一剪，把孩子抱在一邊，就不管了，此時也沒空管孩子。

「澤生，你快掐茹娘的人中，快啊！若是真昏迷不醒，可就危險了！」

澤生拚命掐著小茹鼻與唇的正中間，一邊掐一邊喊：「小茹，妳可得醒過來啊！妳要是有個三長兩短，我和孩子也要跟妳一起去了……」

小茹好似聽到澤生的哭喊，慢慢睜開了眼睛。

「妳醒了？」澤生驚喜道。

小茹見自己躺在床上，澤生也在，這不像是陰曹地府呀？閻王爺不可能長得跟澤生一樣吧？

那自己還活著，沒死？

「我……沒……死？」小茹微張著嘴，吃力地說出了這三個字。

澤生再也抑制不住，此時眼淚如雨下，緊握她的雙手。「妳嚇死我了……妳沒有死，怎麼可能會死呢！我和孩子都在，妳哪能拋下我們！」

小茹微微動了動唇角，笑了。沒死就好，很好！

這會兒穩婆找出縫衣服的針線，她先倒出壺裡的開水，將針線放在裡面泡一泡，然後穿針引線，準備動手縫。

澤生見了顫著嗓子問：「必須得縫嗎？」

「那當然，口子這麼大，不縫怎麼長得起來？」

小茹疼得滿臉眼淚，不過這次她能喊叫出來了。澤生在旁緊握著她的手，嘴裡還不停地催穩婆縫快一點。

不知穩婆一拉一扯了多少下，最後終於住了手。「一共縫了十二針。」

小茹慘笑一聲，暗忖著，在她的前世，聽人家說打了麻藥縫個四、五針，都疼得哭天喊地。她這倒好，就這麼生生地用針刺肉、拉線，竟然縫了十二針，這得多大的口子啊！

穩婆竟然還在旁雪上加霜地說：「拆線比這還要更疼呢，因為線與肉長在一塊兒去了，得硬抽出來。」

小茹翻了翻眼皮，真想說，妳還是趕緊打住吧。她現在真的好累，眼皮子都撐不起來了。

澤生怕她這麼閉上眼睛又昏迷了，便道：「我們看看孩子吧。」

小茹微微點了點頭。

澤生正準備起身去抱孩子，穩婆已將孩子抱了過來，驚道：「喲，我說這孩子怎這麼難生，真胖乎乎啊！」

澤生接過來一看，確實是！真的胖啊，不過胖得好可愛。

小茹見澤生臉色如同穩婆那般驚訝，便問道：「能有多胖？」她沒法想像得出來。

澤生將孩子抱到她的跟前，小茹一瞧，愣神了，難怪這孩子差點把她送上西天，簡直是胖得圓滾滾的。她整個孕期也沒敢吃什麼太過補的東西呀，吃的也都差不多全吐了，怎孩子長成這麼一身肉？

小茹朝澤生窘笑道：「沒事，沒事，孩子小時候胖，長大就瘦了，呵呵……」

澤生才不擔心孩子的胖，笑道：「小孩子胖才好看呢。這一個頂兩個，大寶和小寶當初怕是合起來都沒這一個重。」他再扒開下面一看。「女娃！真的是女娃！」

穩婆十分好奇，想知道這孩子到底有多重，她張羅著拿出籮筐和秤來，一秤，驚呼：「天……天哪，竟然有十斤二兩！」

澤生嘆呼：「真的比大寶和小寶合起來還重，他們倆當初加起來才八斤多。」

小茹也被這十斤二兩的重量給嚇壞了，看來自己剛才差點難產而死也沒什麼好奇怪的，這麼胖的孩子能被自己生出來，也是一件偉大的事！

她親了親自己小閨女那圓乎乎的臉蛋。「妳放心，娘肯定會努力把妳養成苗條的小美女。」

「只要長得好看就行，是胖是瘦根本不打緊的。」澤生在旁仔細瞧著孩子。「怎麼瞧不出來長得像誰？」

小茹仔細瞅著，也瞅不出來。

穩婆在旁笑盈盈地說：「孩子太胖了，五官就不太好辨認，等將來瘦了一些，才能瞧得出來呢。你們當爹娘的長得都好看，孩子自然也是個美胚子。」

澤生與小茹聽得心裡樂呵呵的，他們的閨女不美可不行！雖然暫時看起來有點像……小彌勒佛。

與此同時，舊家那邊林生已經來接小清了。大家都在熱鬧著歡呼新郎新娘，根本不知道小茹在另一頭生孩子，生得死去活來，還差點丟了命。

待林生把小清接到何家的一日之後，他們這對小夫妻才得知小茹昨日生了個女娃。澤生來報喜了，但他一來便又急匆匆地走了，因為他得回家照顧三個孩子和小茹呀！

小清心裡很內疚。「林生，因為我們成親，差點耽誤了二嫂生孩子。若不是二哥想到去瞧一眼二嫂，怕是……」她想起來就後怕。

林生剛才聽了此事，心裡也起伏了好一陣，安慰她道：「現在不是什麼事也沒有嗎，明日回門，我們去瞧瞧我姊和孩子。」

小清再瞧家裡許多家具都是和二哥家樣式差不多，全是她喜歡的，她知道這些都是二哥和二嫂早就為他們準備好的。

她心裡既感動又憂心。「現在我嫁了過來，就沒人幫著帶大寶和小寶了，二哥得時常出去跑生意，每隔十日半個月還要去揚州進貨，二嫂一個人怎麼忙得過來？」

「妳得跟著我叫姊，不能再叫二嫂了。妳放心，我姊前些日子就說了，等孩子生下來滿月了，她就請一位保母來家裡幫忙帶孩子，大寶和小寶也都會走路了，妳無須憂心。」

「保母？」小清沒聽懂。

「就是專門給人帶孩子或收拾家的女人，只要每月發錢給她們，她們就會把事情做好。」林生解釋道。

小清明白了，點頭道：「哦，那就好。人家收了錢，應該會盡心帶孩子的。」說到這裡，她的臉突然紅了起來，吞吞吐吐問道：「昨夜……我們倆……我不會也要懷孕吧？」

林生湊過來親了親她的唇。「不怕，懷上了就生！」

七年後。

「胖丫頭咬人，是個大壞蛋！我去找我娘來打妳！」一個小男孩哭著用袖子抹鼻涕，個頭比胖丫頭矮那麼一小截。

胖丫頭雙手扠腰。「誰叫你罵人了？我叫方可昕，不叫胖丫頭！」

小男孩不服氣道：「大家都叫妳胖丫頭，憑什麼我不能叫？」

「從現在起，誰都不能叫。誰敢叫我胖丫頭，我就咬誰！我娘說了，我現在已經不胖了，是苗條的小美女。你若是叫我小美女，我就不咬你了。」

小男孩瞧了瞧她，猶豫了一下。「哼，我才不叫妳小美女呢！」他扭頭跑了。

胖丫頭氣呼呼地跑回自家院子，見兩位哥哥都坐在院子裡學寫毛筆字。「大哥、二哥，你們說我現在還胖嗎？娘說我已經不胖了，為什麼他們還叫我胖丫頭？」

大寶和小寶同時抬頭掃了一眼妹妹的臉和身材，皆偷笑不語。

「你們不許笑，快說嘛！我到底還胖不胖？」胖丫頭著急道。

大寶邊寫字邊笑道：「娘說妳不胖就不胖了唄！」

小寶也跟著嘻嘻哈哈。「就是，小小年紀不要那麼臭美嘛！反正沒以前那麼胖了，誰叫妳愛吃肉！」

胖丫頭噘著嘴。她又不傻，當然聽得懂二哥的話，意思是她仍然很胖，只不過沒以前那麼胖而已。

這會兒小茹從前面的鋪子裡回來了。自孩子們都大了，會自己去玩耍，她就無須再日日帶著孩子，平日除了洗衣、做飯和收拾家裡，時常會去鋪子裡幫忙。

如今大道兩旁全是自家的鋪子，一共有二十多間呢，都是這七年來經營起來的；首飾鋪、布鋪、鞋鋪、嫁娶喜鋪、炒貨鋪……再加上飯館子、小客棧、茶樓，一應俱全，只要來到這裡，幾乎沒有什麼買不到的。

周圍二十幾個村子的人已經沒什麼人去石鎮上買東西了，因為方記鋪子裡的東西品項繁多，還物美價廉，連附近其他幾個鎮子裡的人，平時都不嫌路遠，愛跑這兒來買東西。

田吏長辦事的地方也從石鎮搬到方家村，這裡來往的人多，熱鬧程度遠遠超過石鎮。

如今方家村形似一個鎮了，而石鎮則沒落成一個小村子。

有時候小茹會與澤生一起去揚州，偶爾還去更遠的地方，上個月她就跟著澤生去過一趟青州，相當喜歡此地不喧囂、不聒噪，散發著古樸安寧之美。

但凡要出遠門，她都是請張氏來家裡住幾日。其實張氏很樂意來的，這三個孩子她都喜歡，當心肝兒疼著，最疼的是胖丫頭，這個小孫女最能逗她樂了。除此之外，小茹每次回來，都會給她帶禮物，而且每次帶回來的禮物，都是她十分喜歡的。

胖丫頭見小茹從鋪子回來了，便往她懷裡蹭。「娘，又有人叫我胖丫頭了，我不讓他們叫，他們非要叫！」

小茹彎下腰來，使勁將她抱了起來，掂了掂。「嗯，比年前輕了些。隨他們叫去，反正妳是我們家的小美女，他們叫也不會把妳叫醜了。」

胖丫頭聽娘說她是個小美女，她就開心地格格笑了起來。

小寶向小茹告狀道：「娘，胖丫頭剛才肯定又咬人了，我聽見貓蛋在哭，還罵她是個小壞蛋。」

小茹才抱一會兒胖丫頭，便抱不動了，把她放下來。「哎喲，妳怎又咬人？多髒啊！貓蛋平時都不怎麼洗澡的，妳咬他豈不是把髒東西咬到自己嘴裡了？」

小茹平時給胖丫頭講道理，說咬人是不對的。可胖丫頭就是記不住，她只好以髒來嚇唬她。

胖丫頭聽了趕緊「呸呸呸」幾下。大寶和小寶見了笑成一團。

「以後還敢不敢咬人？」小茹笑問。

胖丫頭直搖晃腦袋。「不咬了，肯定有好多細菌跑進我嘴裡了，呸呸呸……」在小茹的薰陶下，她也知道到處都有看不見的小蟲子，這種小蟲子有一大部分是有害細菌，是會讓人生病的，所以她平時十分愛乾淨。

小茹端過來一瓢水。「來，漱漱口。娘就要做午飯了，你們都想吃什麼？」

大寶連忙歡喜道：「我想吃雞蛋！」

「這個可以有。」小茹應著。

小寶想了想，羞道：「我想吃水煮魚！我最愛吃魚了。」

「這個嘛……也可以有。」

胖丫頭漱了口，十分嘴饞道：「我想吃醬爆肉！」

「這個……不行！妳不是不想聽到人家叫妳胖丫頭嗎？妳昨日已經吃了那麼多五花肉，得停個幾日才能吃。」

胖丫頭吞了吞口水。「好吧，為了當小美女，我就忍忍。」

大寶和小寶又都捂著肚子笑了起來。「妹妹臭美死了，動不動就要當小美女，哈哈……」

胖丫頭羞得撲在兩位哥哥身上，扭成一團。院子裡一片歡聲笑語。

小茹去廚房做飯後，再過一會兒，澤生回來了。

孩子們一看見澤生進院門，都不鬧了，全都跑了過去，往他身上撲。

澤生便按照從小到大的順序，一人抱一下。「你們羞不羞啊，都多大了，還要抱。」他的鼻子嗅了嗅。「你們的娘又在做好吃的，有魚有雞蛋。」

「爹的鼻子真靈，你教我和哥哥寫字吧。」小寶拉著澤生坐在他身邊。

胖丫頭又來拉澤生。「不行，爹得先給我講故事。」

小茹一邊炒菜，一邊朝門外瞅著，見他們玩得開心，她也跟著笑了起來，心裡不禁暗忖，這三個孩子，都是小白眼狼啊！她死裡逃生地產下他們，也是她在家裡憋屈了幾年拉拔他們。平時她陪孩子們的時間比澤生還多，講故事大多也是由她來講，結果，孩子們全都更喜歡他們的爹，她只能排第二。

這不符合邏輯呀！不就是因為澤生從來不打罵他們，由著他們瘋鬧，而她經常會管教一下嘛！這三個小傢伙，這就學會趨利避害了。

沒過多久，飯菜做好了。一家五口人圍著飯桌吃起飯來，個個都吃得津津有味，胃口十分好。

他們正在吃飯時，院子裡來人了。

孩子們聽到動靜，齊聲叫道：「鄭叔叔好！」

澤生與小茹一回頭，果然是良子來了。

「良子，你不會是從縣裡趕過來的吧？」澤生連忙讓良子坐下，再給他盛碗飯。兩年前，良子被舉孝廉當了縣令，而原任的縣令已經是知府了。

良子也不客氣，坐下就吃。「我昨日就從縣裡回來了，昨夜在我爹娘那兒住的，因為有個好消息要告訴你們，今日就來這兒一趟。」

小茹瞧著良子意氣風發的模樣，笑問：「什麼好消息？」

「上回我不是讓人帶信給你們，說方家村要改為方家鎮的事嗎？我以為還要等很久，沒想到前日知府發了公文，已經同意了。將這附近二十五個村劃為方家鎮，石鎮改為石村了。方家鎮仍由以前的田吏長坐鎮，不過上面還寫道『方澤生為名義鎮長』呢！澤生，知府說他早聽聞你的大名了！」

聽說方家村真的改成了方家鎮，澤生與小茹皆興奮不已，不知該說什麼了。

孩子們大聲歡呼。「哇……方家鎮！方家鎮！……」

澤生連忙做個手勢止住他們。「噓，鄭叔叔在這裡，你們可不許吵鬧。」

三個孩子趕緊噤聲，偷笑著端碗，都到院子裡吃飯去了。

小茹見孩子們都出去了，向良子問道：「瞧你如此精神煥發，肯定不只是因為我們方家村改成方家鎮的事，莫非你又要升官了？」

「瞧嫂子說的，我還能往哪兒升去。才做兩年的縣令，縣裡許多棘手的事都未待解決，毫無功績可言。每月領著朝廷俸祿，讓我心存愧疚得很。」

澤生安慰道：「你可別這麼說，你每日辛苦操勞，縣裡那麼多瑣事雜事，你都事無鉅細地要親自過目。前些日子是不是還斷了一樁疑案？聽說林鎮有位寡婦死了，她的兒子告到縣裡去，說是他爺爺毒死的，結果他的眾親皆罵這個兒子不孝，說他爺爺幹麼要害死自己的兒媳婦，結果還是你親自到場破了案，確實是他爺爺下的毒藥。這件事傳得沸沸揚揚的，全縣幾乎無人不知，都誇你兩袖清風、斷案如神呢。雖然這不算是什麼大功績，至少你為老百姓做了事，領朝廷的那點俸祿，有什麼好愧疚的？」

良子謙虛道：「只不過一件小案而已，沒想到都傳到你們耳裡了。」

澤生又道：「哪能這樣說，你不但不取民脂民膏分毫，還經常拿出自己那份微薄俸祿去資助一些貧苦人家，說起來，這也算是功績了。」

良子笑著回應。「在你們眼裡，這點俸祿確實算少。可是在我的眼裡，已經算很多的，足夠我和雪娘花銷了。這次回來我要辦兩件事，一是想接我爹娘去縣府裡住，他們年紀大了，近日來經常頭痛腦熱的，沒人在他們身邊照顧可不行。而我兩位哥哥都很忙，每日都是夜裡才回家，嫂嫂們生的孩子又多，根本抽不出空來照顧他們。雪娘說她現在每日閒得很，而且縣府裡還有兩位當值打掃的老婆子。我就想著，接我爹娘到縣府裡住，也就有人照顧了。」

小茹有些為他擔憂。「你作這個決定，雪娘她……沒有不高興吧？」

良子卻很放心。「她沒有不高興。她也說自己閒得慌，若是能照顧我爹娘，孝敬老人家，也算是功德一件了，百善孝為先嘛！」
小茹沒想到雪娘竟然會想得這麼通達，孝順是沒錯，但她就不怕二老住過去了，嫌棄她不能生孩子？若是又要張羅給良子娶二房，她豈不是又有哭的時候？
良子接著興致勃勃道：「二是我想從卞鎮的育幼院接一個男娃和一個女娃回家，當自己的兒女撫養，這個也是雪娘同意的。」
小茹暗道：原來如此，這樣他的爹娘或許就不會再糾結雪娘斷鄭家香火的事了。領養的子女，只要養親了，和親生的無異。也不知他的爹娘能不能如此想得開？
澤生並沒有往這深處想，只覺得良子這個主意不錯，點頭道：「如此甚好，只要你們把孩子們當親生的養，他們自然就當你們是親爹娘。最好挑選年紀小的，不要超過五歲，大了他們就記事情了，怕是養不親的。」
良子與雪娘也是如此商定的。「說得沒錯，我等會兒就去育幼院，打算挑三歲左右的孩子，正好還可以去瞧瞧季公子和芸娘，這幾年育幼院都是你們兩家在操心，我一點兒力都沒出，真是愧對自己當初的雄心壯志，還說要好好撫養他們，親眼見著他們長大成人呢，沒想到現在卻一年也難得回來看望他們幾次。」
「你現在可是縣令，要忙的事多著，哪能事事照顧得到。何況相隔那麼遠，即便有那個心，也使不上那個力。有我們兩家照應著就足夠了，一共也就五十個孩子，也不算費事。這還都是你當年宣傳得力，近幾年來，幾乎已經沒有人丟棄嬰孩了。」澤生說話時，給良子不停地挾著菜。「多吃些，吃完我和你一起去。」

吃過飯後，澤生與良子一起來到卞鎮。他們先是到季公子家，季公子早已蓋了大宅院，這麼幾年過去，小芸也生了兩個孩子，都是女兒，此時這對小姊妹正在院子裡玩得歡呢。

小芸挺著大肚子在旁邊看著她們，怕她們摔著，而她自己都快要生第三胎了。

季公子還是經營著書鋪，進項還不錯，完全夠養活著一家子。

這三個男人湊在一起，自然是聊得甚歡。他們一起去育幼院挑選了一個男娃一個女娃，之後又到良子的爹娘家來看望二老，順便幫著一起收拾行李，最後再由澤生趕著馬車送良子一家到縣裡去。

直到次日，澤生才回到家。而一返家，他便開始雕刻字牌。

小茹過來一瞧，見上面刻著「方家鎮」三個字，笑道：「你不會是要把這個牌子豎到村口，讓來往之人瞧新鮮吧？」

澤生得意道：「現在可不能再說是村口了，應該說是『鎮口』。」

「好好好，是鎮口，不是村口。方家村已經是方家鎮了！瞧你得意的。對了，辦學堂之事，你琢磨得怎麼樣了？」

澤生一邊細心刻著字，一邊道：「琢磨得差不多了，我覺得還是按照妳說的那種『學校』模式去辦比較好。」

在小茹的指導下，泥匠們蓋出了五間教室，完全不同於大家平時所見的。因為教室裡還用水泥糊了一面牆當黑板，用山上撿來的黃石頭，可以當粉筆在上面寫字。

每間教室打製了三十套桌椅，牆上還張貼著澤生的字畫。黑板頂上還貼著小茹在前世最為熟悉的標語「好好學習，天天向上」。

這些日子，她和澤生已經在門口張貼招生公告。但凡年齡在六至十六歲的，皆可以來報名上學，不限男女。

為了能自負盈虧，也需收一定的學費，每名學生半年交的束脩為一百八十文。這近二百文錢相當於壯勞力做四、五日活兒的工錢，絕大部分人家還是付得起。

除了要買書籍，還得請教書先生，收這一百八十文，也只夠日常開銷。蓋學堂與桌椅的錢，就算是他們為教育事業作一番貢獻了。

這幾日，澤生的腿都快跑斷了，他去找了十幾位曾經上過學堂的人，這些人學識不錯且資質聰慧。澤生苦口婆心請他們來當教書先生，他們卻都不好意思來。

有的做了帳房先生，有的在外跑點小生意，還有的在家務農，但大部分人仍然沒有放棄當初求取功名之心，從今年開始，都拾起書本寒窗苦讀了起來，盼望著明年能考個功名。十年禁考已經過了，聽說本縣已經有好幾百人報了來年的鄉試。

小茹沒想到請老師竟然這麼難，以她最初的想法，每月發薪水，不至於請不到老師呀。

在自家院房裡，小茹打來溫水給澤生泡腳。「明年鄉試開考了，幾百人擠破腦袋想中舉，竟然沒有人願意來當老師，唉！」

她見澤生悶不吭聲。「你不會也想去考個功名吧？」

澤生本來正在尋思著還有哪些人忘了去請，聽小茹這麼一問，他忍不住發笑。「我才不考，都幾歲了還去考那個做什麼？考鄉試中舉，還不見得能當官，得再繼續考會試，即使能當官了，還不是從九品芝麻官做起？妳看良子就知道了，每日那麼操心不說，平時應付那些官場上的人，都累得焦頭爛額。」

小茹調侃道：「說不定你去考會試能中頭三名，還可以考殿試中個進士什麼的，入朝當臣，可以光耀門楣了，哈哈……」

「妳就取笑我吧！我都多少年沒做過功課了，平時也就陪著妳看一些演義故事，圖個樂趣而已，那些寫詩、作文章之類的，我都已經生疏得寫不出來了。我現在只會寫『日記』，若是寫成這樣交上去，可不得把考官笑壞肚子。」

「那是因為你不想考，若你真想考，我包你能進殿試。雖然我不會寫詩作文章，但我會背誦許多後代的名詩名作呀，教你幾首名詩，再教你寫幾篇治國文章，準能將考官驚得一愣一愣的。」

「妳淨會來這些偷奸耍滑的，這些餿主意若真想用上，還是等大寶和小寶將來考試時再用吧。」

「大寶看樣子還能以讀書作為前途，我們得重點培養他，目標是能入殿考試，最好能考個進士回來。小寶一看就知道是個不願讀書的料，整日嘻嘻哈哈的，以後就讓他跟著你學做買賣吧。」

「孩子還小，看不出來什麼。這幾日我請的都是以前認識的同窗，要不……明日我去外地再找找看。我請的這些認識的人，有些在家務農，他們覺得自己都和土地打交道，來當教書先生肯定會被人笑話，不好意思來。若是外地的，反正大家都不相識，就不存在怕被人笑話的事，說不定能請到幾位。」

「好吧，你明日再試試。我們一開始把事情想得太簡單了，以為大家肯定積極回應，沒想到這麼難。本來打算九月開學，現在怕是要拖到十月去了。」

澤生心裡暗忖，就怕十月都開不起來，招生還是個大問題呢。

第三十二章

果然，公告都貼出去了十日，竟然只有二十名學生來報名，其中一部分還都是自家的親戚。

瑞娘在這幾年裡又生了兩個兒子，她帶著牛蛋和兩個小兒子來報名了，排行老二的閨女則不讓她來。

小茹慫恿她。「大嫂，我都說了，男女皆可來上學，妳怎只讓兒子來，不讓女兒來，就不怕紅丫頭生氣嗎？若她說妳重男輕女，看妳怎麼回話？」

瑞娘卻不以為然，笑道：「女孩子家上什麼學堂，也就妳和澤生想得出來。從古至今，也沒聽說過女孩進學堂。哪怕那戲裡唱的女子能上學，那也得女扮男裝！妳不會是讓胖丫頭也去上吧？」

「胖丫頭當然得上了，我們自家辦的學堂，哪能略過她？她最近都跟著兩位哥哥學認了不少字。」

瑞娘頓了一頓。「我瞧著妳還是別讓胖丫頭上學堂了。我說句難聽的話，妳可別不愛聽。」

「什麼話？」

瑞娘瞅了瞅邊上沒人，小聲道：「女孩子又不能考取功名，讀了書也是白搭。戲裡的皇后都說，女子無才便是德，妳若是讓胖丫頭讀書，怕是以後……沒有人敢上門說親呢！」

小茹就猜到她會這麼說。「大嫂，女孩子雖然不能考功名，但可以學不少知識。走出門去，也不至於大字不識一個，讀些書百利無一害的。」

小茹見瑞娘無動於衷，為了哄著瑞娘讓紅丫頭上學，便想出了一個主意，道：「大嫂平時不是說，想讓紅丫頭以後找個好人家嗎？如今已經開考了，必定有不少青年才俊能考到功名。若想嫁到那樣有功名的人家，不識幾個字的話，人家哪瞧得上？雖然那些男子也不喜歡女子有多少學問，但他們也希望自己的娘子能陪著讀書什麼的。妳不知道，現在的男人都愛附庸風雅。若妳只是想讓紅丫頭嫁個莊稼漢，那就隨妳了。」

瑞娘本來是意志堅定，絕對不會讓紅丫頭來上學堂，這會兒被小茹這麼一說，她心裡有些動搖了，但還嘴硬道：「我們自己是莊稼漢，還怕嫁莊稼漢嗎？」

其實她心裡才不希望紅丫頭嫁莊稼漢呢！

小茹見瑞娘躊躇滿懷地走回家，心裡偷笑，她已經看出大嫂搖擺不定了。

她以此理由，哄著大姑子小源也讓女兒來上學。小源生了一女二兒，一開始她只答應讓兩個兒子來上學，經小茹左勸右勸，也鬆口同意了。

說服小清比較容易，平時小清和林生經常來小茹家玩，兩家走得勤，既是親戚，也是朋友，所以小清的兩個女兒全都來了，由於她的兒子才三歲，不夠年紀，得等幾年才能上學堂。

小芸因為離得遠，她的兩個女兒沒法來上學了。不過，有季公子平時教育孩子，兩個女兒都已經會寫不少字了。

如今，經小茹這麼到處宣傳，越來越多的家長領著孩子來報名了。

男孩讀書是為了考取功名，女孩讀書是為了以後能嫁個考上功名的男人。小茹都覺得自己這宣傳的是一股歪風，可是沒辦法，若不這麼說，就沒人來上學了。

她實在不忍心見這五間教室空蕩蕩的，歪風就歪風吧！她倒是想跟大家講講道理，說女孩子也要受教育，女孩子也得有自己一片天地，可是沒等她說完，人家就「咦」一聲走了，所以，她也只能讓歪風助長了。

澤生費盡心思，求爺爺告奶奶的，終於從外地請來了五名教書先生。接下來一個月裡，來報名的學生也有一百二十名了，一百名男生，二十名女生。有自己方家鎮的人，也有不少是周邊其他幾個鎮子上的人。

十月底，方家學堂終於可以開學了。

可是才一開學，分班的問題就惹出了大風波。分班時是按照年齡分班，並未以男女來分，因此鬧得許多家長都不快了，理由是，女娃怎麼能與男娃在一個教室裡讀書？這不符合禮教！

而教書先生們又全都是男的，哪位都不願意只教一整班的女孩，他們怕被人說整日與女孩打交道，這樣說出去名聲不太好，都想讓女孩分開，每班分那麼幾個。

這真是讓小茹糾結了。孩子們都那麼小，哪來什麼禮教問題？男老師教女學生，怎麼還能涉及到名聲問題？

小茹與澤生被那些家長吵暈了頭，又被老師們一輪接著一輪地來說，沒辦法，最後還是妥協了，若是請的老師們都跑了，這幾個月豈不是全白忙活了？

最後小茹只好借用現代學校慣用的辦法——開家長會！

她與澤生先在家裡將講稿來來回回改了好多遍，一定要做到說服家長才行。而且那些理由還得是大家能接受的，不是一些大道理，家長們可不聽這些大道理的。他們送女孩子來上學，就是為了以後好找個有功名在身的夫家，別的一概不重要。

結果，兩人總結出來的理由是：其一，女孩子若是全放在一個班裡，容易吵鬧打架，因為女孩子們愛嘰嘰喳喳，會惹出不少矛盾來。其二，女孩子與男孩子在同一個班上學，會共同上進，因為有男孩子在班上，女孩子會矜持很多，而且都不甘落後，會比著求上進。其三，這些女孩子年齡都在十歲以下，完全不存在什麼不符合禮教的問題，只是坐在同一個班上讀書而已，且平時在村子裡，男孩和女孩也會在一起玩，也沒有說完全不接觸的。還有第四、第五……

開家長會這一日，澤生以名義鎮長的身分站在臺上，還是有很大的震懾力。畢竟方家鎮就是因為他才能從「村」升格為「鎮」的。他可是家家戶戶視為楷模的人物。

澤生這麼往臺上一站，那些家長們心裡就已經服了一半軟。澤生再列出諸多理由來，家長們就徹底不吭聲，最後便安安靜靜地結束了。

也不知道家長們是不是真的心悅誠服，反正再也沒人吵鬧了。二十名女學生全都分開了，一個班放進四名。其中，胖丫頭為了不讓人家說被哥哥們照顧，還不肯和大寶、小寶在同一個班呢。

小茹還在家裡教孩子們做廣播體操，雖然沒有音樂，只是喊口號而已，孩子們也做得十分帶勁，感覺很有意思。

當然，小茹說這些是從揚州那邊學來的。揚州如此遙遠，孩子們不會追問來由的。

孩子們學會了這些，就跑到學堂裡教給班上的同學們，沒過多久，學堂便流行做起體操，以至於不少家長都很感興趣，私下都說，送孩子們上學堂算是送對了，哪怕沒學到什麼東西，只是來玩，也挺有意思的。

可不，學堂裡不僅有語文和數學課，還有美術課和手工製作課，那些家長們聽孩子們回來說一說，都覺得長了不少見識。

這一日，小茹在鋪子裡幫忙，芝娘牽著綠丫頭過來。

綠丫頭羞答答地躲在芝娘的身後，芝娘硬是把她拉出來，讓小茹瞧瞧。「茹娘，妳說……我家綠丫頭都十一歲了，還能上學堂嗎？」

小茹連忙點頭道：「當然能，只要沒過十六歲都可以。」

芝娘立刻從兜裡掏出錢來，要當束脩交給小茹。

「束脩得交給老師，所有收來的錢都是交由老師們管的，可不是直接交給我。等會兒孩子們就放學了，妳去學堂找老師吧。」

芝娘喜孜孜地拿著錢往學堂那邊走去。

小茹看著她和綠丫頭的背影，心裡一陣歡喜，沒想到連芝娘都想讓自己的閨女來上學了，看來這座學堂辦得可是深入人心啊！

日子過得太滋潤了，閒來無事，小茹和一些婦人在一塊空地上跳著廣場健身舞。這塊空地是經過修繕的，地上鋪了青石板，這樣大家跳舞時，就不至於弄得塵土飛揚。而且她還買了兩架鼓，由懂得節奏的人打著鼓，如此跳起舞來才有感覺。

婦人們都十分積極地跟著小茹學跳廣場健身舞，她們都知道小茹時常隨著澤生出遠門，見識廣。她不僅是鎮上首富的夫人，還是新時尚的標榜。

小茹愛穿什麼，大家跟風似地跟著她穿什麼。小茹化什麼樣的妝，然後各家姑娘及婦人們也描個眉、抹點唇。因為小茹的影響，這些女人們可比以前愛乾淨多了，也更愛美了。

每日傍晚時分，各家吃了晚飯，這些婦人們陸陸續續到這塊空地來。這會兒大家跳累了，都坐在空地旁邊的幾排長凳上歇息著，熱熱鬧鬧聊著天。

「咦？那不是鄭縣令嗎，他怎麼來了？他都好久沒來過我們方家鎮了，平時有什麼事都是派屬下過來辦事的，怎麼今日還親自來了？」一位婦人眼尖，老遠就見到良子駕著馬車往這邊來。

小茹與瑞娘起身迎了上去，只見良子滿頭大汗地跳下馬車，心急如焚道：「大姊、茹娘，雪娘有沒有到妳們這裡來？」

小茹與瑞娘兩眼對望一下，皆搖頭。莫非他們倆吵架了？

良子見她們搖頭，心底一沈，又上了馬車。「我去岳丈家瞧瞧！」

瑞娘跑著跟上去，急道：「怎麼了，你和雪娘吵架了？」

良子先是點頭，然後又搖頭。「我沒有跟她吵架，是我的爹娘跟她吵架了。」

瑞娘覺得雪娘跑回娘家的可能性不大，平時若有什麼，她肯定會來找自己，因為雪娘跟爹娘平時都沒法說到一塊兒去，所以她沒有一吵架便跑回娘家的習慣。

但是這會兒也只能跟著良子先去娘家找一找，因為他們實在想不到雪娘還有別的地方可去。

一到蔣家村，他們果然落空了，雪娘根本沒有來。

良子急得團團轉，又上了馬車，可是現在他不知道該去哪兒找了。

瑞娘忍不住想問個明白。「她平時不是很孝敬你的爹娘嗎，怎麼吵了起來？又是什麼時候跑出來的？」

「還不是因為沒能生孩子的事。昨日上午她就跑出去了，我在縣裡找她一整日都沒見到她，今日才來這裡找，也不知昨夜她去哪兒過夜的，真是急死人了！」

瑞娘聽了有些不高興。「雪娘那麼孝敬你的爹娘，還辛辛苦苦帶著那一對孩子。他們怎麼還說生孩子的事？」

良子知道瑞娘不太樂意，解釋道：「這近一年來，我爹娘也沒說什麼。只是我爹這些日子身子越來越差，腦子也不是很清醒，還愛發脾氣，動不動就說雪娘不會生孩子的事。雪娘平時都跟孩子說她是親娘，怕兩個孩子聽進去了帶不親。她不讓我爹說，而我爹有些糊塗、不記事了，在孩子們面前也不知道避著，還非要說，結果就大吵起來了，我娘又幫著我爹，還生氣嚷著讓我娶二房的事，雪娘便一氣之下跑出去了。」

「那你沒有去追嗎？」

「我追了，可是我追不上她呀。我爹還不讓縣府裡的其他人去追。我滿城都找遍了也沒見著她半個影子。她在外過了一夜，若是碰到壞人可如何是好？」

「那你吩咐縣衙裡的人全都出去找啊！」瑞娘急道。

「昨日下午已經吩咐過了，他們跟著出去找了，也不知今日有沒有消息。大姊，我先送妳回去，我再往縣裡趕。」

瑞娘看了看天色。「這天都要黑了，你一個人晚上趕路能行嗎？你好歹現在也是縣令了，怎麼也不找兩個人跟著你？」

「我讓他們都出去找雪娘了，我都著急死了，哪裡還顧得上這個。」良子載著瑞娘，揮鞭飛快地趕馬車。

待他送瑞娘回到家，再趕到縣府裡時已是半夜，鄭老爹遞給他一張字條，還氣哼哼地說道：「我剛才讓人唸了，雪娘竟然當繡娘去了，這是她讓人代寫的字條。聽說這些繡娘要被送到京城去，還不知多少年才能回來。她不回來也好，也就沒人攔著你再娶二房為鄭家續香火了。」

良子一下癱軟在地，這下可把鄭老爹嚇住了。「兒啊，世上的女人多了去了，沒了她，你不是正好可以找更好的嗎?你現在是縣令，娶三、五個也不在話下……」

「爹，你別再說了。」良子沮喪至極道：「此生我只會娶一個，除了雪娘再不會有其他人。」

鄭老爹見兒子這般，無語了。難道真的是自己錯了?

良子知道，最近有京官下來挑選繡娘，大多是要送到皇宮及王爺府裡去的。雪娘像她大姊一樣，繡活做得好，她肯定沒有跟人提及自己是鄭縣令的夫人，否則京官也不會收她的，她這是明擺著非要去不可。

他也知道，平時像這樣被選去京城的繡娘，沒個八年、十年是回不來的，有的人還幾十年都回不來。

雪娘這是徹底不想跟他過日子了……

良子越想眼前越模糊，漸漸發黑。

只聽見鄭老爹大喊：「快來人！快來人！我兒暈過去了……」

十年之後。

方孟昭金榜題名中狀元，進殿覲見皇上時，皇上見他不僅才氣過人，還相貌堂堂，便招他為駙馬，要將三公主嫁給他。

方孟昭騎馬遊街後，還被三公主特邀到宮中先見上一面。本來這是有違禮制的，但誰都知道三公主是當今皇上最寵愛的掌上明珠，因此皇上也破例允了這件事。

而方孟昭心裡記著爹娘囑咐的話，來到京城可得找一找雪娘。畢竟良子叔叔在這十年裡過得太苦了，要照顧他爹娘，還得拉拔兩個孩子，雖說縣府裡有兩個老婆子幫著照料，那也只是吃喝穿衣的事，真正養育教導這事還全都是靠他。一年前，他的爹娘又都先後去世，他的日子便過得更寂寥了。

到了皇宮，方孟昭與三公主頭一回見，三公主就挺中意他。莫非這就是天賜良緣？當初她之所以要見他，心裡可是藏著小心思的，若是自己不中意，便讓父皇悔了這門親事。這一見，她心中竊喜，父皇果然是疼愛自己的，沒有亂點鴛鴦譜。

兩人相談一陣子後，方孟昭請三公主幫忙，能不能在皇宮或各王爺府找一下蔣雪娘。見狀元郎有事求她，三公主自是喜不自勝，覺得自己挺派得上用場的，當日便急著讓人去找，次日就在六王爺府內找到了。

雪娘見到方孟昭，起初還傻愣愣的，說她不認識狀元爺。當方孟昭喊她一聲姨時，她才驚悟過來。「大寶？」

方孟昭一點頭，雪娘便淚如雨下，在王爺府裡待了十年，她想家，想良子，也想孩子，想到肝腸寸斷啊！可是公婆容不得她，她這也是無奈之舉。

一抹掉淚，她便問：「你良子叔叔有沒有娶二房？」

方孟昭趕緊搖頭。「妳快回家吧，良子叔叔一人過得真的好可憐。」

雪娘聽說良子是一個人過日子，心中正想，莫非那一對老的已經……

他瞧出雪娘的心思，立刻道：「良子叔叔的雙親一年前已先後去世，妳無須再擔憂。」

此時雪娘的眼淚又流了出來，這十年來她盼這一日盼得好苦啊，平時只要府裡有誰要去江南一帶，她便仔細打聽，若是要去自己的那個縣，就塞錢給人家，讓人家打聽一下鄭縣令家的事。

只是近兩年來，府裡皆沒人去江南，她也無法得知家裡的情況。

狀元有一個月的時日可回老家省親，方孟昭便帶著雪娘一起回鄉了。

一回到了縣裡，雪娘發瘋似地跑進縣府，發現還不到四十歲的良子，兩鬢竟然生出白髮了！

兩人頓時摟著哭成一團，一兒一女也圍了過來，直喚娘親。

原來這兩個孩子十分懂事，雖然被鄭老爹挑明身世，知道自己不是他們倆親生的孩子，但是承受良子多年的父愛及教誨，心裡是極為感恩，早已視良子為親生父親，視雪娘為親生母親，還四處託人去尋雪娘呢！

另一邊廂，當方孟昭功成名就騎著白馬回到方家鎮之際，恰好再過幾天，就是二弟方仲朗娶親之日！

雙喜臨門，讓澤生和小茹這些日子歡喜得有些不知東南西北了。

不僅兩位兒子的婚事有著落了，連女兒方可昕也許配給縣裡一位書香門第的子弟，這當中還是良子牽的線。

當年的胖丫頭如今已經成瘦丫頭，修長苗條，可是有著一副窈窕身材呢，加上遺傳自爹娘的五官，她可是遠近聞名的小美女，都說她已經勝過當年的小茹了。小茹聽到此話也跟著開心，被自己女兒比下去，可是一件幸福之事。

在方仲朗大喜之日，這對哥倆湊在一塊兒，還像小時候一般鬧，再加上方可昕也湊了過來，家裡更是熱鬧成一團。

方仲朗剛宴完賓客，不急著入洞房，反而和妹妹一同纏著大哥，要他說說三公主的模樣與性情，問他喜不喜歡三公主，以及她將來會不會嫌棄鄉下的弟弟妹妹。

方孟昭羞得滿臉通紅，催著弟弟快去他的洞房，又嘲笑胖丫頭。「妳都是許了人家的姑娘了，還這麼不羞不臊的，這些話該是妳問的？」

方可昕果真是不羞不臊。「別人問我是否中意許配的郎君，我都點頭說中意的。你好歹都是狀元郎了，什麼大場面沒見過，就這點事還遮遮掩掩的幹麼？瞧你那一張跟塗了紅染料似的臉，你不說我們也知道啦！」

小茹在旁笑道：「大寶愛臉紅，跟你們的爹一模一樣，臉一下紅一下白的，比唱戲的人變臉還快。」

可不，小茹才這麼一說，坐在邊上的澤生又臉紅了，他還應道：「兒子像爹，有什麼好奇怪的。」

人總是會老的，不老的都是神仙鬼怪。

小茹和澤生是會生老病死的凡人，所以他們倆老了。在這個壽命普遍不高的古代，像他們這樣活到七十古來稀，已算是有福氣了，「福如東海，壽比南山」說的應該就是他們這樣的人。

曾經的郎才女貌，如今已然是老頭子和老太婆了，髮蒼蒼、齒搖搖，皺紋堆積、形容枯槁。小茹已經好多年不照鏡子了，怕見到鏡子裡自己的這副容貌，她會吃不下飯。

這次生病與以前的感覺大不相同，小茹知道自己快不久於人世了。

此時她躺在床上，雙眼模糊，神志時而清楚時而混亂，回憶著與澤生一起生活的五十多年，她覺得此生毫無遺憾，死就死吧，她真的滿足了。

澤生端著一碗藥，蹣跚地走了過來。「老太婆，把這碗藥喝了吧，這可是我親手熬的。」

小茹耳力還算行，不像有些老人，得對著耳朵喊話才能聽得見。她聽澤生說這是他自己熬的，便嗔怪道：「家裡有這麼些人，你怎還親自動手，你當自己還是十八歲？這藥我喝不喝都那樣，若是能讓我的臉年輕個三十、五十歲的藥，我倒是會勤快地喝著，這種送人入棺的藥有什麼好喝的，只不過早一步、晚一步的事。」

澤生笑得白鬍子微微顫。「瞧妳個倔老太婆，越老越不會說句好聽的話。我還能有幾次為妳熬藥的機會？還不得珍惜著點！」

他佝僂著身子，扶起小茹靠坐在床頭，再抖著手一勺一勺地將藥往她嘴裡餵。

因為澤生手抖得厲害，小茹張著嘴接了好半天，才接住了，慢慢喝下去。「老頭子，瞧你這手，抖得越來越厲害了。不過，看你這身子骨，怕是還能活個幾年。」

「妳以前說男人一般都沒有女人活得長，也不知道我這身子骨是怎麼回事，雖然近些年來也沒少生病，但看樣子離死還有兩、三個年頭。這幾日我總在想，若是我走在妳前頭，又怕留下妳一人會孤苦伶仃，雖然兒孫滿堂，他們再貼心也都頂不上我這個老伴。若是妳走在我前頭，我又不知這剩下的日子該怎麼過。想來想去，覺得……若是我們能一起走就好了。」

小茹癟著嘴，忍不住笑了起來，一笑便像個孩子，因為滿嘴沒一顆牙。「你怎說這種矯情的話？聽上去真不像是從一個老頭子嘴裡說出來的。你活著不是可以教小寶的小孫子認字嗎？還可以給他講故事，你能做的事還多著呢。」

在隔壁屋的方孟昭、方仲朗以及方可昕都在抹淚，他們知道自己的娘快不行了。方孟昭一收到弟弟的信，便馬不停蹄地往回趕，今日上午才剛到家。方仲朗和方可昕倒是守在小茹床邊有半個月了。

他們三個也都老了，就連他們的孫子孫女都到了論及婚嫁的年紀了。頭兩個月，小茹還能將孫子輩及曾孫輩認得清清楚楚，哪個後生娶了哪家的姑娘、哪個姑娘嫁到了哪家，她都分得明明白白。

但這些日子，她徹底弄不清楚了，幾十個人不停地在她眼前晃，她腦袋越來越混濁，澤生見她反正都認不清人了，便讓他們各自回家，各忙各的去。

孩子們自然是不肯走的，便在隔壁屋守著，時常會過來與他們的娘聊一聊、講一講他們的趣事。小茹倒是十分愛聽，只不過這陣子才剛聽完，過一會兒她便忘了個精光，連剛才到底是誰在跟她說話，她都不記得了。

方孟昭今日上午一到，見娘親那副皮包骨的模樣就哭了起來，硬是被弟弟和小妹給拉到旁邊。

這會兒他強打起精神，擠出點僵硬的笑容，再次來到小茹的身邊。「娘，趁我們一家人都團聚了，要不……找個畫師來給我們畫個全家福吧？」

小茹一聽說要畫像，連忙搖頭。「不畫，不畫，我都這模樣了，畫出來也是個老妖精。你若是將這樣的畫掛在家裡，怕是要嚇著人。老頭子，我們年輕那會兒不是請畫師來畫過全家福嗎？就是胖丫頭生頭一胎的那年，你把那幅畫找出來，請畫師多臨摹幾幅，你們各拿一幅回家裱框，留著做紀念就行。」

澤生果然起身，去書房的大書櫃裡尋那幅幾十年前的全家福了。

方孟昭也知道自己娘親那脾性，愛美了一輩子，也就不再多言，而是跟她閒聊他和三公主這些年是怎麼過的，怎麼教養子女的，孫子孫女現在都怎麼樣了。

這個話題小茹愛聽，兒子是朝中第一大臣，兒媳婦是公主，孫子聽說如今也是新皇身邊的紅人，雖然官位不高，但前途不可限量。她覺得自己也算是為本朝做出不少貢獻了……

可是好多往事一回首，又什麼也想不起來了，糊塗了。眼前的人是大寶嗎？大寶怎麼都長白髮了？他不是才一歲大嗎？唉喲，那次學走路摔倒在門邊上，可是磕得頭破血流……

幾日後，畫師請來了，臨摹了幾十幅他們年輕時一家五口的全家福。因為現在孫子女及曾孫子女那麼多，都不在畫裡面，大寶叫大家全都一排排地坐好，讓畫師將這幾十名後代也畫一幅全家福。

這幅全家福，除了小茹和澤生，其他的人全都在，足足三十多個人。

這一日，小茹摟著這幅新的全家福，模糊地看著自己的後代，笑著笑著，就感覺腦袋空蕩蕩的，身子輕飄飄的，意識慢慢要潰散了。

澤生見小茹即將要離開人世了，他將哭泣的子孫們都支使到隔壁屋裡去，然後他端來兩碗藥。

先是餵小茹喝了一碗，然後他自己也喝了一碗。

小茹似乎迴光返照了，突然又清醒過來，問道：「老頭子，我這次喝的藥味道怎麼是酸酸甜甜的？真好喝。」

澤生笑眯著眼，成了一條縫，慢慢道來：「妳這一輩子最怕的就是喝藥，說苦得揪心。本想為妳熬碗紅糖水喝吧，又想起妳也不愛那種甜味，所以這次我為妳熬的是酸梅汁加白糖，我就知道妳喜歡這個味。」

這個老頭子，在她臨終前，還來感動她一下，小茹笑咪咪地瞧著他，突然眼睛發亮，整個屋子透亮透亮的，什麼都瞧得清清楚楚，這迴光返照的感覺簡直像換了一雙眼睛似的。

突然，她又僵住了。「澤生，你的臉怎麼突然發黑了？」

澤生表情很痛苦，不僅臉發黑，鼻子也開始流血了。

小茹此時才想起澤生剛才也喝了一碗藥。「你剛才喝的難道不是和我的一樣？莫非是毒藥？」

見澤生沒有否認，她嘶啞地哭道：「老頭子，你怎這麼傻，非要和我一起死幹麼……」

澤生緊緊握住她的手，掙扎地說：「快拉緊我，別鬆手。這樣我們去了陰曹地府裡，也好做個伴，千萬別走散了。」

小茹老淚縱橫，再也說不出話來。見澤生現在不僅鼻子流血，嘴角也流血，他連迴光返照的機會都沒了。

她趕緊將自己脖子上的那小金鎖取了下來，那是當年澤生送給她的禮物，說要將兩人鎖住。她將這條帶著小金鎖的鍊子緊緊纏住兩人的手腕。「老頭子，也不知這樣行不行，怕是這樣也綁不住兩個人的魂魄……到時候去了陰間，若是我們走散了，可得對個暗號聯繫上啊。」

「以什麼……為暗號？」澤生已快支撐不下去了，竭力問道。

「……就是我們的名字，方澤生和何小茹。」

「好，就以我們的名字為暗號。無論我們是到了陰間，還是到了別的地方，到時候我都會去找妳，妳也要找我……」澤生說完就一頭歪倒在床沿，再也起不來了。

小茹淚如泉湧，這雙眼睛突然又模糊了，直到什麼也看不見，想說話也說不出來。

她心裡著急道：老頭子！老頭子！還有一件事我忘了告訴你，我在前世的名字叫蘇瑾，蘇瑾……

就在此時，一道白光從她眼前閃過，緊接著，轟隆隆一陣陣打雷聲不絕於耳。

小茹在想，自己應該是死了吧？怎麼還打起了雷？老天爺是不是覺得澤生為了陪她一起死而喝毒藥實在太慘烈了，所以在為他不平？

現在自己是在陰間嗎？

「澤生！老頭子！……你在哪兒？不會是真走散了吧？老頭子……」

她一陣焦急地呼喚，想睜開眼睛找他，卻怎麼都睜不開。手腳似乎也是麻木的，無法動彈。

陰間真的是黑漆漆一片？人也跟殭屍一樣？

她拚命扭動著身子，再努力撐起眼皮子，嘴裡不停地喊著：「澤生！老頭子！……」

忽然她感覺到有了一絲亮光，朦朦朧朧的，十分刺眼。

「小瑾醒了！小瑾醒了……」一位婦人又喜又泣。「我的寶貝女兒，妳終於醒過來了，妳嚇死媽媽了！」

小茹的視線漸漸清晰，眼前婦人的臉她越看越清楚。

……媽媽？

第三十三章

五十多年過去了，她對前世的媽媽記憶已經很模糊了，平時回憶媽媽時，有時真的想不起她長什麼樣子。

可是現在看著她的面孔，聽著她的聲音，忽然又覺得很熟悉，再也熟悉不過了。自己都七十多歲，老死入土了，怎麼媽媽還在，一點兒都沒老？

「小瑾，都怪爸媽不好，不該大雷雨天還逼著妳去相親，才把妳害成這樣……」蘇媽媽緊握著她的手自責地哭了起來。

緊接著一個五十多歲的男人跑了進來，見小茹睜開了眼睛，也跟著一會兒哭，一會兒笑。

他見小茹一直傻愣愣地看著他們，有些害怕。「小瑾，妳還難受嗎？妳開口說句話，叫聲爸媽吧。」他怕自己的女兒被雷給擊壞腦子了。

小茹無法相信，她竟然又穿越回來了！爸媽還是當年那模樣，一點兒也沒有變老。自己都回古代過了五十多年，爸媽竟然一點兒都沒有變？

這是真的嗎？確定不是作夢嗎？

瞧著爸媽那焦急的神色，她張口生疏地叫一聲。「爸，媽。」

在古代叫爹娘叫習慣了，這一聲爸媽叫得還真是艱難。

蘇爸爸見女兒不僅認識爸媽，還能口齒清晰地說話，頓時泣不成聲。

小茹不想讓他們傷心，她可是去過了五十多年的幸福日子。她張口慢吞吞地問道：「我……我在這裡躺多久了？」

蘇爸爸哽咽道：「妳昨日被雷擊傷後就一直昏迷不醒，已經過去二十個小時了。妳放心，以後爸媽再也不讓妳去相親了，再也不逼妳了。妳想嫁人就嫁，不想嫁就一直待在爸媽身邊，只要妳好好的，怎樣都行……」

小茹仍然不相信這是真的，怎麼可能會這樣？她還能回到現代，還能見到親生的爸媽，而時間還停留在她被雷劈的第二天？

在古代漫長的五十多年過去了，而在這裡只不過才二十個小時？那她現在是什麼樣子？自己到底是小茹還是蘇瑾？

「爸、媽，你們別哭了，能給我找一面鏡子過來嗎？」

蘇爸爸以為她是怕自己被毀了容，連忙道：「妳放心，臉一點兒也沒傷到，只是傷到胳膊、脾臟和腳掌。當時妳手撐著鐵桿傘，電流從妳右手竄進來，又從左腳掌匯出去。妳別急，醫生說了，待妳醒後，若身體各項指標都沒問題，就可以動手術。好幾位專家在一起會診了，說妳這種情況完全恢復也不是沒有可能。」

蘇媽媽在病房裡轉了一圈，沒發現有小鏡子，倒是有一面鑲鏡子的牆，可是女兒又下不了床。她便從包裡掏出手機，觸摸一下螢幕放在女兒的眼前。

「妳瞧，臉真的沒傷到。」

手機？這個東西對她來說已經太陌生了，五十多年過去了呀！看到這種現代產品，她真的像看到稀奇古怪的東西一樣。

雖然她平時跟澤生說手機多麼好，現在當她真的看到手機，竟然一點驚喜也沒有，只覺得生疏。因為她的右手不能動，她便伸出左手，接過手機，放近一些。

她從螢幕裡看到一張陌生的臉。對於她現在來說，真的是很陌生！因為這張臉不是滿臉皺紋的小茹，也不是年輕時候的小茹，而是……蘇瑾！

她早已忘記自己原本的模樣了，在銅鏡裡看了五十多年的小茹，她哪裡還記得蘇瑾是什麼樣？

蘇瑾是自己？

那澤生呢？他去哪兒了？他怎麼沒有來？

「澤生？老頭子？……」小茹環顧著病房四周，尋著澤生的身影。

這下可把蘇爸爸和蘇媽媽嚇壞了。

「小瑾，妳怎麼了？哪裡來的什麼老頭子？」

小茹眼淚一下湧了出來，哭道：「媽，我真的只是一個人嗎？澤生他怎麼沒有來？」

蘇媽媽嚇得臉頓時呈蒼白色，催著蘇爸爸。「快去叫醫生來！小瑾在胡言亂語了，不會是腦袋也傷了吧？快去啊！」

蘇爸爸嚇得奪門而出，都忘了床頭有呼叫器。

緊接著幾位醫生過來了，對著小茹好一番檢查，然後說要送去做腦部電腦斷層掃描和核磁共振。

小茹說自己沒事，不需要做這些檢查，這些人根本不信，一醒來她就說些奇怪的話了，怎麼會沒事？何況做手術之前這些檢查也都是要做的。

因為她手腳和身子都不能動，這些人將她抬到可移動的病床上，推出去做一堆檢查。

做檢查就做檢查吧！她心裡只在想著一件事，為什麼澤生沒有一起來？

為什麼？老天爺怎麼可以這樣？這還不如讓她和澤生一起埋入黃土，若干年後再化為泥呢！

做了一堆檢查後，她再被推回病房。蘇爸爸守在她的身邊，蘇媽媽回家做飯去了。蘇媽是個講究的人，怕外面買的飯菜不衛生，如果病人吃壞了肚子，就耽誤明日做手術。

小茹躺在病床上迷迷糊糊。以前一聽到要做手術她就嚇得不行，現在卻一點感覺都沒有。她覺得自己一個人來到這裡，完全沒有活下去的意義。

既然老天爺讓她回來了，為什麼還要讓她帶著那五十多年的古代生活記憶？想讓她重新生活，好歹也讓她得個失憶症什麼的才好啊。

眼見天黑了，蘇爸爸將病房的燈打開。

這種白熾燈亮得她晃眼。她本能地捂住眼睛。「爸，這燈太亮了，你別全開，只開一個吧。」

蘇爸爸抬頭瞧了瞧，不覺得很亮啊。女兒可能因為受了傷，眼睛也變得敏感了吧。他趕緊起身，關掉了三個，只亮著一個，病房裡頓時暗了下來。

小茹這時才敢睜開眼睛，雖然這樣還是比油燈亮許多，但至少不那麼刺眼了。

這時蘇媽媽提著飯盒和大湯碗進來了。「小瑾，媽媽給妳燉牛蒡蘿蔔湯了。我知道妳愛喝排骨湯，但是醫生說最好不要吃葷的，所以給妳燉了蔬菜湯。」

蘇媽媽把湯倒進小碗裡，拿出勺子，準備來餵小茹喝。

小茹搖了搖頭。「我不想喝，沒有胃口。」

「這可不行，妳明天上午就要動手術，今晚十點後就不能吃東西，得趕緊趁這個時候多吃點，否則身子撐不住的。」蘇媽媽硬是吹了吹勺子裡的湯，往她嘴裡送。

小茹只好硬著頭皮喝了下去。這一喝，一種熟悉感竄上來了。「媽，我以前經常喝這種湯是嗎？」

蘇媽媽點頭。「難道妳不記得了？前天晚上就喝了的。」

小茹一陣尷尬，她當然不記得了，完全恍如隔世！在她的腦海裡，那是幾十年前的事，不，應該是上上輩子的事。

她這一問，蘇爸爸和蘇媽媽心裡都揪心地疼，女兒這明顯是記憶模糊了。

蘇媽媽紅著眼睛，強裝笑臉說：「小瑾，妳放心，等手術做好了，好好調理身體，記憶力就會慢慢恢復的，妳別著急。」

小茹苦笑著，應道：「嗯。」

第二天上午，她被推進手術室。

當做完第三次手術後，這一下子就過了二十多天，她的身體適應得還不錯，現在只需在病房裡慢慢養著了，醫生會時常來察看她身體有沒有異常反應。

天天待在充滿藥水味的環境，小茹都有些麻木了。她每天沈浸在美好的回憶裡，回憶著她與澤生的點點滴滴，對現在自己身邊發生的事絲毫不關心。

這一天，一位醫生又來察看小茹的身體，覺得一切都正常，說：「病人現在可以稍稍多吃點，葷的也可以試一試，看消化怎麼樣。」

蘇媽媽卻十分憂愁，將醫生叫了出去，問：「醫生，我女兒要不要看一下心理醫生？她現在每天都是發呆發愣，極少開口說話，她不會是得了抑鬱症吧？」

醫生連忙否定。「妳別心急，我們幾位醫生都看過了，不像是抑鬱症，可能是身體遭受這麼大的創傷，她的心理還沒平復下來。如果再過一個月，她還是這樣，到時候可以考慮看看心理醫生。說不定等二十天後出了院，再去上班，與同事們和人群多接觸，她慢慢就好了。」

醫生都說不急著看心理醫生，蘇媽媽也就稍稍放心，看來是她過於心急了。

當醫生再走進病房，拿著筆在記錄本上寫著什麼，然後讓蘇爸爸簽字。這時，外面的走廊一陣吵鬧，十分嘈雜。先是聽到一位年輕小夥子的亂叫亂喊，接著又是一群家屬七嘴八舌。

醫生走出門去看出了什麼事，才瞧一眼，他又回來了，對小茹說：「妳算幸運的，雖然吃了這麼多苦，做了三次手術，幸好大腦沒有受到太大影響，只不過記憶力不如以前了，但完全不影響生活，而且以後還會慢慢恢復的。但是昨晚從別的醫院轉過來的那位小夥子就沒妳這麼幸運了。他完全失憶了，滿嘴胡言亂語，其實他受的傷比妳還輕，就左腳腳趾被雷電觸了一下。」

小茹現在對外界絲毫不關心，聽醫生這麼說，她也沒什麼反應，聽到了和沒聽到一樣。

蘇媽媽卻好奇問了一句。「他也是和我們家小瑾同一天受的傷？」

醫生仔細回憶一下昨晚看的病歷表。「他應該是比蘇瑾晚一天，就是蘇瑾醒來的那一天上午。」

外面吵鬧了一會兒又安靜了。小茹心裡感嘆著，還有二十天自己就要出院了，要上班了，她還能做好以前的工作嗎？她以前是公司的職員，可是要用電腦的。她現在連電腦長什麼樣子都不記得了，怕是連開機都不會，哪裡還會工作做報表？

這今後的日子該怎麼辦？老天爺真是捉弄人啊！

算了，不想這些愁人的事了，還是回憶她與澤生曾經的美好吧。

這時她感覺想上廁所了。這兩天要小解，都是由蘇媽媽攙扶著下床，然後給她一根楞杖。雖然她左腿還在恢復，不能走路，但右腿是好的。她左手拄著楞杖，蘇媽媽在旁邊護著她，緩步去了廁所。

待她上完之後，她們聽到隔壁病房吵得厲害。

蘇媽媽感嘆道：「肯定又是那小夥子在鬧了，剛才我去裝熱水，從隔壁病房門前走過，見那小夥子嘴裡亂喊亂叫，完全精神錯亂的樣子。他媽媽哭道：『兒啊，你別鬧了。』那小夥子竟然說：『妳不是我娘，我不認識妳！』妳說這小夥子是不是傻了？妳比他幸運多了，所以妳別把這件事放在心上。醫生都說了，等妳出了院……」

蘇媽媽話還未說完，小茹突然驚道：「媽，妳剛才說什麼，他說的是『娘』，而不是媽媽？」

蘇媽媽聽不太懂她的意思。「怎麼啦？他好像……是這麼說的。」

小茹覺得很奇怪。「媽，現代人還有叫娘的？」

蘇媽媽笑道：「有，山東有些農村還是叫娘的。」

忽然她又納悶道：「咦，聽那小夥子的口音不像是山東的，聽上去怪怪的，像是我們郊區那些老人家說話的口音，又不是太像。」

小茹心裡被什麼東西戳了一下似的。「媽，妳扶我過去看看。」

「那有什麼好看的，人家爸媽正傷心著呢，妳還去瞧熱鬧幹什麼？」蘇媽媽勸道。「我還是扶妳上床吧。」

「我們就從門外瞧瞧，不進去。」小茹拄著枴杖就要往外走，蘇媽媽趕緊過來扶她。

小茹心裡一陣狂跳，隔壁的小夥子不會是澤生吧？

這時她又突然想起醫生說的話，說那位小夥子受傷是她穿越回現代的那天上午，也就是她醒的時候。莫非……真的是澤生？當時他和她一起回到現代來了？

她一陣激動與緊張，來到隔壁房間門口，看到那位小夥子時，她的心又陡然一沈，失望至極。

因為那位小夥子完全不像澤生，只是木木地坐在床上，真的跟傻子一樣，而且年齡也很小，估計也就二十出頭吧。

小茹從門縫裡這麼瞧了一眼，深深嘆了一口氣，由蘇媽媽扶著回病房了。

才剛坐到病床上，她突然又一驚，自己不也不再是小茹的面孔了嗎？那澤生很有可能也不是他自己的身體了。她是靈魂穿越，澤生也有可能是啊！

「媽，妳再扶我起來好嗎？我想跟那位小夥子說說話。」

她在想，是不是澤生，只不過一句話不就可以問出來了嗎？她此時又激動了起來。

「小瑾，妳這是怎麼了，剛才不是看過嗎？妳和他又不認識，還和他說什麼話？他現在神經都不正常了，可別讓他傷到妳。」蘇媽媽心裡焦慮，女兒這是怎麼了，感覺也不太正常啊。

「媽，妳就扶我一下嘛！我和他都是被雷擊了，我就問問他當時感覺怎麼樣。」小茹見媽媽不肯扶，她自己就挪著身子要下床了。

「小瑾，妳就聽媽一句，別去了。他什麼都不記得，完全神經都錯亂了，妳問他當時什麼感覺，他也回答不上來。等會兒他一衝動，推了妳怎麼辦？」蘇媽媽是緊張她的身體，她的腿和胳膊可真的是碰不得呀。

可小茹執意要下床，她知道跟媽媽說不清楚，更不可能說穿越的事，否則媽媽會認為她也精神錯亂了。

眼見著她吃力地下床，怎麼說都不聽。蘇媽媽沒辦法，只好依著她，等會兒過去可得緊緊扶著她，千萬不要讓那小夥子碰著。

再次來到小夥子的病房前，小茹敲了敲門。小夥子的爸媽都很奇怪地看著蘇瑾母女倆，不知道她們要幹麼。

小茹卻顧及不了那麼多，逕自推門進來了。她拄著枴杖，還沒走到小夥子的床前，就抖著嗓子問道：「你是澤生嗎？」

小夥子整個身子一顫，吃驚地盯著蘇瑾瞧。「妳……妳怎麼知道我是澤生？」

雖然音色不再是澤生的，但說話那語氣，是小茹再熟悉不過的了。

小茹激動得無語凝噎，眼淚狂流。

「小瑾，妳怎麼啦？」蘇媽媽嚇得不行。「妳剛才不是在門口看過他，說不認識他嗎？怎麼這時候又知道他叫澤生？」

小茹激動得完全說不出話來，只一個勁兒地流淚。

小夥子的媽媽更是覺得莫名其妙，在旁道：「這到底是怎麼了，我兒子不叫澤生，他叫顧豐！」

小茹卻不理會兩位媽媽的話。她極力控制住自己的激動，清了一下嗓子。「澤生，我是小茹啊！我是小茹啊！」

他先是一怔，然後突然一下單腿蹦下床，因為另一條腿還不能走路。

「哎喲，兒子，你又發什麼瘋！可別把腿跳壞了！」他爸媽趕緊上來扶他。

他此時哪裡還顧及自己的腿，蹦到小茹的面前，緊盯著她的臉。「妳真的是小茹！沒有騙我？」

小茹哭道：「我怎麼騙你呀，你叫方澤生，我叫何小茹，這是我們的暗號，我哪能騙得了你？不是說好了，無論到了哪裡，你都要來找我，我也要找你嗎？」

聞言，他愴然淚下，又驚又喜，一下撲上去，將她摟在懷裡。

蘇媽媽慌道：「你快放開她！快放開她，她的胳膊不能碰！」

小茹也想伸手摟著他，奈何自己左手拄著枴杖，右手又不能動。而澤生聽蘇媽媽說小茹的胳膊不能碰，便趕緊放開她。

澤生激動道：「小茹，妳快告訴我，妳是怎麼過來的？妳傷到哪裡了？什麼時候過來的？我都來了快一個月，我一直在找妳，可是這裡沒有人認識小茹，還說我被雷劈壞了，說我傻了。我快急壞了，以為我們走散，再也找不到妳了……」

他根本抑制不住心中的狂喜，一邊說著一邊流熱淚。

小茹知道當著這麼多人的面說這些，人家肯定以為他們倆瘋了。

「媽，我以前就認識他的，剛才只是沒能認出來，我們是很好的朋友。我想和他單獨說話，妳能回我的病房去嗎？」然後，她又看著一旁顧豐的父母。「叔叔、阿姨，你們能不能也……」

顧家雙親見自己的兒子遇到舊友了，而且還能說上話，說明他並沒有完全失憶，也並非完全精神錯亂，正高興著，他們倆笑著點頭，趕緊出去了。

蘇媽媽見澤生剛才那麼抱自己的女兒，覺得他們肯定非一般關係的朋友，再看顧家雙親那一身寒酸的穿著，一看就覺得是鄉下來的。她心裡極不舒服地走出去了。

走到門口，她回頭瞧著他們倆，又覺得自己多心了。自己的女兒都二十八歲了，而這位小夥子看上去頂多二十出頭，年齡根本不相配，他們應該不是她所想的那樣吧？

他們一出去，澤生便忍不住又過來輕輕攬著小茹入懷，真真實實地感覺到她的存在。

然後慢慢鬆開她，用袖子輕輕擦掉她的眼淚，再擦掉自己的眼淚。他瞧著她的臉和她的身段，興奮道：「妳以前就長這樣的？」

看。」

小茹噘嘴道：「怎麼？嫌我醜了？」

「怎麼可能嫌妳醜，比妳之前老太婆的樣子可要好看多了！」澤生捏著她的小臉說。

「你這習慣怎麼一點都沒改，還是愛捏我的臉。我的意思是說，我沒有年輕的小茹好看。」

澤生搖頭道：「怎麼沒有，我覺得妳這樣子也好看。」

小茹又瞧著澤生這張臉及這身形。「你照過鏡子嗎？」

澤生尷尬道：「上廁所時從鏡子前走過瞧了幾次，我……好像也變了，不是原來的樣子。我這個樣子，妳習慣嗎？是不是也沒我年輕的時候好看？」

他不自覺地摸了摸自己的臉、自己的短髮，再看著一身病號服，覺得自己跟怪物似的。

小茹看著他的眼睛，深情道：「看你的眼神就覺得很熟悉。雖然相貌不一樣，衣著不一樣，但你的眼神與說話的語氣，一點都沒有變。至於長相嘛……是沒以前好看，不過我覺得還挺習慣的。」

澤生聽小茹說很習慣，他開心地笑了起來。「真是奇怪，我看妳的容貌也很習慣，明明才剛見面的。一見如故，說的就是我們倆這種感覺吧？」

「哪裡是一見如故，我們本來就是故人好不好？是相處了五十多年的夫妻！」小茹說時往外瞅一瞅，還好，門是關著的。

澤生撫摸著她披著的長髮。「娘子，我發現這裡的女人好多都不梳頭，跟妳一樣。」

小茹噗哧一笑。「哪裡是沒有梳頭，只不過是流行披髮而已。你可不能當著別人的面叫我娘子，否則他們又認為你精神錯亂了。說不定你爸媽還要把你送去精神病院，那可就完蛋了！要知道那裡面住的可全都是腦子不正常的人，正常的人都要被關傻了！」

澤生聽著覺得很可怕。「好，我不叫妳娘子了。那我該叫妳什麼？」

「你當時喝了毒藥走得那麼快，我想告訴你我叫蘇瑾都沒來得及。記住，我叫蘇瑾，蘇東坡的蘇，瑾瑜美玉的瑾。」

「蘇瑾？挺好聽的名字，可是……妳不是說，這裡的夫妻都以老公老婆相稱嗎？」澤生在以前，常趁旁邊沒人時叫她老婆。

「可是我們在這裡還不是夫妻呀！我是蘇瑾，你是顧豐，都還是單身呢！」

澤生有點失落。「哦，是這樣啊，那我們什麼時候成親？」

小茹被他問得有點暈。「不能說成親，得說結婚。結婚這件事……至少等我們身體都康復了，出了院再說。」

澤生心裡思忖著，聽醫生說，出院還得等二十多日，那他現在和小茹還是未婚？他很不適應小茹現在還不是他的妻子這件事。

小茹見他蹙眉。「這一個月我們沒見面都熬過來了，你還等不了這幾天？」

澤生不好意思地笑了笑。「好，我等。我只是不習慣一個人晚上睡這種白鋪蓋的床，感覺自己像躺在陰間一樣，有黑白無常夜夜來招我魂似的。」

這比喻惹得小茹忍俊不禁。

澤生扶著她坐在床邊，兩人面對面相視良久，又都捂嘴笑了起來，覺得這場面，太不可思議了。

「澤生，你知道嗎？自從我躺在醫院睜開眼睛的那一刻，就在尋找你的身影。我以為你沒有來，這一個月裡，我過得就像死人一樣，不想說話不想笑，無論爸媽怎麼哄我，我都開心不起來。我以為自己從此以後就這樣成一個廢人了，沒想到老天爺厚待我們，竟然讓我們重逢。」小茹說得有些感動，鼻子一酸又想哭，但她極力忍住了。如今她和澤生能再續前緣，她再怎麼開心都不過分，怎麼能總是哭呢？

說到這裡，澤生有些激動了。「我是一醒來，才開口說第一句話。就有人說：『完了，他腦子壞掉了！』」

小茹噴笑。「你說的第一句話是什麼？」

「我當時看到這樣的房間，想起妳曾經跟我描繪妳在前世生活的環境，感覺很相像，所以我就問：『我不會是穿越到現代來了吧？』結果他們就……」

小茹笑得右胳膊都跟著顫得疼。「你笑死我了。在這裡，誰聽到這樣的話都會說你腦子壞掉了！」

「後來我也不敢再說這樣的話，只是我急死了，想去找妳，我的新爹娘……哦，應該叫爸媽的，他們就是不肯讓我下床，還讓我動手術。動手術是不是用了麻沸散？一點兒都不疼，我都沒感覺。」

小茹糾正他。「那不叫麻沸散，是麻醉藥，為了減輕病人的痛苦，也為了不讓病人亂動。」

「哦，果然跟妳以前說的那樣，這裡的醫學很發達，可是……他們技藝似乎不怎麼樣，非要說我腦子有問題。他們不讓我下床，又不幫我去找妳，我能不急嗎？我一急，他們就說我發病了，往我身上到處扎針，說是鎮定劑，我都快被這些醫生和爸媽給折磨死了。」

小茹笑道：「他們快把你折磨死了，你把他們給急死了！你記住，等會兒你跟你爸媽說我們是好多年前認識的朋友，本來你忘記了好多事，見著我就都想起來了。說話時用跟他們一樣的口音，你聽好了，就像我現在說話這樣。見到不認識的東西和不懂的事情也別發問，先記在心裡，到時候來問我就行了，反正你要表現出一切都好，記憶已經恢復過來了，完全是正常人了。」

澤生點頭。「嗯，我記住了。等出院了，我去哪兒找妳？」

小茹準備說自己家裡的地址，突然她發現自己都忘記了，說不定她現在已經找不著自己的家了，與現代脫節了五十多年，她實在沒那麼好的記憶力。

「那個……我也忘記了。我們現在不都在醫院嘛！等出院時，你跟我和我爸媽去我家一趟不就行了？這樣吧，等會兒我讓我媽去買新手機，到時候我們就可以聯絡了。」

澤生著急了。「我不會用手機，我見有些人拿在手上滑呀滑的，雖然妳以前跟我講過。

如今我親眼見了，還是想不明白，那樣怎麼能跟看不見的人說話呢？」

小茹不好意思地說：「其實我也忘記怎麼用了，我先讓我媽教我，到時候我再教你。你放心，我們現在都碰上面了，肯定不會走散的。」

「小瑾，你們在說什麼呢，還沒說完嗎？」蘇媽媽在門外說。

「哦，好了、好了。」小茹才站起身來，蘇媽媽就推門進來了。

蘇媽媽見他們倆的手還是握在一起的，心裡咯噔了一下。

澤生扶著小茹往外走，蘇媽媽趕緊走過來接女兒，不讓澤生碰。

澤生似乎感覺到蘇媽媽不喜歡他，心裡有些難受。

這時顧家雙親也進來了，他們倆緊盯著小茹瞧，似乎在看她是不是適合當他們的兒媳婦。呃……感覺她年齡好像大了點，他們家的顧豐才剛二十二呢！不過……她看起來是都市裡的人，家境應該不錯。

蘇媽媽見他們這麼瞧自己的女兒，趕緊扶著小茹出去了。

一回到病房，蘇媽媽就探口風。「小瑾，妳和他是普遍朋友，還是……」

小茹當然知道她媽的意思，紅著臉道：「我們以前……就互有好感的。」

蘇媽媽著急了。「小瑾呀，剛才我看見他床邊貼的資料卡上寫著他才二十二歲，妳都二十八了，這合適嗎？他家看上去就是鄉下來的，而且應該還是窮得叮噹響的那種，妳沒看到他爸媽穿的那衣服，還有他們用的那些東西，又破又土。我剛才在門外還聽到他們說交醫藥費的事，除了保險給付，他們還得交一部分自費，就那一點的錢，他們似乎都在著急呢！」

小茹見她媽說了這麼一大堆。她明白了，媽媽是瞧不上人家，年齡不相配，而且還門不當戶不對。

「媽，妳和爸不都說了嗎？以後隨我怎麼樣，嫁不嫁人都不逼我。我現在好不容易碰上有感覺的人了，妳怎麼還反對呢？」

蘇媽媽心慌慌的，看來女兒還真的想跟那個叫顧豐的窮小夥子談感情了。「撇開這些不說，他現在精神都不太正常，如果妳跟他談戀愛，人家豈不是也要笑話妳精神不正常？」

「媽，他哪裡是什麼精神不正常，只不過一激動有些事就記不太清楚而已，就像我前些天一樣，有些事記憶很模糊，剛才他和我說話時不是好好的嗎？等身體康復了，他就會好起來的。」

「怎麼可能只是有些事記不清楚？他剛才叫妳什麼『小茹』，說的不是瘋話嗎？」

「媽，有一次我和他在一起開玩笑，就各自為對方取了一個綽號，他給我取的綽號就叫小茹。哪有說瘋話，他明明清醒得很嘛！」

蘇媽媽沒法接受自己的女兒喜歡上這樣的人，嘴上也不好說什麼，怕影響女兒的心情，如果她不好好養病，會耽誤身體康復的。

「好了，先不說這些了，妳趕緊睡會兒吧。」蘇媽媽扶她上床。

「媽，妳能不能去幫我辦新門號和手機？」
「妳不是本就有，為何還要辦新的？」蘇媽媽才問出口，馬上就明白過來了。「顧豐那小子不會連手機都買不起吧！妳竟然還要幫他買手機？妳和他還不算正式談戀愛呢，妳怎麼就先倒貼上了？」
小茹生氣了。「什麼倒貼不倒貼的，他現在不是在醫院沒法去買嗎？他爸媽是農村人，又不太會挑選款式。我就想著讓妳幫忙去買，這還不是相信妳的眼光嗎？」
蘇媽媽只好答應了。「好吧，等妳爸來了，我就去買。」
等蘇爸爸來時，蘇媽媽先將他堵在門外說了好一會兒話。小茹不用猜也知道，肯定是在說她和澤生的事。
蘇爸爸進來後，蘇媽媽就買手機去了。他似乎比蘇媽媽要沈穩，聽到這件事後，當著小茹的面竟然一句不提，還是像平常一樣，笑咪咪地跟她說話，說他就要退休了，以後在家沒事，可以帶外孫或外孫女了。
小茹見爸爸這麼開明，倒是有些不自在了。
其實蘇爸爸心裡是這麼想的，女兒與那位叫顧豐的完全不般配。城市裡小康家境的白領階級，怎麼可能和一位來自農村貧戶，聽說還是初中畢業且至今無業的二十二歲小夥子走到一起呢？哪怕走到一起，也只不過三分鐘熱度。
雖然他不知道這一對是什麼時候認識的，但他能認定他們是長久不了的，因此他打算置之不理，放下心來等著他們分手的消息就可以了，而且他還叫蘇媽媽也不要管，一切放手，任由他們發展。

蘇媽媽買來手機後，小茹可不敢說自己忘了怎麼用。只說自己不會用左手玩手機。她叫媽媽幫忙設定好，自己在旁邊認真看就行。

畢竟她曾經用過手機的，就這麼看一遍，她立刻就會了。

到了晚上，小茹趁她母親睡著時，準備起床去找澤生，可是挪動身體真的不方便，左腿根本動彈不了，下床動作不能太大，否則容易扯到傷口。正當她吃力地挪動時，澤生輕輕地推門進來了，他也拄著一根枴杖，因為他傷勢輕一些，所以身體比小茹靈便。

兩人一見面就興奮異常。澤生扶著她下了床，然後兩人一起拄著枴杖到病房外的長凳上坐著。

「來，澤生，我教你怎麼用手機。到時候你想我的話，就可以打電話給我。」

澤生腦子算是機靈的，很快就學會了。

為了試一試效果，他們倆面對面打起手機來。偶爾會有一、兩個人從走廊經過，他們都一臉「這兩人神經病」的神情看著這一對。

澤生發現這手機真的是好東西，一陣歡喜湊過來親了小茹一口。「晚上吃飯時，我跟我爸媽說想娶妳的事了。」

「啊？」小茹一聲驚叫，然後趕緊捂住嘴巴。「你……你怎麼這麼心急，他們怎麼說？」

澤生笑得很開心。「他們都說好啊，說族譜裡記的祖宗往上數好幾代，都沒一個是城裡人，如果我能找一個城裡的老婆，村裡人肯定羨慕死了。不過……他們又說妳年齡好像有點大。」

小茹被噎得臉脹紅。「我跟你說，在這裡玩姊弟戀的多得是！大個十幾歲的都有。我比你大六歲，也不算多啦！你不會是嫌我老吧？」

「我哪裡是嫌妳老，我是怕妳嫌我小，瞧不上我。那妳有沒有跟妳爸媽說結婚的事？」

下午澤生見蘇媽媽不太高興，還朝他翻過白眼，他很擔心。

「我倒沒急著說結婚的事，只說我們倆很要好，他們也沒說什麼，應該是同意的。」小茹怕說出媽媽反對的那些話，澤生會傷心，所以瞞著他。其實她自己也擔憂爸媽這一關，覺得肯定很難通過。

不過她心裡已經有打算了，如果爸媽非攔著，她就和澤生去登記結婚，現代社會可是講婚姻自由的！

「澤生，我們倆一起看電影吧，手機就可以看。」小茹用手機搜索著電影。「就看……『三國』怎麼樣？你肯定喜歡看。」

澤生眼睛直盯著手機螢幕，迫不及待地想看，當看到電影裡面恢宏氣魄的場面時，他眼睛都不眨一下，生怕錯過了好畫面。

最後他發出一句感嘆。「這些人為了演戲，都被箭射死了，他們這是為自己的理想獻身嗎？」

小茹啞然地看著澤生，看來他想在這個社會立足，還需要很長的時間！算了，先不考慮這個了，還是告訴他這些人是裝死的吧，箭是假箭，血也只不過是紅染料，反正什麼都是假的。

如小茹所料，當他們倆出院的那一天，她向爸媽提出要帶顧豐去家裡玩，蘇媽媽堅決不同意。

小茹軟硬兼施，蘇爸爸撐不住就同意了，還跟他老婆說：「女兒這是頭一回帶男朋友來家裡玩，就看一看這位小夥子的表現吧。」

「男朋友？」蘇媽媽柳眉倒豎。「他們已經確定戀愛關係了？」

蘇爸爸朝蘇媽媽一個勁兒地使眼色，意思是，確定戀愛關係也沒事，遲早要分的。

就這樣在蘇爸爸的溝通下，蘇媽媽不情不願地同意了。沒承想，澤生不但沒有表現好哄得蘇媽媽開心，反而將情況弄得更糟。

首先上計程車時，澤生因為沒握好扶手，車一啟動，他整個人突然往後一仰，嚇得額頭直冒汗。

小茹趕緊挽住他的胳膊攙住他。

蘇媽媽心裡一哼，真是個沒見識的小夥子，連坐車都怕。

接著來到小茹家的社區，一進電梯，澤生整個人都暈眩起來。雖然他早就聽小茹說過電梯，有了心理準備，可是仍然沒能準備好。

他實在不適應身體這麼突然升起來，小茹又趕緊挽住他。

蘇媽媽心裡又一哼，真是個身體素質差的小夥子，連坐個電梯都頭暈。

進到小茹家裡，看到現代屋內的陳設，澤生免不了一陣驚訝與好奇。雖然他們前世的家也很先進，但比起這個真正現代的家，還是差別很大的，特別是看到廚房用瓦斯爐炒菜和用電鍋煮米，他難免好奇多瞅了幾眼，但絕對不敢細心研究，因為他怕蘇媽媽那雙不屑的眼神。

蘇媽媽有些受不了，這真是個土得掉渣、沒見過世面的小夥子，連這個他都沒見過？他家裡到底窮成什麼樣啊？

當坐下來看電視時，澤生十分拘束，身體僵硬，哪怕小茹在旁不停地提醒他放鬆，他還是沒法放鬆下來。

蘇爸爸還算客氣，給他倒一杯可樂喝，結果澤生盯著那黑漆漆的汁液，半天不敢喝。小茹自己喝了一大口，俯在他耳邊說：「沒事，你別看顏色嚇人，其實挺好喝的。」

澤生喝了一口，感覺一股氣在胃口竄，不過味道確實很好。

蘇媽媽這時有些惶恐了，這個小夥子不會是外星人吧！連可樂也沒有喝過？小瑾怎麼可能喜歡上這麼一個人？哪怕她一直沒有找到男朋友，那也是她以前太挑，挑三揀四的，才需要相親，但也不至於淪落到找這樣的男人吧？

以前她看不上眼的那些人，哪個不比這個顧豐強上百倍千倍！

眼前的這兩人完全不像能走到一起的人，可他們眼神交流怎麼就那麼自如呢？如果說一個大學畢業與一個初中畢業也沒有什麼不相配的話，那麼一個城市裡的白領與一個在泥巴地裡扎根的泥腿子在一起怎麼交流？他們之間到底談論什麼？

蘇媽媽感覺女兒就像帶了一個從未進過城的鄉巴佬小弟來家一樣，可他們的眼神交流又明顯像是一對情侶。

蘇爸爸見蘇媽媽臉憋得通紅，很想發作的樣子，趕緊將她拉到一邊。「妳先消消氣，雖然顧豐行為舉止像個大土包子，但看得出來他很老實，對小瑾十分聽話。可能就因為這樣，小瑾對他上了心。過幾天，妳將上回小瑾準備去相親，最後因受傷沒能見著的那位大學老師給請來。聽說這位老師就是性格沈穩，老實聽話。小瑾見了他，說不定就感覺到顧豐與這位老師的天壤之別了。」

蘇媽媽只好忍著，她實在沒法相信女兒會對顧豐這樣的人感興趣，太不可思議了，可能確實是三分鐘熱度吧。

小茹將澤生拉到自己以前的臥室。雖然她認為離開這個房間五十多年了，現在已經陌生到像走進別人的房間一樣，而對於現代的時空來說，她只不過離開這個房間在醫院待了兩個月而已。

牆上還掛著她好多大幅寫真照，澤生瞧著這些照片，再對著小茹的臉。「這是妳嗎？怎麼一點兒都不像？」

「沙龍照有幾個跟本人很像的？」小茹將房門關上，拉著澤生坐在床邊，小聲說：「剛才我看到我媽媽很不高興，你的表現可不太好。」

「那怎麼辦？」澤生著急了。「妳媽媽不會不同意我們結婚吧？」

「你在這裡坐著，我去隔壁房間找樣東西。」小茹走出自己的臥室，聽動靜就知道爸媽都在廚房裡，她趕緊溜進爸媽的房間，拚命翻衣櫃裡的抽屜。

她都忘了戶口名簿該是什麼樣子，翻了好半天，終於找到一個上面寫著「戶口名簿」四個字的本子。

她挾在衣服裡，輕手輕腳回到自己臥室，再把門關上。

「澤生，這個就是戶口名簿，到時候你回家讓你爸媽幫你找出這個來，然後再找出身分證和印章。」小茹在床頭櫃裡找出自己的身分證和印章。「看到了吧，就是這樣的東西，你都找齊了，然後再帶上你父母的印章，明天我們就去登記結婚！」

澤生雖然不太明白去登記結婚是個什麼樣的儀式，但聽小茹這麼說應該很簡單。「這樣偷偷地不告訴父母能行嗎？」

「先登記了再說，他們總不能立刻讓我們去離婚吧？」

澤生懵懂地點頭。「那我趕緊回家！」

他從口袋裡掏出地址。「這是我爸媽給我的，他怕我忘記了不會回家。可是我有這個還是不知道怎麼回家，該怎麼辦？」

「你不等吃完午飯再走嗎？」小茹不太捨得他走。

澤生一想到蘇媽媽看他的眼神。「不吃了，等會兒我又惹妳媽媽不高興了。我得趕緊回家找這個戶口名簿、身分證和印章。」

小茹也怕澤生在飯桌上又鬧出什麼讓媽媽看不順眼的事。「不吃也行，我帶你去館子，然後再送你回家。」

「這樣行嗎？妳爸媽同意妳送我回家？」澤生怕她惹她爸媽不高興。「要不算了，我自己下樓問路就行了。」

「等你問出路來，天都黑了！我怎麼能放心你一個人回家？」小茹知道爸媽肯定不同意，但她也得想別的辦法呀。

她拉著澤生的手出去，來到廚房門口。「爸、媽，你們少做一點飯菜。我和顧豐不在家吃了，我送他……回家。」

不留在這裡吃飯倒合蘇媽媽的心意，她可不想跟顧豐在同一張桌子上吃飯，免得生悶氣。但是顧豐他一個二十幾歲的人了，回家還得她女兒送？

「妳讓顧豐自己回家吧！一個女孩子還送男人回家，像什麼話？」蘇媽媽一板一眼地說。

小茹知道爸爸好對付一點，朝爸爸直眨眼。

蘇爸爸乾咳了一下。「小瑾這不是禮貌待客嗎？他們倆都在醫院憋了那麼長時間，出去走走也好。」

蘇媽媽沒有接話，小茹就當她是同意了，趕緊帶著澤生出門。

蘇爸爸想到一件事。「小瑾妳等等，妳身上都沒帶錢，怎麼坐車？」他掏出錢包，抽出一張大鈔給女兒。

小茹接過錢，高興地和澤生下樓了。

蘇媽媽見他們走了，把菜刀往砧板上一放。「你就這麼放任他們，就不怕他們倆那個……什麼？」

蘇爸爸十分會意她的擔心。「他們倆如果真要那個什麼，難道妳還能看得住？妳總不能一天二十四小時盯著他們吧？妳放心，他們好不了幾天。就顧豐這小子，根本沒法在社會上立足，估計也就在農村能種幾畝田幾畝地，小瑾會受得了？妳還不瞭解自己的女兒嗎，她什麼時候能接受得了一個連可樂都沒見過的農民當自己的老公？」

「話是這麼說，如果他們一衝動做出那種事來怎麼辦？那顧豐小子像是個會採取避孕措施的人？把小瑾肚子搞大了怎麼辦！」

「瞧妳，烏鴉嘴不是？怎麼可能會把小瑾肚子搞大，顧豐不懂，小瑾能不懂？她會注意的，她以前做什麼事都是小心翼翼的，不會那麼糊塗。再說了，妳怎麼就確定他們倆會那個什麼，我看他們也就拉個手、挽個胳膊，並沒有別的舉動。」蘇爸爸對顧豐還是挺放心的，覺得他不像是個能主動對小瑾動手動腳的人。

蘇媽媽撇嘴道：「他們有什麼親密舉動還會當著你的面？」

第三十四章

小茹帶著澤生下樓了，離開家長們的視線，這兩人興奮得跟發了瘋一樣，一路上又跑又笑。雖然出院了，他們的腿並沒有完全恢復，走路還得小心翼翼的，所以這種「跑」的姿勢實在難看。

「澤生，我們又可以在一起生活好幾十年了！」小茹歡喜地亂蹦亂跳，澤生在旁邊護著她，時刻準備著扶穩她，怕她摔著。

澤生比較內斂，雖然心裡極度興奮，臉上洋溢著燦爛的笑容，但嘴裡卻「噓」了一聲。「妳小聲點，這種事可不許被別人聽去了。」

小茹便捂著嘴，笑個沒完，她太開心了，開心得無法用言語表達。

興奮了好一會兒，小茹感覺肚子咕嚕叫了起來。「澤生，我餓了。你肯定也餓了吧，我們吃飯去！」小茹領著澤生到了一家小館子，畢竟才一張大鈔而已，還得留路費，也去不了高檔餐廳。

澤生坐在小茹的對面，瞅了瞅這家飯館。「這和我們方家鎮的飯館差不多，也就是桌椅不太一樣，也不知我們離開了方家鎮，飯館的生意好不好？」

「你都到這裡來了，還操那個心幹麼？我早跟你說了，兒孫自有兒孫福。你想吃什麼？」小茹拿著菜單唸了起來。

「就點妳以前最愛吃的香辣炸雞翅、山椒鳳爪、孜然烤牛排、燒烤羊肉串、涼拌鮮蔬，現在好不容易回來了，妳可以敞開肚皮吃了。」

小茹搖頭。「你說的這些這家飯館都沒有，這裡只炒家常菜。以前幾乎每年我過生日的時候，你都會找廚子給我做，我已經不是很饞這些了。其實還有好多特別好吃的東西，你都沒吃過。等以後我們掙了錢，就去餐廳吃高檔菜。」

澤生在古代過慣了有錢的日子，現在身無分文讓他渾身不自在。「現在我們想吃頓高檔菜都吃不起了，在這裡掙錢難不難？」

小茹瞅了瞅周圍，好在他們來得早，還沒到吃飯時間，這個時候只有他們兩個客人。她小聲地說：「我現在愁的就是這個，我早忘了該怎麼上班了。我爸媽叫我下個星期一就去公司，可是我現在什麼也不會，肯定會露餡，到時候公司的人認為我腦子被擊傻了，我也只能等著被開除，看來只能辭職了。其實我那個工作也沒什麼好留戀的，薪資低，事還多。你放心，我們肯定能想到辦法掙錢養活自己的。」

澤生心裡在想，他爸媽說家裡有幾畝田地，世世代代都是在地裡刨食，種田他倒是會，可是小茹在這裡可是城裡人，他總不能讓她跟著回家種地吧？她自己也許樂意，可她的爸媽絕不會同意。

他心裡已經開始在醞釀自己該幹什麼了，並用心觀察著周圍的一切。

小茹招呼服務員過來點了幾道澤生在前世比較愛吃的家常菜。她見澤生朝玻璃窗外瞅來瞅去，就知道他心裡在想什麼。

她不禁偷笑，澤生不會是想把經營方家鎮的那套生意經搬到現代社會來吧？

她提醒道：「在這裡想做買賣可跟在方家鎮不一樣。你瞧，到處都是做生意的，競爭十分激烈，不像以前，幾乎被我們一家全攬了，那是真正的壟斷。」

澤生如同初生牛犢不怕虎。「不怕，雖然說生活環境完全不一樣了，但是最根本的東西是永遠不會變的。不過，現在我們也沒有本錢做買賣，我可以做勞力活。我剛才瞧見有人扛貨箱，這樣應該也能掙錢養家吧？」

小茹瞧著他削瘦的身材，不太像是能做重勞力的。雖然他靈魂穿到顧豐身上，可是身材和以前倒是很像，精瘦但並不顯得羸弱，當然，與強壯也相差甚遠。

她給了他一個溫暖的笑容。「我們登記結婚了，生計的事等度完蜜月再說。」

澤生經過小茹的薰陶，早就明白度蜜月的意思，歡喜地點頭。「嗯，這兩個月來一直是我一個人睡，真不習慣，等我們登記結婚了，妳就可以陪我睡覺了。」

他說這句話時，服務員已經端著菜過來了。這位服務員是個小女生，澤生見這些話被人聽去了，頓時滿臉脹紅，羞得想鑽地洞，睡覺這種事是多麼私密的事啊。沒想到那位小女生權當什麼也沒聽見，她太習慣聽客人說這樣的話了。

待服務員走後，小茹見澤生還是一臉的尷尬，笑道：「你以為這些話有多麼不堪入耳嗎？我們當著大家的面親親都沒人願多看一眼，這裡可不會動不動就要注意禮教什麼的，都很開放的。」

「真的？那我現在可以親妳？」澤生至今只親過一下她的臉，還沒碰過她的唇呢。

小茹挾一塊肉塞在他的嘴裡。「吃菜！」

「哦。」澤生癡癡傻笑著。

吃完飯後，小茹就帶著澤生去找公車站。她自己也不太記得了，先是問了一個賣水果的攤販，再憑著模糊的記憶找到公車站，坐上了到荷花村的中古客運。

剛才花錢吃飯，現在身上已所剩不多，小茹可不能把這些錢花在搭計程車上，而且她想藉由這一次坐公車，教澤生認路，她不可能時時刻刻陪在他的身邊。

她希望澤生儘快學會在現代社會裡生活，哪怕她沒能陪在他身邊，也能得心應手才好，否則根本不放心他出門。

澤生也是個很用心的人，他一路都在認真地記著，什麼街，什麼路，東西南北方向，他都記得差不多。

現在如果讓他下車去找小茹的家，他都能找得著。

城裡離荷花村有一、兩個小時的車程，小茹坐在這輛中古客運上有些不舒服，一會兒便昏昏欲睡，她側著依偎在澤生懷裡睡覺。

澤生一開始還渾身僵硬，畢竟車上這麼多人看著，多不好意思啊。當他看到前面有一對年輕男女摟摟抱抱地說笑，時不時還親個嘴，便放鬆了下來，乾脆伸手摟住小茹的腰身，讓她靠得更穩一些。

當他們倆到了荷花村，來到顧家門前時，小茹還真被他家的破房子給驚著了，雖然有三間磚瓦房，但是與周邊的那些小樓房比起來，真的顯得很寒酸。

顧媽媽見小茹來了，趕緊將她拉進屋。看來她是非常歡迎這位未來的兒媳婦。

顧媽媽給她倒上一杯茶後，便親熱地拉著小茹的手。「小瑾，沒想到我家顧豐這麼有福氣，能交上妳這樣的女朋友。平時顧豐一年也難得去一趟城裡，怎麼就認識妳了？聽說妳是城裡大學畢業的。」

小茹早就想好了怎麼編謊。「我……有一次被人搶了錢包，是顧豐幫我追回來的，我們……就這樣認識了。」

澤生在旁偷笑，這些他們倆已經串通好了。

「哦……」顧媽媽樂呵呵地點頭，原來是自己的兒子做了好事，打動了這位女孩的芳心，所以她才不計較顧豐的學歷與家境。雖然她年紀大了點，但配顧豐可是綽綽有餘的。

「聽我家顧豐說你們倆要結婚，我和他爸不知有多高興呢，只是我家這情況……其實我家以前也沒這麼難，只是前年他爸動過一次大手術花掉了不少錢，還向親戚借了幾萬塊，家裡這兩年存的錢都用來還債了，真的一點積蓄都沒有。顧豐上頭只有一個姊姊，她倒是能拿出一些錢給你們辦婚禮，至於買房和……」

「媽，我和小瑾商量好了，不辦婚禮的，等以後有了錢我們就去拍……拍什麼？」澤生一時想不起來，看著小茹。

「拍婚紗照！」小茹提醒道。

「對，等以後我們有了錢去拍婚紗照留念就行了，何況我們早就……」澤生差點說出他們倆早就是老夫老妻的事來。

顧媽媽沒想到會有這麼好的事，一分錢不用花就能娶到這樣的兒媳婦？她還不太相信，懷疑地看著他們倆。

顧豐也沒多作解釋，就催他媽找戶口名簿、身分證和印章。顧媽媽心想，有這麼好的便宜不占白不占，趕緊去找來這幾樣東西，交到顧豐手裡。「你們登記結婚後是回家來住，還是在城裡住？」

澤生與小茹兩兩對望，他們自己也還沒定下主意。這時小茹的手機響了，是她媽媽打來的。

「小瑾，顧豐已經到家了吧？聽說荷花村到城裡的最後一班車是下午四點，現在已經三點半了，妳可別誤了車！」蘇媽媽是擔心女兒留在顧豐家裡過夜。這一過夜，豈不是不該發生的事都要發生了？

小茹知道她媽那點心思。「知道了，媽，我就去路口等車。」

澤生揣好了辦理登記的東西。「我也跟妳一起去吧，明天上午就要去登記結婚了，我得提前去等著。」

「那你晚上住哪兒？」顧媽媽問時，心裡希望小茹回答說顧豐可以住她家。

小茹還沒開口答話，澤生卻道：「有客棧……有旅館可以住。」

顧媽媽就這麼看著兒子風風火火地帶女朋友回家，連頓晚飯都沒吃，又風風火火地走了。送他們上車時，她從口袋裡掏出幾百塊錢塞到顧豐手裡，雖然家裡窮，總不能連登記結婚換證的錢都得人家女方出吧。

兩人就這麼趕回城裡了，此時天已黑。小茹為澤生在旅館裡開好房間，再陪他吃頓晚飯，就回家了。

蘇爸爸和蘇媽媽見女兒回家，也就放心了，他們哪裡知道這一對已經預謀去登記結婚。

第二天，小茹和澤生順利到戶政事務所登記結婚。他們倆拿著結婚證書瞧了又瞧，看了又看，然後像揣著寶貝一樣揣在懷裡。

「小茹，我們現在去哪兒？」

「回我家，把我們登記結婚的事告訴我爸媽，你也得叫他們爸媽，然後……我們就去外頭租房子，就可以過上自由自在的二人世界生活啦！」雖然小茹知道這一回去，肯定要挨罵，但她承得住，再說，爸媽是愛她的，不至於逼她離婚。

澤生心裡有些打鼓，岳母一點兒都不喜歡他，現在他還偷偷地把小茹給娶了，這也太不像話了，他的確不是個好女婿。

可是現在他也沒有更好的辦法，只能希望以後他和小茹能將日子過好，再還岳父母的人情了。

他們壯著膽子回了家，並把懷裡的寶貝交上去。蘇爸爸和蘇媽媽看著結婚證書，差點當場氣得昏死過去。

蘇媽媽又哭又嚎。「我這是造什麼孽啊，辛苦了一輩子養出來的女兒就這麼糊裡糊塗地嫁人了？嫁的還是個……」她盯著眼前的顧豐看了看。「還是個……」

眼前的人已經成了她的女婿，她不知該怎麼形容這個人了，反正在她看來沒有一丁點兒好。她不好朝女兒撒氣，畢竟女兒才剛出院，她只好對著蘇爸爸一個勁兒地又捶又打。「都怪你，說什麼任由他們發展，他們遲早會分手的，這下好了，連結婚證書都有了……」

蘇爸爸由著她打，一句話也不敢辯白。

澤生看著眼前這場面，也不知該怎麼勸，只好上前拉開他們，低頭認錯道：「媽，都是我的錯，妳不要怪爸爸。」

「當然是你的錯，你誘拐我的女兒結婚，我可以去報警！」蘇媽媽氣得直抓狂，當場就拿出手機來準備撥號。

蘇爸爸趕忙奪下手機，說：「報什麼警呀，我們的女兒二十八歲了，他才二十二歲，兩個都是成年人了，而且我們的女兒看起來機靈得很，他卻呆愣愣的。警察肯定會反問，到底誰誘拐誰？」

蘇媽媽無語了，老公分析得有理啊。她只好又是一陣大哭來發洩。

澤生與小茹正不知所措時，門鈴響了。

蘇爸爸跑去開門，見到一位戴著金邊眼鏡的男人，他當場傻眼了。「陳……陳老師，你……你來了。」

陳老師就是蘇媽媽提過要與小瑾相親的那位。小瑾兩個月前就因為要去與他見面，最後意外去了一趟古代，說來說去，小瑾還應該感謝他，讓她與澤生有了這麼一段奇緣。

陳老師進來後，見這混亂場面，再看到結婚證書，什麼都明白了，一句話也沒說，轉身就走了。

澤生還沒反應過來是怎麼回事，問小茹說：「他是妳家親戚嗎？」

小茹搖頭。「我也不認識。」

蘇媽媽搶話道：「本來他才是我的女婿，就在你們受傷前，小瑾是要和他相親的。沒想到這一住院，小瑾竟然遇到你這麼個看似老實，其實心裡鬼得很的人，你……你這個誘拐大齡未婚女的騙子！」她氣得不知道該怎麼罵了，其實她看得出來這個臭小子腦子不甚聰明，罵他是誘拐的騙子有點過分了。

澤生被蘇媽媽說得直往後退，一直退到了牆壁。「媽，我是真心喜歡小瑾的，我沒有騙她。其實我們倆早就是夫妻了，我們……」

「啊？」蘇爸爸和蘇媽媽同時驚道。

澤生一急差點說漏了嘴，趕緊圓話。「我是說，我們早就想結婚當夫妻了，我們很早就認識的。」

小茹怕澤生越解釋越亂，走過來晃了晃她媽媽的胳膊，嗲聲哄道：「媽，妳別生氣嘛，妳不會是要他和我離婚吧？」

蘇媽媽噎住了。離婚？這好像不妥吧？她可不希望女兒就這麼莫名其妙地成了一個再婚的女人。

蘇爸爸不吵不鬧，也沒有責怪他們倆，而是徑直去了臥室，找出一串鑰匙和一本存摺，放在小茹的手裡。「妳媽鬧歸鬧，她是不會讓你們去離婚的。你們也別去租房子了。我和妳媽這一輩子也沒存多少錢，也就買了二手的小套房，本來是準備買來轉賣，掙點錢，現在想來也不用賣了，你們倆住進去吧。我和妳媽去看過了，裡面的裝修和我們家差不多，雖然舊了一些，總比外面租的房子要強很多。這本存摺裡有幾十萬塊，本來是用來給妳陪嫁的，你們拿去置辦家具吧。」

蘇媽媽在旁看著並沒有阻止蘇爸爸這麼做，而是抹著淚說：「便宜你這個臭小子了！你上輩子到底是修了什麼福，小瑾竟然看上你了。」

澤生心裡暗想，他上輩子可是與小茹一起修了五十多年的夫妻之福呢！這輩子又遇上了，哪怕是死也要在一起。

但是他堅決不肯接受房子和錢，在他的眼裡，哪有女方出錢置辦這些的，這都應該由男方來做的，於是他把小茹手裡的東西又往蘇爸爸手裡塞。「爸，我們不能要的。雖然我家裡窮，拿不出錢來辦婚禮，也買不了房子，但是我們倆會靠自己的努力去掙錢的。我們先租房子，然後我趕緊去找工作……」

蘇媽媽聽了真心著急。「等你找著工作，再等你掙錢，我家小瑾得跟著吃多少苦？」她又把鑰匙和存摺遞給小茹。「快接著，趕緊走！」

小茹知道媽媽雖然這麼攆趕著她，其實心裡還是十分擔憂她和澤生將來如何生活。她接過鑰匙和存摺，愧疚道：「爸、媽，我知道是我做事太魯莽了，可是你們一定要相信，我們倆肯定能過得很幸福的。」

「幸福？怎麼幸福？妳說妳不想再去上班了，要辭職，顧豐又沒讀什麼書，也沒有去學什麼技術，你們倆這是要喝西北風啊，還談什麼幸福？」蘇媽媽揪心道。

澤生聽了立刻回道：「媽，妳別擔心，我一定能找著工作，不會讓小瑾餓肚子的。」

餓肚子？蘇媽媽簡直要瘋了，女兒嫁給他就是為了不餓肚子？他活在什麼時代啊?!

蘇爸爸趕忙打圓場。「你們都別急，我不是有幾位老同事嗎，人家的兒子都混出息了，開公司了，到時候看能不能讓人家幫幫忙，給你們倆介紹個工作。才剛結婚，你們也別急著想工作的事，這些錢你們要買家具，就別花錢出去度蜜月了，你們這身體也不適合出門，剛出院還得先在家休養。」

澤生也不知道該說怎樣感激的話，只是一個勁兒地鞠躬。

蘇媽媽被澤生不停地鞠躬都攪得頭暈了。「你們快走，快走！不要讓我再看到你們！」

「媽！」小茹又上前拉她媽媽的手，想哄哄她。

蘇媽媽不領情，直撫腦門。「你們還不走，是想站在這兒氣死我嗎？」

小茹沒辦法，趕緊拉著澤生出門了。

才一出門，小茹想起自己根本就不知道那間二手套房的地址，又回頭了。

家裡的門還沒來得及關上，她聽到蘇媽媽心疼地說：「我的房子啊，我的存摺啊，都給那個傻小子了，我上輩子欠了他什麼，他這是來索債的？」

小茹聽了心裡直偷笑，她走過來訕笑道：「媽，要不……這房子和存摺我不要了？」

蘇媽媽見小茹又折回來了，拚命揮手趕她。「拿走拿走！妳快走！」

「我不知道房子的地址。」小茹厚著臉皮說。

蘇爸爸只好拿筆寫下地址，遞給小茹。「如果顧豐敢欺負妳，可要回來跟我們說，到時候我和妳媽去剝了他的皮！」蘇爸爸也放了一句狠話。

「你們放心好了，只有我欺負他的分。」小茹拿著地址，朝她媽媽咧嘴笑了笑。「等顧豐掙錢了，我會把這房子和錢還給妳的。」

蘇媽媽咆哮道：「等他掙錢？算了吧，我可沒指望這個！」

小茹趕緊出門了。

雖然這只是二手套房，擺放進新家具，再收拾整理乾淨，還是很舒服的。澤生將打掃做到了極致，任何一個角落都擦得一塵不染。

這些天一直忙著買家具和打掃環境，兩人都累壞了。現在看著這個佈置得十分溫馨的家，兩人面對面，正準備擁吻，小茹突然止住了澤生。

「那個……我帶你去理髮吧，要時尚一些，你這髮型跟農民工一樣俗氣。」

澤生耷拉著腦袋，嘟嘴道：「哦，我明白了，這些天妳不讓我親妳，也不讓我碰妳，原來是在嫌棄我。」

小茹揪起他的耳朵。「你胡說什麼呢？哪裡是嫌棄你，我是擔心弄傷了腿！我還不知道你嗎，你一親我，接著就想幹壞事。我們才剛康復，可別又弄到要住院了。如果別人問我們怎麼又住院來了，我怕你沒法解釋，真的要羞得鑽地洞了。」

澤生嘻嘻笑道：「那倒也是……」

不過，他還是硬湊了過來，狠狠咬了一下她的唇。

在理髮師的建議下，澤生同意理成最近流行的平頭。理好後，他挺直了身板，站在小茹面前，果然精神許多！

小茹瞧了瞧他，髮型是不錯，但是身上的衣服吧，就太……土了點。她又帶著澤生去買了幾套新衣服，還回到爸媽家把以前她自己穿的衣服和日用品都搬過來了。

澤生改變了形象，她也得打扮打扮，可不能讓人家看出她比澤生大得多。

回到家，兩人都換上新裝。澤生經過這麼一打扮，立刻就由一位土氣的小農民變成都市型男了，精神得很，顯得十分陽光帥氣。

小茹穿上她以前留下的那些時尚衣服，儼然成了一位都市麗人，與澤生站在一起，可是登對得很。

他們互相瞧著對方這般形象，忍不住大笑了起來。

「澤生，你說是古裝好看，還是現代裝好看？」小茹拽著裙角在原地轉了幾個圈。

澤生還在照著鏡子，整了整衣領。「現代裝好看，顯得精神挺拔！」

小茹和澤生並排站在鏡子前。「能不挺拔嗎？你現在可有一百八十公分高。在古代，你頂多……一百七十。」

澤生對這種身高計量方法還不是很清楚，他只知道身高幾尺。他用手在小茹頭頂上比劃了一下。「我好像是變高了，以前妳的頭頂到了我鼻子這裡，現在才到我的下巴。」

小茹拍了拍他的胸膛。「呿，別得瑟了。我這身高可不算矮，女人有一百六十公分高已經達標了！」

澤生將小鳥依人般的小茹擁在懷裡。「寶貝，我變高大了，可以好好保護妳了。」

「肉麻……」小茹一抬頭，便被澤生捧住臉，接著嘴也被他堵上了。

他這一吻，小茹渾身一激盪，雙手緊緊勾住他的脖子，陶醉地閉上眼睛，與他激吻起來，才一會兒，兩人便感覺到嘴唇火辣辣的，一直火辣到全身的細胞。

他們好久沒有這麼吻過了，不僅是這兩個月。其實在古代後來的十幾年裡，他們幾乎沒吻過，因為老成那樣了，成了一對老頭子、老太婆，想熱吻也不太可能。

他們過了六十歲後，房事也極少，彼此比較親密的舉動就是睡覺時摟著對方而已。

現在他們回到了現代，小茹回到了她以前的身體裡，而澤生則成了一位二十二歲的青年，他們現在可謂是血氣方剛的年紀。

澤生渾身熱血沸騰，再也抑制不住體內的慾望。他吻著吻著，雙手忍不住伸進她的衣服裡，再接著脫掉她身上的衣服，將她抱上了床。

兩人渾身赤裸地在床上滾了起來，彼此纏摟在一起，正如癡如醉的時刻，當澤生想要進入她的時候，小茹的手機響了。

一陣快節奏的音樂嚇得兩人倏地分開了身體，然後將被子拉過來蓋住。

小茹敗興地去摸床頭櫃上的手機。「在現代就有這麼一點不好，手機會經常打斷我們……比較重要的事，咳咳……看來以後上床就記得關機。」

她一看名字是爸爸，趕緊正了正聲。「爸。」

「小瑾啊，我幫妳找到了一份工作，做前檯客服。妳不是說妳現在一碰電腦頭就疼嗎？這個工作只需接電話，雖然薪資低了一點，至少可以夠你們最基本的生活費了。」

「爸，我不是叫你不要為我找工作嗎，我自己會找的，你一把年紀了還為我去求人幫忙，你叫我這個做女兒的怎麼過意得去？我和顧豐已經商量好了，我們不為人家工作，打算自己想辦法創業。」

「你們自己想辦法創業？開什麼玩笑，你們一沒本錢，二沒特長。妳好歹還能進公司上個班，顧豐除了當苦力，還能做什麼？」

「爸，你可別小瞧他。他能寫一手非常漂亮的毛筆字，也很會作水墨畫，只不過他一直深藏不露而已。我們倆準備在學校附近開一個才藝班，他教孩子們書法和水墨畫，我教孩子們讀古言書，現在很多家長都願意讓孩子接受古代文化薰陶的。我們明天就準備去學校附近租房子呢，一間小屋，租金也不貴。」

蘇爸爸簡直像在聽說書的一樣。顧豐會書法和作畫？真是新鮮。

「妳在逗妳爸玩的吧？」

「嘿嘿，絕對沒有，等我們辦好了才藝班，你來視察就是了！」

「哦。」蘇爸爸半信半疑地掛了電話，然後興奮地跟他老婆說這件事。

掛掉電話後，小茹也沒興致再與澤生繼續了。

她拿出情侶家居服。「我們倆以後在家就穿這種寬鬆的衣服，在家可不好穿正式服裝的。」

澤生穿上寬鬆的家居服，儼然像一位居家好老公，給人很溫暖的感覺。小茹正要起床，他還把她按進被窩裡。「妳別起床，躺著歇會兒，我去做飯。」

小茹喜孜孜地親了一下他的額頭，她喜歡這種被他關懷的感覺，安心地躺在被窩裡，閉上眼睛睡覺。

澤生經過這幾天的學習，已經將瓦斯爐、電鍋、電冰箱和洗衣機這些全都學會了，用得很順手，進現代的廚房來做飯，對他來說已是小事一樁。

他也早會開電視，還會轉頻道了。而且他現在也知道電視裡演的那些血淋淋的劇情全是假的了。

當他將飯菜都端上桌，小茹也起床了，兩人有說有笑地吃飯，你餵我一口，我餵你一口，比熱戀中的小情侶還黏乎。

吃完飯，再洗了澡，他們倆又滾上床，摟摟抱抱，卿卿我我。

小茹伏在澤生的身上，喃喃燕語道：「這日子過得太美好了，我有時總覺得像是在作夢。」

澤生親著她的臉龐。「我也總覺得像是作夢。但是每次出門，走在大街上，我又深信這不是在作夢，因為這樣的世界不是我能夢到的。還有，我得學會用電腦，那天走在路上，我聽見一個孩子說，他回家用電腦學習。孩子們都會用電腦了，我卻不會用，到時候辦才藝班，如果在孩子面前顯得我跟白癡一樣，就一點威信都沒有了。」

「嗯，學。我最近不是正在找熟悉感嗎？等我會了，再教你。」

澤生一個翻身，將小茹壓在身下，時而溫柔，時而熱烈地占有她身上的每一寸地方，然後抬頭意亂情迷地說：「這個不用學。」

小茹一邊享受著他的親吻，一邊伸手從枕頭底下摸出個小東西。「你現在得學怎麼用小套套。」

「這個……妳什麼時候買的？」澤生確實忘記了這麼一回事，雖然小茹在古代就跟他說過有這樣的東西，但相隔了幾十年，他早就淡忘了。

「今天去超市買菜時，我趁你在選菜，就偷偷跑到旁邊的貨架上去選的。」

「小壞蛋，看來妳早有預謀啊！」澤生撓她的胳肢窩。

小茹癢得格格直笑，還不忘提醒他。「快把那個拆開看看。」

她有些耐不住了，真的很想要……

澤生費了好半天勁兒才琢磨明白，然後戴上了。他知道，在這裡不能生很多小孩子，只有這樣才能保護她。

可能是他進得有些急，只聽小茹一聲尖叫，表情看似很痛苦。

澤生嚇得不敢動了，恍然明白過來，她現在還是個處女之身！從古代到現代，他們倆的記憶偶爾會混亂，時不時還稱呼對方為老頭子和老太婆，而澤生剛才便疏忽了小茹現在的身體可是他從未碰過的。

「對不起寶貝，我忘了，很疼嗎？」他正準備抽身出來，小茹卻搖著頭，緊摟著他不放。

「輕輕的就沒事。」小茹心裡感嘆，她上輩子與澤生在這方面已經達到爐火純青的地步了，沒想到回到現代，她還得當一回大齡黃花女，只等澤生來摘走她。
他慢慢地移動，漸漸地，她開始適應了，不再疼了，兩人便開始瘋狂起來，將他們本就爐火純青的技藝努力再進一步，達到最激盪與最完美的巔峰。

五年後。

澤生與小茹提著禮物回到荷花村的顧家，他們趕在臘月最後幾天，提前帶孩子回鄉下過節，因年關將近，家家戶戶都在準備著年節用品，村裡洋溢著過節的濃厚喜氣。
小茹與婆婆在古老的灶臺生火做飯，當她為了備料穿梭於廚房和廳堂間時，從屋內向門外看出去，還能見著孩子陪著爺爺打年粿的景象，不時傳出驚奇的叫聲和笑聲。
畢竟是生長在都市裡的小孩，對農村的各種事物總不免帶著新奇的目光，體驗農家生活對孩子來說很是新鮮。
此時，澤生剛張貼完春聯，正在自家門口審視一番，只見男孩手臉沾著粉，蹦蹦跳跳地跑過來，好奇地仰頭問澤生。
「爸爸，為什麼我的小名叫大寶，大名叫孟昭？」
「因為……」澤生犯難了。「孩子他媽，妳快過來解釋一下！」
小茹正巧看見這一幕，頓時啞然。
幸好孩子的好奇心來得快，去得也快，一轉頭又奔去找爺爺了。打完年粿後，還要磨豆腐呢！

小茹放下手邊的活兒，走到澤生身旁，仰頭看著貼於門邊兩旁的春聯，是由他寫的一手好字，不由得稱讚。

兩人相視而笑，此情此景，一切都顯得和諧又美好，彷彿又回到當年的方家村，他們的那個家。

想起前世的種種，小茹感慨問道：「澤生，你說下輩子我們還會在一起嗎？」

澤生摟著她的肩膀，湊過來親親她的鬢角。「我的上一世，還有這一世，最美好的場景都是遇見了妳，相信我們生生世世都會有如此美好的場景……」

站在家門口相互依偎的兩人，午後難得露面的冬陽灑落在他們洋溢著幸福的臉上。

就跟許多年前一樣。

——全書完

文創風 177-180

嫡女難嫁

全套四冊

字裡行間・溫柔情懷　親情愛情・動人至極

蘇小涼

超人氣點閱好戲登場！

前世如同作了一場噩夢，
夢中就算再痛苦、再淒慘，她如今都醒了……
既然重生，
她要改寫所有的悲慘遭遇，
終結嫁錯人的所有可能！

金陵商家大戶楚家嫡長女楚亦瑤，
家道中落，家業被奪，連夫婿都有人眼紅著要分一杯羹。
怎麼看她都是人生失敗的典型例子。
她人生慘敗到連老天都看不過眼，於是讓她重生回到過去，
既然讓她重活一次，她勢必要保住楚家，
就算三次說親都嫁不成又如何、就算未婚夫婿被搶又如何？
就算做個人人眼中的拋頭露面、不像名門閨秀的女子又如何？
只要能守住父母留下的家業，
不再過那種看夫君眼色的可憐女子，
那些閒言閒語她都不在乎，
只要能活得不再憋屈，一切都值得了……

在稼從夫 3 完

國家圖書館出版品預行編目資料

在稼從夫 / 于隱著. --
初版. -- 臺北市 : 狗屋, 民103.06
冊 ; 公分. -- (文創風)
ISBN 978-986-328-317-1 (第3冊 : 平裝). --

857.7　　103008956

著作者	于隱
編輯	黃鈺菁
校對	黃亭蓁　林若馨
發行所	狗屋出版社有限公司
地址	台北市104中山區龍江路71巷15號1樓
電話	02-2776-5889～0
發行字號	局版台業字845號
法律顧問	蕭雄淋律師
總經銷	知遠文化事業有限公司
電話	02-2664-8800
初版	103年6月
國際書碼	ISBN-13　978-986-328-317-1
原著書名	《穿越之幸福农妇》，由北京晋江原創網絡科技有限公司授權出版

定價250元
狗屋劃撥帳號：19001626
網址：love.doghouse.com.tw　E-mail：love@doghouse.com.tw
版權所有．翻印必究　倘有倒裝、缺頁、污損請寄回調換